Martin Christen

Sein Sarg.

AF284132

Umschlaggestaltung, Illustrationen, Fotos: Martin Christen

© 2022 Christen, Martin
Herstellung und Verlag: BoD – Books on Demand, Norderstedt
ISBN: 978-3-7557-8558-3

«Am Morgen des 22. Juli 2020 war er plötzlich da:
Der Sarg.»

«Schwarz leuchtend, schwarz strahlend, schwarz drohend:
Der Tod.»

Sein Sarg.

1
Mittwoch, 22.07.2020, 06:01, Vogelsang.

Am Morgen des 22. Juli 2020 war er plötzlich da:
Der Sarg.
Aus dem Nichts, unbestellt, unbemerkt war er gekommen, geliefert
von Unbekannt, mitten in der Nacht.
Und am Morgen lag er da:
Massiv, schrecklich, ungebraucht, neu, glänzend, schwer, schwarz.
Schwarz.
Der Sarg.
Auf dem Wohnzimmertisch.
Zwei Meter lang. Neunzig Zentimeter breit. Sechzig Zentimeter hoch.
Ein Schock.
Heute war Heidens Geburtstag.
Wäre – denn an Geburtstag war nicht zu denken.
Um sechs Uhr war er aufgestanden, geweckt von seinen zwei Katzen,
die neben und auf dem Bett sassen, ihn mit ihren Schnurrhaaren kitzel-
ten, darauf warteten, dass er sich erhob, sich anzog, sie fütterte.
Also stand Heiden auf, Trainingshose an, Smartphone samt Kopfhörer
gepackt, Büroschlafzimmertür geöffnet - und zack:
Herzschlag, Schockstarre, Entsetzen.
Der Sarg.

Mitten im Wohnzimmer.
Schwarz leuchtend, schwarz strahlend, schwarz drohend:
Der Tod.

Langsam näherte er sich dem schwarzen Ding.
Vorsichtig umkreiste er den Sarg, berührte ihn:
Keine Halluzination, echt, kein Fake.
In seinem Wohnzimmer stand ein Sarg.

1 Sarg.
Der Sarg.

Und 1 zu Tode erschrockener Mensch.
Er.
Und 2 Katzen, eine hell grauschwarz getigert, eine dunkel.

Hatte sich jemand einen Scherz erlaubt?
Wie war der Sarg ins Wohnzimmer gelangt?
Wann? Warum?

Jetzt bemerkte Heiden den Lieferschein, der unter dem Sarg hervor-
lugte:
Also hatte alles seine Richtigkeit?
Liefertermin: 22.07.2020.
Lieferzeit: 02:22.
Lieferadresse: Bahnhofstrasse 47, 2. Stock.
Lieferfirma: «Der Bestatter».

Wie waren sie hereingekommen – mitten in der Nacht?
Die Wohnungstüre war verschlossen, von innen, der Schlüssel steckte.
Die Balkontüre war offen, das Katzenschutzgitter war intakt, unver-
letzt.
Die vier Fenster, die in Frage gekommen wären, waren geschlossen.

Hatte sein Sohn, der immer noch friedlich, tief und fest in seinem Zim-
mer schlief und erst um acht Uhr aufstehen würde, sie hereingelassen?
Warum hätte er das tun sollen?
Wie hätte er das schaffen können, ohne ihn, Heiden, der beim kleinsten
Geräusch erwachte, zu wecken?
Wie?

Am Sarg waren die 2 Katzen nicht interessiert.

Nur am Futter.

Sie strichen um seine Beine, forderten ihn auf, endlich die metallenen Fressnäpfe zu reinigen und zu füllen mit Frischfutter, totem Huhn, toter Ente, totem Rind, totem Lachs.

Dazu war er nicht in der Lage.

Er untersuchte den Sarg, den Deckel, die Scharniere.
Und den Tisch: Irgendwelche Schleifspuren?
Den Fussboden: Schuhabdrücke?
Die Wände, die Türrahmen: Kratzer?

Dann entschloss sich Heiden, den Sarg zu öffnen.
Vorsichtig begann er den Deckel anzuheben — es gab weder eine Schliess- noch eine Verriegelungsvorrichtung — der Sarg liess sich ebenso widerstandsfrei öffnen wie eine Pralinenschachtel: Der Deckel war leicht, sehr leicht, wie nicht vorhanden.
Dem Spalt zwischen Sarg und Sargdeckel entströmten
- ein seltsamer, süsslich-herber, esoterischer Duft,
- der Hauch eines feinen, weiss-rötlichen Nebels,
- ein fernes, kaum vernehmbares Säuseln zwischen weit entfernter Orgelmusik und nahem, menschlich-feuchtem Atemgeräusch in Ohrnähe.

Der Deckel klappte auf, federte leicht auf und ab, blieb reglos in horizontaler Lage stehen und gab den Blick frei ins Innere des Sargs:

Weiss-rosa seidig gepolsterte Wände, die sich weich anfühlten wie die Haut eines Babys, ebenso weich ausgekleidet war auch der Boden des Sargs und am breiten Sargende lag ein Kopfkissen, rosa-weiss-gelb gestreift, das sich anfühlte wie ein seidenweiches Katzenfell.

Und als er mit der Smartphone-Taschenlampe das Sarginnere ausleuchtete, entdeckte er sie: Hellgraue Schriftzeichen, handgeschrieben

in einer Schrift, die er kannte:
Seine.
Seine Schrift war es!
Seine.

Nun musste Heiden sich setzen.

Er setzte sich an den grünen Tisch in der Essecke.
Sass da und überlegte, kniff sich, kratzte sich, vergrub sein Gesicht in seinen Händen.
Wie konnte das sein?
War der Sarg ein Todesbote?
Wie die Krähe, die nach dem Tod seines Vaters tot vor der Küchenfenstertüre gelegen hatte?
Wie das Heer von Militärflugzeugen aus dem 2. Weltkrieg, die ihm als Siebenjährigem im Sommer 1956 im Garten seiner Eltern am blauen Himmel erschienen waren und diesen verdunkelt hatten?

Die Katzen spürten, dass etwas nicht stimmte.
Sie umschmeichelten ihn, stupsten seine Hände mit ihren feuchten Näschen, beschnupperten seine Stirn, seine Schläfen, rieben ihr weiches Fell an seinen Armen.

Es war einfach nicht wahr.
Es konnte nicht sein.
Es war nur ein Traum.
So realitätsnah, dass er dachte, er wäre wach.

Vorsichtig hob Heiden den Kopf, blinzelte, schaute langsam nach rechts in der Hoffnung, es wäre Mittwoch, der 22. Juli 2020, und er hätte Geburtstag und seine Tochter und sein Sohn hätten in der Nacht den Tisch dekoriert, eine Happy-Birthday-Buchstabenkette installiert, einige verschiedenfarbig und fantasievoll verpackte Geschenke auf den Tisch ge-

13

legt, ergänzt mit einer kreativen Geburtstagsgratulationskarte.

Doch nichts dergleichen:
Der Sarg war da.
Der Sarg existierte.
Der Sarg strahlte leuchtend schwarz im Licht des frühen Morgens.

2
Mittwoch, 22.07.2020, 08:00, Vogelsang.

Sein Sohn bestätigte die Existenz des Sargs.
Er hatte fast ebenso bestürzt, betroffen, schockiert reagiert wie Heiden.
Und auch er hatte keinerlei Erklärung.

Noch bevor sein Sohn erwacht war, hatte er versucht, das Bestattungsunternehmen telefonisch zu erreichen. Er wählte die nullsechsundfünfziger Nummer, die auf dem Lieferschein vermerkt war, und wartete, bis es klickte und sich jemand meldete.
Was er jedoch vernahm, als die Verbindung endlich hergestellt war – das Handy zählte ja die Sekunden – war das gleiche Säuseln, wie er es beim Öffnen des Sargs vernommen hatte:
Ferner Orgelsound- und Atemgeräusche-Mix.

Dreimal hatte er telefoniert, dreimal mit dem gleichen Ergebnis.

Danach recherchierte er im Internet, gab «derbestatter.ch» ein, was natürlich nicht zum Ziel, sondern auf die Webseite der gleichnamigen schweizerischen Krimiserie führte.

Also doch ein Scherz?

Ein schlechter, gemeiner, hinterhältiger Streich?

Hatte er derartige Feinde?

Wer waren sie?

Wer nahm sich die Mühe, sich einen Sarg zu beschaffen, diesen individuell und einzigartig auszustatten und mitten in der Nacht auf nicht nachvollziehbare Weise in seinem Wohnzimmer abzustellen? Wer?

Zusammen mit seinem Sohn, einem Applikationsentwickler, unterzog er den Sarg einer akribischen und systematischen Untersuchung:

- Sie hoben ihn in die Höhe – mit grosser Leichtigkeit – er schien aus Styropor zu bestehen.

- Sie beklopften ihn auf allen sechs Seiten – die aufgrund der Klopfgeräusche aus massivem Holz sein mussten: Eichenholz, Nussholz, Kiefernholz.

- Sie überprüften die Unterseite, suchten nach Markierungen, Schrauben, Nägeln, Firmenzeichen – nichts: Der Sarg war perfekt zusammengefügt, hervorragend gefertigt, allerhöchste Qualität.

- Sie hoben und senkten den Deckel, beobachteten die Scharniere, liessen ihn zufallen – der Sargdeckel schloss sich sanft und geräuschlos und abbremsend wie eine IKEA-Kommoden-Schublade.

- Sie erforschten das Innere, fotografierten die hellgrauen, kaum leserlichen Schriftzeichen, um diese später auf dem PC mit einem Grafikprogramm schärfen, kontrastreicher und lesbarer machen zu können.

- Sie massen Länge, Höhe, Breite des Sargs, die Dicke der Wände und der Polsterung, die Grösse und Dicke des Kissens, untersuchten den Stoff.

- Sie erstellten eine Dokumentation, sammelten fotografische Beweise – denn niemand würde Heiden glauben ohne Beweise.

Danach tat er etwas, was er noch nie getan hatte:

Er stieg auf einen Stuhl, stellte sich vorsichtig auf den Tisch neben den Sarg, hob den rechten Fuss – Hausschuhe und Socken hatte er ausgezogen – bewegte diesen über den geöffneten Sarg, senkte ihn langsam, bis er die weiche Polsterung berührte, die sich warm und behaglich anfühlte, und verlagerte das Gewicht. Mit einem Bein stand er nun im Sarg, beobachtet und gefilmt von seinem Sohn, der ungläubig in kleinen Schritten Tisch, Sarg und Heiden umkreiste.

Ein wohliges Gefühl stieg in ihm empor – es erinnerte ihn an die Vorfreude, die er als kleiner Knabe empfunden hatte, wenn er an einem Samstagabend in der Badewanne gestanden und die Mutter das warme, badeschaumtragende, süsslich duftende Badewasser hatte einströmen lassen.

Wie als Kind in das angenehme Badewannenwasser setzte und legte er sich im Zeitlupentempo in den Sarg.

In
den Sarg.
In
den Sarg.

Behaglich,
bequem,
gemütlich,
entspannend, erlösend, erfrischend fühlte sich das an, die Augen hielt er geschlossen, wie im Traum, im Bett, im Bad.
Und wie leicht er sich fühlte: Die Schwerkraft schien aufgehoben, das Atmen fiel leicht, das Herz schlug sanft, rhythmisch und im Einklang mit seinen Gedanken, die sich glasklar ordneten, herauskristallisierten und manifestierten, als ob sein Inneres von einer fernen Sonne erleuchtet und erwärmt würde.

So war das:
Null Schrecken.
Null Angst.
Null Panik.

Und nach einer Ewigkeit – nach genau 49 Sekunden, wie die Videoaufnahme danach zeigte – vernahm er aus weiter Ferne die Stimme, die er nach weiteren 7 Sekunden als diejenige seines Sohnes identifizierte: «Wie geht's? Wie fühlst du dich? Bist du ok? Hey – hörst du mich?»

Dann fütterte er die Katzen.

3
Mittwoch, 22.07.2020, 11:15, Vogelsang.

Um 11.15 Uhr kamen Heidens Tochter und deren Mutter, seine Ex, zu Besuch: Sie hatten kein Wort von dem, was er ihnen mitgeteilt hatte, geglaubt: Fake News, gut gemacht sei das gesendete Foto, aber heutzutage könne ja jede und jeder alles faken, Videos und Fotos würden manipuliert, vieles sei Lug und Trug und oft sei die Qualität erfundener Facts besser als jener Fakten, die der Wahrheit entsprächen.

Also betraten sie seine Wohnung.
Und glaubten ihren Augen nicht.
Beäugten kritisch, ungläubig, entsetzt den Sarg.
Und vergassen, ihm zum Geburtstag zu gratulieren.
Sie nahmen zur Kenntnis, dass da ein echter, wirklicher Sarg in Heidens Stube stand, ein perfekter Sarg von nie gesehener Qualität und einer Federleichtigkeit, die seinesgleichen suchte.

Erneut legte er sich in den Sarg und erneut durchströmte ihn ein Gefühl der Glückseligkeit, wie er es nie für möglich gehalten hätte.

Ausführlich diskutierten sie bei Kaffee, Tee und Kuchen sämtliche Möglichkeiten, was es mit dem Sarg für eine Bewandtnis haben könnte.

Ein Rätsel, ein Wunder, etwas Unglaubliches sei das, etwas nie Dagewesenes, das auf natürliche Weise nicht oder kaum erklärbar sei.

Religion, Esoterik, Yoga, Hexentanz, Parapsychologie, Netflix – alles Übernatürliche kam zur Sprache. Sie vergassen Zeit, Raum und Hunger und beschlossen gegen Abend, in einer nahen Pizzeria etwas zu essen.

Als sie in die Wohnung zurückkehrten, hofften alle, es wäre nicht wahr, es wäre alles nur ein Spuk gewesen, eine Gruppenhalluzination, eine optische materielle Täuschung.

Doch der Sarg ruhte nach wie vor schwarz und gewaltig auf dem zwei Meter langen Holztisch mit geschlossenem Deckel mitten im Wohnzimmer. Ehrfürchtig umstanden sie ihn, betrachteten ihn wie etwas Heiliges, Überirdisches, kamen sich vor wie in einem sakralen Raum, einer Kirche, einer Kapelle, einer Moschee.

Unglauben erfüllte sie, es fehlten ihnen die Worte, sie schwiegen, erstarrten, überlegten.

Nach einer halben Minute holte sie die Wirklichkeit ein:
«Wo sind die Katzen?»

Die beiden Haustiere kannten viele Schlafplätze, viele Verstecke in der geräumigen Zwei-Etagen-Wohnung. So gab es zwei Stellen direkt unter dem Dachfirst, die sie oft aufsuchten, mehrere dunkle Schlupflöcher hinter oder unter den Möbeln, mehrere Schlafboxen auf den Katzenbäumen, zwei, drei Orte auf dem Balkon, wo sie sich häufig aufhielten. Und erst nach zehn Minuten des Suchens kam der Sohn auf die Idee: Und Heiden öffnete den Sarg.

4
Mittwoch, 22.07.2020, 20:45, Vogelsang.

Noch am gleichen Abend traf Heiden die folgenden Entscheide:

1. Weg mit dem Sarg.
2. Stillschweigen.
3. Herausfinden, wer wie warum den Sarg bei ihm deponiert hatte.
4. Entziffern der Texte im Sarginnern.
5. Weiterleben wie bisher, als ob es keinen Sarg gäbe, der aus heiterem Himmel in sein Leben getreten wäre.

Zu Punkt 1:
Nach Rücksprache mit seiner Tochter verwandelte Heiden deren Zimmer in eine Sargkammer:
Den federleichten Sarg auf den Fingerspitzen beider Hände balancierend, transportierte er die Leichenbox ins Nebenzimmer, stellte sie auf die graue, fixleintuchüberzogene Matratze des 2.10 Meter langen und 1.20 Meter breiten schwarzen Metallbetts, das er in die Mitte des Raums verschob, so dass der Sarg von allen vier Seiten eingesehen und untersucht werden konnte.

Die grauen Vorhänge, die die Tochter vor einiger Zeit gekauft und aufgehängt hatte, passten perfekt zum pechschwarzen Todesmöbel, das den Raum vollkommen dominierte:

Es hatte die Wirkung eines schwarzen Lochs und sog alles auf und ein, was in seine Nähe kam.

Der goldgelbe IKEA-Nostalgiesessel, ebenfalls neu, kontrastierte hervorragend mit den tiefschwarzen und dunkelgrauen Farbtönen von Totenbox, Vorhängen und Rundteppich:
Wäre der Sarg kein Sarg, sondern ein Sofa oder ein Kleiderschrank – das Bild würde sich bestens für eine IKEA-Möbelkatalog-Seite eignen.

Der Sarg war kein Fremdkörper, sondern integriert.

Integriert als Teil des Wohnungsmobiliars, als – versteckter – neuer Höhepunkt, als stiller Pol, Heiligtum und Sakralbett.

Wäre ein Sarg ein Möbelstück wie jedes andere, dann gäb's in der IKEA auch eine ähnlich grosse Auswahl wie bei den Kommoden, Sesseln oder Regalen.
Dann gäbe es eine mehrseitige, textlose Anleitung, mit deren Hilfe jede Person jederzeit überall auf der Welt in der Lage wäre, das selber ausgewählte, eigene letzte Ruhestätte-Lager innert kurzer Zeit selbständig zusammenzusetzen.

Was seltsamerweise einen gewissen Spass machen würde:
Geschafft!
Alle Holzschrauben sind fest angezogen.
Alle Teile passen perfekt zusammen.
Nichts falsch gemacht!
Fertig das Teil!
Sieht toll aus, der Sarg!
Echt schön, das letzte, allerletzte, definitiv endgültige Todesmöbel.
Das sich gut macht hier.
Ins Ambiente passt.

Eine eigentümliche, befremdliche, echt abnormale Art von Spass.
Und eine zu entdeckende Marktlücke.

5
Sonntag, 02.08.2020, 09:45, Vogelsang.

Und schon hatte der Sarg Heidens Leben verändert:
Seine Tochter zog definitiv aus, wohnte ab sofort bei seiner Ex-Partnerin 200 Meter entfernt und kam nur noch selten zu Besuch.

In erster Linie wegen der beiden Katzen.
In zweiter ihres Bruders wegen.

Der Sarg hatte seine Tochter vertrieben.
Welche Tochter teilt sich schon eine Wohnung mit einem Sarg?
Welche?
Geschweige denn das eigene Zimmer.

Denn das war vom ersten Moment an klar:
Sie distanzierte sich von diesem Möbelstück – physisch, emotional und geistig.

Und wenn sie wieder mal vorbeikam, vermied sie es, ihr ehemaliges Zimmer zu betreten.
Was Heiden vollkommen verstand.
Vollkommen.

Denn das war sein Sarg.
Sein Sarg.

Der nichts zu suchen hatte in ihrem Zimmer.

Denn auch das stand von Anfang an fest:

Der Sarg war kein Zufall.

Der Sarg galt ihm und seinem Leben.

D.h. seinem Tod.

Und an seinen – und ihren – Tod wollte die Tochter nicht täglich erinnert werden.

Also verstand er sie.

So dass aus dem Social- ein Daughter-Distancing wurde.

Zu Punkt 2 – Stillschweigen:

Die vier vereinbarten, niemandem von der Existenz des Sargs zu erzählen, diese Sache als Top-Secret-Angelegenheit zu betrachten, die niemanden etwas anging, nicht einmal die weiteren näheren Verwandten oder Bekannten.

Zu Heidens Schutz.

Und zum Schutz seiner Tochter, seines Sohns, seiner Ex.

Sie hätten sich ja jeweils erklären, wehren, schämen müssen gegenüber anderen, stets auf der Hut sein müssen vor hinterhältigen, unehrlichen, sarkastischen, fiesen Fragen.

Denn weltweit

hat niemand

einen derart komischen Vater oder Exmann, bei dem plötzlich der eigene Sarg auftaucht, dableibt und nicht mehr verschwindet.

Also:

Stillschweigen.

Und ehrlich:

So abartig, bizarr und sonderbar das auch klingen mochte:

Ab und zu legte sich Heiden weiterhin in seinen Sarg, zog den Deckel zu und genoss die Stille, die Glücksgefühle, den unglaublich erholsamen

und entspannenden Aufenthalt.
Wie die Katzen.

6
Sonntag, 23.08.2020, 07:15, Vogelsang.

Die Sommerferien plätscherten dahin, vergingen, waren vorbei.
Der Sarg blieb.

Und schon hatte er sich arrangiert, sich abgefunden:
Der Sarg war Teil seines Lebens.

Die Frage, wer warum wie den Sarg bei ihm deponiert hatte, wurde unwichtig:
Es interessierte ihn kaum.
Denn er war einfach da.
Gehörte zur Wohnung wie der Tisch, sein Bett, das Pult.

Und die Tatsache, dass der Sarg ihm galt, sein persönlicher, individueller, einzigartiger Sarg war und nur ihm gehörte, hatte Heiden akzeptiert.

Das bestätigte auch die Auswertung der fotografierten Texte:
Jedes einzelne Wort hatte er, er allein, irgendwann in seinem Leben notiert, von Hand niedergeschrieben, mit der Olivetti-Schreibmaschine getippt, auf dem Atari-Computer gespeichert, in einem seiner Träume, in denen er Romane schrieb, formuliert, irgendeinmal auf dem Laptop, in WhatsApp, auf einem Fetzen Papier mitten in der Nacht festgehalten.

Es waren seine Worte, seine Sätze, seine Gedanken.

Das war einerseits sehr beruhigend.
Andererseits sehr verstörend:

Alles je von ihm Geschriebene und Geträumte und eventuell Gedachte war hier im Sarg definitiv und bis an sein Lebensende gespeichert. Dabei handelte es sich um eine unüberschaubare, riesige Masse von Textelementen, die ganze Bibliotheken hätten füllen können, um ein gigantisches Sprach- und Gedankenmeer, in dem er jämmerlich zu ertrinken drohte.
Ein gewaltiges Chaos herrschte: Von Chronologie, Ordnung, Systematik nicht die geringste Spur.
Satzfetzen, Fragmente, Gedichtzeilen, Briefausschnitte, Protokolle, Anträge, Statements, Leserbriefe, Kurzgeschichten – alle möglichen und unmöglichen Paletten von Textsorten waren im Sarg vereint wie auf einer überdimensionierten Textschutthalde.

Und wenn er sich ab Mitte August täglich nach dem Frühstück für eine halbe oder eine ganze Stunde in den Sarg legte, dann nahm er mehr und mehr neben den positiven, entspannenden, berauschenden Gefühlen auch das Gegenteil wahr:
Stress.

Stress, alle diese Schriftzeichen lesen, ordnen, sortieren, bewerten, gliedern, festhalten, eventuell umgestalten, ergänzen und für die Nachwelt erhalten zu MÜSSEN.
Stress, sich bis an sein Lebensende mit seinen je in seinem Leben geäusserten schriftlichen, mündlichen, gedachten und geträumten Worten beschäftigen zu MÜSSEN.
Stress, sich mit seiner Vergangenheit, seinem gewesenen Innenleben, seiner Zeit vor dem Sarg auseinandersetzen zu MÜSSEN.
Bis er tot um- respektive in seinen Sarg fallen würde.

Was ihn belastete.

Zunehmend.

Heiden hatte
keine Zukunft.

Der Sarg war
seine Zukunft.

Seine einzige.
Seine letzte.

7
Sonntag, 06.09.2020, 18:00, Leucate.

Ab Anfang September hatte Heiden drei Wochen in Südfrankreich am Meer gebucht, in Leucate im «Village Naturiste Oasis».
Er brauchte Abstand, Distanz, Erholung vom Stress.

Die Zugreise war entspannend: Schon über zwanzigmal hatte er dort seine Ferien verbracht, fast immer mit der Familie: Mit Sohn, Tochter, Ex.

Und stets war es toll gewesen: Ferienappartement direkt am Strand, Sandburgen bauen, joggen, wellenbretteln, zum Leuchtturm klettern, im kleinen Centre Commercial einkaufen, kochen, lesen, sich frei und unbeschwert fühlen, keinen Zwängen unterworfen sein, kein Stress, keine Kleider.

Wunderbar war das gewesen.

Diesmal würde es weniger Spass machen.

Denn allein war man ja allein.

Aber immerhin ohne Sarg.

Am Sonntag um vier Uhr nachmittags kam er an, per Taxi:
Die Bahnstation Leucate-la Franqui liegt weit ausserhalb der Dörfer und des Städtchens – wer auch immer diesen Bahnhof geplant und bewilligt hatte: Der Gedanke, dass es vielleicht ein Vorteil für Bahn und Bevölkerung sein könnte, die Haltestelle in unmittelbarer Nähe des Siedlungskerns zu bauen, war offenbar den zuständigen Behörden nicht eingefallen oder als abwegig erschienen, so dass bis heute kaum jemand die Strecke zum Bahnhof zu Fuss oder per Velo zurücklegt. Die wenigen Zugfahrenden reisen an per Auto, Taxi oder Bus, der viermal täglich dort Halt macht.

Sommerlich warm war's, Dutzende von Sonnenhungrigen genossen Meeresluft, Strand, Wellen und Wärme und Heiden bezog seine Ferienwohnung im 2. Stock am östlichen Rand der Feriensiedlung: 2-Zimmer-Appartement mit Wohnzimmer inklusive Kochecke, Schlafzimmer und Bad – zwar nicht direkt am Strand, doch kaum 50 Meter davon entfernt.

Wunderbares Ferien- und Freiheitsgefühl.
Und bevor er etwas auspackte, zog er sich aus, öffnete die Fensterläden, liess den breiten Rollladen des Wohnzimmerfensters per Knopfdruck hinaufgleiten, öffnete die Balkontüre, stieg barfuss die Rundtreppe hinab, ging die paar Schritte bis zum Strand und nahm die rund zwei Kilometer lange Wanderung um die ganze Ferienanlage mit den Villages «Oasis», «Aphrodite», «Ulysses» und «Eden» dem Meer entlang unter die Füsse.

Herrlich, den warmen Sand zu spüren und das kühle Meerwasser. Zwei, drei Leute kannte er, Pensionierte aus der Schweiz und Deutschland, die einen grossen Teil des Jahres hier in ihrer Ferienwohnung am Mittelmeer verbrachten.

Auch die kleine Bäckerei mit Amélie, der netten Verkäuferin, der kleine Lebensmittelladen, der Kiosk waren heute Sonntag geöffnet, und er kaufte das Allernötigste ein: Kaffee, Mineralwasser, Äpfel, Gurken, Kartoffeln, Reis, Teigwaren, Käse, Milch, Brot.
Schon fühlte er sich wieder daheim, wie nicht weg gewesen.

Auf dem Balkon genoss er die Abendsonne, las etwas, checkte WhatsApp, Mails und Sms, schickte einige Strandfotos an Tochter und Söhne und war ziemlich happy: Kein Stress, kein Sarg weit und breit, drei unbeschwerte Wochen lagen vor ihm, in denen er sich nichts vorgenommen hatte.
Praktisch nichts.
Ausser täglich zu joggen, viel zu lesen, etwas Gymnastik zu machen, Französisch zu repetieren, Ideen zu sammeln und eventuell Gedichte oder Kurzgeschichten zu schreiben.
Sonst aber wirklich nichts.
Also Erholung pur.

Bratkartoffeln, Reis, Käse, Gurkensalat waren sein Nachtessen – und er achtete darauf, dass er von Anfang an nur das Minimum an Geschirr und Besteck verwendete, das er, also eine Person, benötigte:
1 Teller
1 Löffel
1 Messer
1 Gabel
1 Trinkglas
1 Tasse.
Fertig.

Sofort nach Gebrauch wusch er Geschirr und Besteck ab, so dass immer alles abgewaschen wäre und nie ein Geschirrberg entstünde.

Möglichst wenig Hausarbeit, möglichst wenig Geld ausgeben, täglich früh aufstehen, täglich spät zu Bett gehen, täglich das gleiche Programm.
Das beruhigte die Nerven, entspannte das Gemüt, tat der Seele gut.

Eine halbe Stunde nach Mitternacht schlüpfte er in den leichten und dünnen Schlafsack, las noch einige Minuten Franz-Hohler-Texte und fiel danach in einen tiefen, gesunden, traumlosen Schlaf.

Aus dem er zwei Stunden später jäh erwachte:
Denn es goss in Strömen.
Blitzte und donnerte.
Der Regen prasselte mit lautem Getöse auf die Dachziegel, in der Küchenecke hatte sich bereits eine kleine Wasserlache gebildet: Aha, das Küchenfenster war undicht.
Mist.

Er bediente die Rollladenschliesstaste, denn der heftige Regen hatte auch die grossen Wohnzimmerfensterglasscheiben genässt. Doch nach wenigen Sekunden folgte ein Knall, ein lautes Knarren, Knirschen und Ächzen – dann war die Store blockiert: Schräg war sie auf halber Höhe steckengeblieben, da er vergessen hatte, auf dem Balkon den Liegestuhl vom Fenster wegzuschieben, so dass der Rollladen auf die Stuhllehne gestossen und auf der linken Seite aus der Halterung gesprungen war.

Mist.
Das konnte teuer werden.

8
Montag, 07.09.2020, 11:45, Oasis.

«Haben Sie eine Haftpflichtversicherung?», fragte Herr Schwarz von der Réception, nachdem Heiden am folgenden Morgen den Schaden gemeldet hatte. Wegen seines alten Wohnwagens, dessen Kochherdgastank explodieren und alle benachbarten Campingfahrzeuge zerstören und so einen Schadenfall von bis zu fünf Millionen Franken verursachen könnte, hatte er vor rund einem Jahr eine abgeschlossen: «Sicher, klar, Helvetia».

«Ja, hab ich», antwortete Heiden, froh, nicht Französisch sprechen zu müssen.

Am Nachmittag, es war immer noch kühl und regnerisch, versuchten zwei Handwerker vergeblich, den Rollladen wieder in Gang zu bringen. In schnellem Südfranzösisch erklärten sie Heiden, die Store müsse ersetzt werden und er solle sich an Herrn Schwarz wenden. Jedenfalls schloss er das aus jenen Satzfetzen, die er zu verstehen glaubte.

Somit hatte er ein Problem.

Immerhin war das Joggingprogramm – trotz fehlendem Training – am Vormittag erfolgreich verlaufen: Nur mit Sportsocken bekleidet, rannte er fast eine Stunde lang auf dem leeren Sandstrand hin und her, zuerst mühsam eine erste Fussstapfenspur bildend, in die er nachher Schritt für Schritt treten konnte, so dass danach aufgrund der nun härter gewordenen Sandspur-Unterlage das Jogging weniger Kraftaufwand erforderte.

Auch der Einkauf war erfreulich gewesen: Die Bäckerin Amélie hatte ihm zwei Zitronentörtchen geschenkt und ihn gefragt, wie lange er diesmal bleiben würde, was seine Stimmung hob und ihn den Rollladen- und Versicherungsstress vergessen liess.

Eine neue Sonnenstore würde 800 Euro kosten, teilte ihm Herr Schwarz mit, und ob das ok sei, was es war, denn Heiden hatte ja den Defekt verursacht. Und wie die telefonische Nachfrage ergab, würde die Versicherung – einfach, sicher, klar – den Schaden übernehmen.

Alles gut.
Problem gelöst.
Null Stress.

9
Montag/Dienstag, 07./08.09.2020, Oasis.

Nach Nachtessen, Gymnastikprogramm, Lektüre und «ZDF-History» legte er sich auf sein ein Meter vierzig breites, hartmatratziges, mit Matratzenschoner und Fixleintuch bespanntes Bett, checkte nochmals die wichtigsten News aus den USA, der Schweiz, dem Kanton Aargau, Deutschland und Grossbritannien sowie die Wetter-App, stand nochmals auf, trank zwei Glas Mineralwasser, ging auf die Toilette, putzte die Zähne, legte sich wieder hin, überprüfte erneut einige News-Apps, las noch ein bisschen, schlief ein und erwachte um halb fünf wegen Harndrangs.

Noch war es dunkel draussen, kein Mond schien.

Er erhob sich, machte jedoch das Licht nicht an wegen des halb geöffneten Fensters und der Stechmücken, die sich angezogen fühlen könnten, schlurfte durch den Schlafzimmertürrahmen Richtung WC, betrat dieses, schloss die Tür, betätigte den Lichtschalter, erleichterte sich, löste den Spülvorgang aus, löschte das Licht, öffnete die Tür, watschelte im Dunkeln zurück ins Schlafzimmer, legte sich hin, kuschelte sich ein in den Schlafsack, der noch einen Rest wohliger Bettwärme enthielt, überlegte, wann er aufstehen, einkaufen, frühstücken, joggen würde, griff zum Smartphone – vielleicht war ja irgendwo auf der Welt etwas Wichtiges, Einmaliges, Schockierendes, Katastrophales passiert, das er sofort erfahren musste – und war gerade dabei, einzuschlafen, als ein Blitz ihn durchzuckte:

War da nicht was gewesen?

War ihm, viertel- bis halbwach, nicht halbwegs was aufgefallen?

Hatte sich irgendwas verändert?

War da was?

Wie immer hatte er die Wohnungstür abgeschlossen – man wusste ja nie.

Auch die Balkonfenstertüre war verriegelt, obwohl: Wer würde schon die Fassade zum zweiten Stock hinaufklettern, um eine Ferienwohnung auszurauben, nur weil die Balkontüre offenstand?

Wer?

Das Rauschen des Meeres war zu hören durch den Fensterspalt, ein kühles, frisches Meereslüftchen war zu spüren, sonst nichts als Stille, Stille, Stille.

Da war nichts.

Nichts gewesen.

Beruhige dich.

Schlaf ein.

Entspann dich.

Schlaf ein.

An einen Weiterschlaf war nicht zu denken.

Also schloss er das Fenster, machte Licht, griff zum Handy, machte einen zweiten News-Check, packte das Buch, über dessen Lektüre er um halb ein Uhr eingeschlafen war, suchte die letzte Stelle, an die er sich noch erinnerte, rückte das Kopfkissen zurecht, erhöhte die Polsterung mit einem zusammengefalteten Badetuch und versuchte, weiterzulesen, sich auf das Gedruckte zu konzentrieren, was ihm nicht gelang.

Also aufgestanden: Frühstückte er heute halt um fünf.
Richtete sich auf, hielt sich am Türrahmen fest, tastete nach dem Wohnzimmer-Lichtschalter, drückte die Taste und das Licht ging an:

Schock.
Schock.
Schock.

Mitten im Wohnzimmer, auf dem runden Ferienappartement-Tisch, schwarz, leuchtend, thronte drohend

der Sarg.
Der Sarg.
Der Sarg.

10
Dienstag, 08.09.2020, 05:00, Oasis.

Der Sarg.
Entsetzt, fasziniert, ungläubig, irritiert, verstört, gestresst starrte Heiden das Ding an, das seit Wochen sein Leben dominierte, veränderte, belastete, bereicherte.

Die Frage, wie der Sarg hierher gelangt war, stellte er sich gar nicht. Offenbar folgte er ihm wie ein treuer Hund, zeitverzögert wie die Seele, die nach einem längeren Flug erst Stunden oder Tage später bei und in dir eintrifft und dich wieder komplettiert, zu einem richtigen Menschen macht.

Statt den Sarg für drei Wochen loszuwerden und vergessen zu können, hatte er ihn nun auch hier in seinen wohlverdienten Ferien am Meer in Südfrankreich am Hals, war er auch hier plötzlich aus dem Nichts aufgetaucht, in echt, massiv, in übermenschlicher, esoterisch-himmlisch-unerklärbar-unglaublicher Qualität, stand er auch hier – zack! – unvermittelt auf dem Tisch, diesen um fast einen Meter überragend.

Vielleicht sollte er noch einmal zurück ins Bett, ausschlafen, sein Hirn ausschalten und hoffen, der Sarg sei gar nicht da, sei ein frühmorgendliches Hirngespinst, ein Wachtraum, eine Halluzination gewesen.

Vielleicht sollte er einfach eine Tasse Kaffee trinken, erst mal richtig wach werden und sich fragen, ob das wirklich stimmen könne, was ihn da so erschreckte.

Vielleicht sollte er einen Spaziergang machen, dem Meer entlang, dem Meeresrauschen lauschen und vergessen, was sich hier in seinem Appartement abspielte.

Da er sich für nichts entscheiden konnte, schaltete Heiden den Fernseher ein, zappte durch die 14 Programme, gedankenlos, leer, sinnlos, blöd.

Zu Hause wäre immerhin sein Sohn gewesen, mit dem er die Sargsorgen hätte teilen können. Doch hier war er allein.
Allein mit dem Sarg.
Seinem Sarg.

Nach zwanzigminütigem TV-Brei war er immerhin wieder einigermassen des Denkens fähig:

1. Der Sarg musste weg.
2. Niemand durfte von der Existenz des Sargs erfahren.
3. Er würde sich bei seinem Sohn erkundigen, ob der Sarg tatsächlich aus dem Zimmer seiner Tochter verschwunden wäre.

Per «Telegram» setzte er Punkt drei gleich um. Vor neun Uhr war jedoch mit einer Antwort nicht zu rechnen.

Punkt zwei war sowieso klar, da musste er gar nichts unternehmen.

Punkt 1 war am schwierigsten realisierbar:
Der grosse Wandschrank mit den Schiebetüren beim Eingang war zu klein, im Badezimmer hätte er das Ding höchstens aufrecht in die Duschkabine stellen können, im Schlafzimmer gab es Platz zwischen dem Bett und der Wand mit dem kleinen Fenster, an den Balkon war nicht zu denken, und im Wohnzimmer war höchstens hinter dem Sofa Platz, wenn er dieses einen Meter von der Wand weggeschoben hätte.

Und jetzt machte Heiden sich eine Tasse Kaffee.
Filterkaffee.

11
Dienstag, 08.09.2020, 06:30, Oasis.

Bis sich sein Sohn melden würde, hatte er noch etwas Zeit.
Den Sarg stellte er vorläufig auf dem Sofa ab, das genau gleich lang war und etwa die gleiche Breite aufwies. Das schien ihm im Moment sowie-

34

so der geeignetste Platz zu sein: Das Wohnzimmer war von Weitem nicht einsehbar, und er hatte auch nicht im Sinn, irgendjemanden in seine Wohnung zu lassen. Das befreundete Schweizer Ehepaar würde erst in zehn Tagen eintreffen und bis dahin würde er eine bessere Lösung gefunden haben. Oder der Sarg wäre dann vielleicht sogar verschwunden, was er sich wünschte und mit Abstand das Beste wäre.

Um halb acht Uhr öffneten die Centre-Commercial-Lädelchen und er machte seinen täglichen Einkauf. Wieder betrat er zuerst die kleine Bäckerei, wo bereits Amélie auf ihn wartete.
«Bonjour, Überr», begrüsste sie ihn.
«Bonjour, Amélie», grüsste er zurück.
«Ca va?», fragte sie, da Heiden offenbar nicht so happy und etwas gestresst aussah.
«Très bien, très bien, merci», antwortete er, «et toi?»
«Oh, comme toujours...»
Dann kaufte er eine Baguette normale und ein Pain complet und verabschiedete sich, da eben ein nackter Kunde eingetreten war.
«A demain», hörte er sie noch sagen, aber da war er schon draussen, nicht ohne ihr ziemlich linkisch zugewinkt zu haben.

Für einen kurzen Moment hatte er tatsächlich den Sarg vergessen. Aber da er sich zu Hause in der Schweiz bereits an ihn gewöhnt hatte, machte es ihm nicht einmal so viel aus, direkt daneben zu frühstücken.

Um 08.27 traf die Antwort seines Sohns in Form eines fast unkommentierten Fotos ein, das ein leeres Tochterzimmer ohne Sarg zeigte und dessen Legende aus dem Fragewort «Was» mit drei Ausrufe- und zwei Fragezeichen bestand.

Immerhin: Sein Sohn wusste nun Bescheid – und als Antwort sendete ihm Heiden ein Sargbild, ergänzt mit sieben Ausrufezeichen.
Dasselbe Foto übermittelte er auch seiner Tochter und seiner Ex.

Irgendwie fühlte er sich erleichtert, dass er drei Mitwissende hatte, die ihm notfalls beistehen könnten – wenn auch nur aus der Ferne.

Der Sarg sollte ihn nicht aus dem Konzept bringen und ihn davon abhalten, sein tägliches Joggingprogramm zu absolvieren. Punkt halb zehn Uhr zog er seine Strandsocken an: Du kannst nicht im tiefen Sand länger als 20 Minuten rennen, ohne die Haut von mindestens einer Zehe durchzuschürfen. Socken haben sich deshalb sehr gut bewährt: Statt brennender Zehen weisen jedoch alle getragenen Socken nach drei bis vier Trainings kleinere und grössere Löcher auf, so dass sie entsorgt werden müssen. Von den zwanzig Exemplaren würden deshalb höchstens 50% diese Ferien überleben.

Eine angenehme Temperatur, wenig Sonne, etwas Wind, keine Hunde, ein gutes Laufgefühl, keine Beschwerden: Was wollte Heiden mehr...

Nach rund einer Stunde beendete er seine Jogging-Session, machte seine Dehnübungen, entledigte sich der Socken, klopfte diese aus, um den Sand zu entfernen, duschte und kehrte barfuss zu seinem Appartement zurück. Gut gelaunt stieg er die betonierte Rundtreppe mit Metallgeländer in den zweiten Stock hinauf.

Und erstarrte.

12
Dienstag, 08.09.2020, 11:40, Oasis.

Erstarrte.
Denn vor der Wohnungstüre standen die beiden Handwerker, die am

Vortag erfolglos versucht hatten, den Rollladen zu reparieren.

«Bonjour, Monsieur!», empfingen sie Heiden und teilten ihm in schnellstem und kaum verständlichem Handwerker-Südfranzösisch mit, dass sie den «Rouleau» ausbauen, mitnehmen und später dann ersetzen würden, wie er das mit «Monsieur Shwarrz» besprochen hätte.

Heiden war perplex, geschockt, fand keine Worte: Wie konnte er ihnen erklärbar machen, dass der jetzige Moment komplett unpassend und ungünstig wäre, dass sie etwa in einer Stunde nochmals kommen sollten, dass er dringend etwas zu erledigen hätte, dass es ihm schlecht ginge, sooo schlecht…
Er war sprachlos: Erstens konnte er nicht gut Französisch, zweitens fand er die Worte nicht und drittens war er so gestresst, dass er sie auch nicht gefunden hätte, wenn er sie gewusst hätte.

Also steckte er den Schlüssel ins Schloss, öffnete die Tür und sagte: «Voilà!»

Natürlich bemerkten sie das schwarze Ding sofort.
Sofort.
Wirklich sofort.
Und dass es sich bei diesem Objekt um einen Sarg handelte, schnallten sie ebenso schnell.
«C'est un cercueil?»
«Vous avez un cercueil?»
«C'est votre cercueil?»
Bis zu diesem Moment hatte Heiden nicht einmal gewusst, was «Sarg» auf Französisch heisst, aber nach mehrmaliger Erwähnung durch die zwei Handwerker hatte Heiden den Begriff intus:
Le cercueil,
son cercueil.
«Oui, c'est mon cercueil», stotterte er, «mais ça fait rien…»

Nachdem sie den Sarg vorsichtig berührt hatten – war der wirklich echt? – und einander eigenartige Blicke zugeworfen und mittels professioneller Klopfgeräusche versucht hatten, herauszufinden, aus welchem Material er bestand, bequemten sie sich endlich doch noch, sich der kaputten Store anzunehmen, die unverändert schief vor dem Wohnzimmerfenster hing, den Rollladenkasten zu öffnen und die vom Rost zerfressene dicke Metallstange herauszulösen, die nun schlaff und befreit herunterhängende Store wieder aufzuwickeln, auf ihre Schultern zu laden und Heidens Ferienwohnung zu verlassen, nicht ohne noch einen allerletzten und völlig verständnislosen Blick auf den Sarg geworfen zu haben.

Die zehn Euro Trinkgeld, die Heiden ihnen angeboten hatte in der Hoffnung, sie würden das mit dem Sarg sofort vergessen und nicht herum erzählen, lehnten sie ab, da sie das nicht dürften, wie er vermutete. Seine Französischkenntnisse reichten bei Weitem nicht aus, um ihnen erklären zu können, was es mit diesem Sarg auf sich hätte und dass sie das für sich behalten sollten.

Jedenfalls vernahm er das Wort «cercueil» mehrmals, als sie sich noch auf der Treppe befanden und sich mit der schweren Store abmühten. Lauthals unterhielten sie sich weiter unentwegt während des Beladens ihres Firmenwagens, und auch, als sie langsam am Wegfahren waren, hörte Heiden noch mehrmals laut und deutlich die ominöse, nun höchstwahrscheinlich ein tatsächlich gröberes Problem auslösende Bezeichnung:
«CERCUEIL».

13
Dienstag, 08.09.2020, 14:30, Oasis.

Helmut, ein deutscher Rentner, der jeweils von April bis Oktober mit seiner pensionierten Gemahlin Gerlinde in ihrem schmucken Häuschen am Westende des Oasis-Village wohnt, sprach Heiden bereits um halb drei Uhr nachmittags während seines Spaziergangs rund um die Anlage darauf an:

«Du hast einen Sarg mitgenommen?»

Ach Gott, dachte er, wenn der es weiss, wissen es bald alle.
Natürlich konnte er ihn nicht anlügen, und er erzählte ihm und seiner Frau bei einer Tasse Kaffee, zu der sie ihn eingeladen hatten, die ganze Story.
Die sie zwar zu glauben versuchten, es jedoch nicht schafften.
Mehrmals versuchte Heiden ihnen zu erklären, dass er selber nicht wüsste, wie der Sarg zu ihm habe gelangen können.
«Ich habe den Zug und das Taxi genommen – wie soll ich da in der Lage sein, einen Sarg mitzuschleppen?»
Alle Leute, die einen Sarg benötigten, würden sich diesen liefern lassen, dorthin, wo die Leiche sei. Ob er denn beabsichtigen würde, hier das Zeitliche segnen zu wollen und warum.
Ob er mal den Sarg besichtigen dürfe – es sei vielleicht gar keine schlechte Idee, sich schon vor dem eigenen Tod zu überlegen, in was für einem Modell man zur letzten Ruhe gebettet werden möchte.
Wie teuer der Sarg denn gewesen sei, wer ihn hergestellt habe, wie gross, lang, breit, hoch er sei, wie er innen aussehe etc. etc.

Und nach einer Stunde, als er sich endlich verabschieden konnte, bemerkte er auf dem Weg zu seinem Appartement, wie die Leute zu tuscheln begannen, sobald sie ihn erblickten: Bereits war er bekannt als der «Sargmann», der «homme du cercueil» – Heiden musste ihnen unheimlich, sonderbar, psychisch angeschlagen, eventuell gefährlich vorkommen, abartig, nicht normal.

Froh war er deshalb, als er vor seiner Wohnungstür angekommen war. Vor der ein Briefcouvert mit der Anschrift «Hubert Heiden, T12» lag.

14
Dienstag, 08.09.2020, 15:30, Oasis.

In der Réception bat ihn Herr Schwarz, Platz zu nehmen, hinten, in seinem Büro.

Er danke ihm, dass er so schnell gekommen sei.
Es gehe um den Sarg und darum, dass es noch nie vorgekommen sei, dass jemand mit einem Sarg angereist wäre, und er sei schliesslich schon seit über 40 Jahren hier. Aber da Heiden Stammgast sei, wolle er ihn natürlich zuerst einmal anhören.
Es gebe Grenzen, auch wenn diese in der Geländeordnung nicht bis ins letzte Detail ausformuliert und reglementiert seien. Über Särge zum Beispiel stehe nichts, aber man gehe einfach davon aus, dass ein Sarg kein normales Gepäckstück und deshalb bewilligungspflichtig sei – mit Ausnahme eines vorliegenden Todesfalls selbstverständlich. Ob er denn beabsichtige, die Anlage als Toter zu verlassen.

Während der nächsten halben Stunde erklärte Heiden Herrn Schwarz ausführlich und wahrheitsgetreu die ganze Sarggeschichte und fügte bei, dass es ihm sehr leid täte, ihn mit dieser für ihn selbst unerfreulichen Situation belästigen zu müssen.

Das mit dem Rollladen hätten sie ja schon geklärt, das sei in Ordnung, meinte Herr Schwarz, sofern dann die Haftpflichtversicherung auch wirklich zahle. Aber das mit dem Sarg gehe nicht und sei eine so unwahrscheinliche Geschichte, dass er, Heiden, sicher niemanden finden würde, der ihm diese Story abnähme. Ob denn seine Expartnerin etwas davon wisse, ob er sie in dieser Angelegenheit kontaktieren dürfe - was Heiden bejahte.

Auf dem Rückweg achtete er darauf, von niemandem angesprochen zu werden: Heiden machte einen Bogen, bog links oder rechts ab oder kehrte um.

Der Sarg hatte sich in kürzester Zeit zu einem gewaltigen Problem entwickelt.
Sollte er die Ferien abbrechen?
Sollte er eine Garage mieten und den Sarg dort deponieren?
Sollte er den Sarg mitten in der Nacht ins Meer werfen?

Vor der Wohnungstür lag erneut ein Briefumschlag, handschriftlich adressiert an «Hubert».

15
Dienstag, 08.09.2020, 16:00, Oasis.

Amélie hatte ihm geschrieben.
Zwei, drei Sätze: Sie habe vom Sarg und dessen Geschichte gehört, an der sie sehr interessiert sei und ob sie um 20 Uhr vorbeikommen und den Sarg anschauen dürfe.
Heiden könne ja dann auch nein sagen, aber der Sarg sei etwas, das sie

wirklich interessiere.

Heidens Herz klopfte – die Geschichte wuchs ihm über den Kopf. Wenn das so weiterging, hatte er bald alle Feriengäste zu Besuch.

Den Rest des Tages verbrachte er auf dem Balkon, teils mit, teils ohne Sonne.

Und dann, nach dem Nachtessen, wartete er auf Amélie.

Um 20 Uhr 05 klopfte es leise, Heiden öffnete die Tür und Amélie stand davor, in der Hand eine kleine Tortenschachtel haltend, und fragte, ob sie wieder gehen solle.

«Non-non», sagte er, «please come in». Vor Schreck und Aufregung hatte er die Sprache gewechselt.
«If you like, we can speak English», erwiderte sie in einem unfranzösisch-angenehmen Schulenglisch-Akzent.

Voller Bewunderung betrachtete sie Heidens Sarg, berührte ihn sanft, streichelte ihn fast.
Er sei «wonderful, fantastic, perfect», sie liebe Särge, was sehr speziell sei, aber für sie etwas ganz Normales.
Bei Kaffee und Kuchen erzählte er ihr seine und sie ihm ihre Geschichte:

Amélie hatte einen Freund, den sie wahnsinnig geliebt und der sie ebenso wahnsinnig gern gehabt hatte. Mit zweiundzwanzig Jahren sei er in ihren Armen gestorben – an einem Hirntumor, den man erst einige Tage vor seinem Tod, als es für eine Operation viel zu spät gewesen wäre, entdeckt habe. Bis zuletzt habe er Pläne geschmiedet, von einem gemeinsamen Leben geträumt, habe gehofft, wieder gesund zu werden.
Dieser Freund lebe weiter in ihr, gebe ihr Kraft, Zuversicht und Freude

und helfe mit, ihr Leben lebenswert zu gestalten.

Sie habe einen ganzen Tag lang unter Tränen den Sarg ihres Freundes verziert, mit Schriftzeichen, Blumen, Sonnen, Sternen, Wolken, mit Herzen, Augen, Händen, Engeln, Kerzen versehen, sie habe wie in Trance gemalt und geschrieben und gezeichnet und der Sarg sei wunderbar, ein Teil von ihr selbst geworden:

Das sei ihr letztes Geschenk gewesen, ihr letzter Liebesbeweis, ihr letzter Abschiedsgruss. Sie habe sich sogar in den Sarg hineingelegt, um ihn mit ihren Gefühlen der Liebe aufzufüllen, um ihn als letzte Ruhestätte für ihren Freund vorzubereiten. Es sei seltsam gewesen im Sarg, sie habe sich jedoch nicht eingeengt gefühlt, sondern frei, beschwingt, leicht und fröhlich.

Sie sei deshalb auch sehr an seinem Sarg interessiert – ob sie denn auch das Innere sehen und sich eventuell ebenfalls hineinlegen dürfe.

Heiden und Amélie verstanden sich gut: Sie glaubte ihm, er ihr, er konnte ihr nachfühlen, sie ihm.

Eine halbe Stunde verbrachte sie im Sarg, weinend, glücklich, und zum Abschied umarmten sie einander.

16
Mittwoch, 09.09.2020, 07:15, Oasis.

Am nächsten Morgen hatte Heiden Schwindelgefühle. Er kannte das: Blutleere, Hirnschlaggefahr.

Wenn er die Augen schloss, tauchten zwei grell erleuchtete, schwarz eingerahmte Figuren auf, die die Form zweier Hirnhälften hatten.

Mit rund 100 Liegestützen kurbelte er die Kopf-Blutzirkulation an und nach fünf Minuten waren die Schwindelgefühle und die schrecklichen Figuren verschwunden. Einen halben Liter Mineralwasser zu trinken, war ebenfalls ratsam.

Um halb acht Uhr war noch kaum jemand unterwegs – beste Gelegenheit, um einzukaufen.
Gespannt war er auf Amélie. Und bevor er etwas sagen konnte, fragte sie schon, ob sie heute Abend wieder kommen dürfe, es sei so schön gewesen.
«Of course», erwiderte Heiden, denn sie hatten am Vorabend nur noch Englisch gesprochen. Er lud sie auch gleich zum Nachtessen ein und erkundigte sich, ob sie sich ein Menue wünsche.
Vielleicht etwas Schweizerisches, meinte sie und wandte sich der nächsten – nackten – Kundin zu.

Da Heiden nicht belästigt werden wollte, begann er bereits um acht Uhr mit dem Jogging: Die meisten lagen noch in ihren Betten, verschliefen den halben Tag, verschliefen und verpassten wahrscheinlich einen Teil ihres Lebens.
Morgenstund: Gold im Mund.

Dank Amélie hatte er sich mit dem Sarg jetzt nicht nur abgefunden, sondern sich mit ihm angefreundet, mit ihm eine Art Beziehung aufgebaut: Der Sarg war ein Teil von ihm, vermittelte ihm eine Botschaft, die er entschlüsseln wollte, übertrug ihm eine Aufgabe, die er vor seinem Tod zu erledigen hatte.

Um elf Uhr klopfte es.
Vor der Tür stand eine junge Videojournalistin, eine Videoaufnahme machend: Wie der «Sargmann», Heiden, ihr die Türe öffnete.
Da er aus seiner Zeit als Politiker Respekt hatte vor dieser journalistischen Arbeit, die jeweils mit riesigem Stress verbunden, sehr mühsam und oft sehr unbefriedigend war, reagierte er nicht abweisend, sond-

ern höflich und respektvoll, indem er sagte:

«Bonjour, Madame».

Jetzt stoppte die Frau die Aufnahme, stellte sich als «Joline Berzaine, France cinque» vor und fragte Heiden, ob sie mit ihm ein Interview machen dürfe, da sie gehört habe, er sei mit einem Sarg in die Ferien gekommen, was doch ziemlich ungewöhnlich wäre.

Er fragte zurück, wer das denn interessiere, und sie meinte, er wüsste gar nicht, wie sehr eine solche aussergewöhnliche Geschichte die Menschen in Frankreich interessieren würde, das sei fast schon eine Sensation und deshalb newswürdig und sie wäre froh, wenn sie mit ihm das Interview machen dürfte.

Heiden sagte ihr – auf Englisch – das wäre für ihn schon ok, aber seine Geschichte würde sowieso nicht geglaubt oder für möglich gehalten.

Oh, das sei kein Problem: Viele Leute würden jeden Quatsch glauben – dass die Erde flach sei, die Amerikaner nie auf dem Mond gelandet seien, Bill Gates das Corona-Virus in die Welt gesetzt habe undsoweiter. Seine, Heidens Story, sei jedoch kein Fake, sondern die wahre Wahrheit, und wenn sie selber daran zweifeln würde, müsste sie auch kein Interview machen.

Sie könne ihm doch nicht im Voraus versichern, ob sie alles, was er ihr erzählen würde, dann auch glauben würde, dazu wäre sie ja erst nach dem Interview in der Lage.

Jetzt kam Heiden die Idee mit Amélie.

17
Mittwoch, 09.09.2020, 13:30, Oasis.

Das Interview fand um 13 Uhr 30 statt. Amélie hatte nach kurzem Zögern eingewilligt, ebenfalls dabei zu sein: Ihre Aussagen würden die Glaubwürdigkeit von Heidens Geschichte erhöhen, ihre Anwesenheit als Französin, die seine Geschichte kannte und glaubte, würde die Menschen vom Wahrheitsgehalt seiner Story überzeugen.

Die Videojournalistin gab sich die allergrösste Mühe: Sie hatte noch einen Kollegen mitgebracht, der für sie das Technische übernahm, Bild, Ton, Kameraführung. Dies war Amélie zu verdanken, die Joline für Heiden und dessen Sarg hatte begeistern können.

Amélie und Heiden hatten schon das ganze Wohnzimmer umgestellt und den Sarg auf seinem Bett platziert. Sie hatte auch ein weisses Bettlaken mitgebracht, so dass die Schönheit, die Eleganz und die Vollkommenheit des Sargs voll zur Geltung kamen.
Ebenfalls brachte sie einige Kerzen mit, ein Foto ihres verstorbenen Freundes Marco, die letzte gemeinsame Aufnahme kurz vor dessen Tod, ein Foto des von ihr verzierten Sargs sowie ein Friedhofbild, das das Grab des Freundes zeigte.

Joline war voll im Element: Noch nie hatte sie einen über dreiminütigen Beitrag produzieren dürfen, für diesen hier wurden sechs Programm-Minuten zur besten Sendezeit – zwischen 19.30 und 20.00 Uhr – reserviert, was aussergewöhnlich war. Die Redaktionsleiterin hatte schliesslich nachgegeben, vor allem auch, weil ein anderer regionaler Beitrag ins Wasser fiel und kurzfristig nicht ersetzt werden konnte.

Die Videojournalistin hatte in kurzer Zeit Unglaubliches geleistet:
- Von Herrn Schwarz hatte sie die Erlaubnis erhalten, Filmaufnahmen

der Ferienanlage inklusive Strand zu machen; Gäste durfte sie nicht filmen – schliesslich befand man sich in einem FKK-Village.

- An der 30-minütigen mittäglichen Video-Redaktionssitzung hatte sie für ihr «très-très-important»-Interview und jede einzelne Minute gekämpft.

- Einen ihrer Kollegen, Jean-Claude Muller, der heute frei gehabt hätte, konnte sie dazu bringen, hierher zu kommen und sie in ihrer journalistischen Arbeit zu unterstützen.

- Zwischen 12.30 und 13.30 Uhr hielt sie in zahlreichen Sequenzen die Schönheiten, Vorzüge, Besonderheiten des Oasis-Village fest.

- Und jetzt folgte also das Interview, auf das sie sich seit gestern Nacht vorbereitet hatte.

Die Einleitung hatte sie schon über Mittag gemacht: Vor dem Swimmingpool, dem Meeresstrand, vor dem T12, dem Gebäude, in dem sich im 2. Stock Heidens Appartement befand und während des Besteigens der Rundtreppe bis zu dem Moment, da dieser die Türe öffnen und sie mit «Bonjour, Madame» begrüssen würde.

«Monsieur Eiden, vous êtes «l'homme du cercueil» – you are the «coffin man». Pourquoi?»

18
Mittwoch, 09.09.2020, 16:30, Oasis.

Die Aufnahmen dauerten etwas mehr als eine Stunde – danach mussten Joline und Jean-Claude subito ins Studio, um das Material auf sechs Minuten zusammenzuschneiden – spätestens um 18 Uhr musste es fertig sein, damit die Chefredaktorin noch genügend Zeit haben würde, das Interview zu begutachten und freizugeben.

Amélie hatte massgeblich zum Gelingen beigetragen: Ihre Schilderung des Todes ihres Freundes und wie sie dessen Sarg bemalt und gestaltet hatte, ihre Tränen gaben der Kurzreportage jene Tiefe, die auch Heidens Aussagen glaubwürdig erscheinen liessen.

Er bedankte sich bei ihr für ihre wertvolle Unterstützung, bevor sie sich verabschiedete – sie musste noch etwas in der Bäckerei erledigen, wollte sich in ihrer Parterrewohnung, die sich neben dem Clubrestaurant befand, noch etwas zurechtmachen, um 18 Uhr zurück sein und mit ihm zwischen halb acht und acht den Beitrag in France 5 verfolgen.

Wie hatte sich Heidens Ferienaufenthalt verändert!

Statt dass er sich vom Sargstress hätte erholen können, geriet er aus dem Nichts ins Zentrum des medialen Interesses – das komplette Gegenteil dessen, was er gesucht hatte.

Doch hatte er, um ehrlich zu sein, auch einen gewissen Spass dabei – wie es weitergehen würde – darüber machte er sich keine Gedanken.

Er informierte auch nicht seine Söhne, seine Tochter, seine Ex darüber, dass schon bald halb Frankreich erfahren würde, was für ein Geheimnis er mit sich trüge, dass bald schon Millionen seine Sargstory kennen würden, die eigentlich, wie sie es abgemacht hatten, unter ihnen hätte bleiben sollen.

Amélie war begeistert von Heidens Rösti – und auch sie ass seit Jahren keine Tiere: «I love all the animals, why should I eat them?».

Gespannt warteten die beiden, auf dem Sofa sitzend – der Sarg lag ja nun auf Heidens Bett – auf die regionale Newssendung in France 5. In der Vorschau war schon mal kurz das Bild des Sargs erschienen, was bei dessen Eigentümer einen kurzen Schock ausgelöst hatte: Nicht zu fassen, dass das französische Fernsehen seinen Sarg und ihn zum Thema machte – nicht zu fassen.

Um 19.45 Uhr, nach einer kurzen Werbepause, in der für Wimperntusche und Boxershorts geworben wurde, war es so weit: Die Moderatorin erwähnte kurz und knapp die Begriffe «l'homme du cercueil, Village Naturiste Oasis und Amélie», bevor der Videobeitrag startete.

Joline hatte ausgezeichnete Arbeit geleistet:
- Klarer Aufbau,
- gute Einleitung,
- subtile Interviewfragen,
- überzeugende Videoaufnahmen,
- hervorragende Sargbilder,
- emotionales Schlussstatement.

12 Minuten und 35 Sekunden vergingen vom ersten bis zum letzten Bild – ein richtiges Videokunstwerk.

Amélie war des Lobes voll – und Heiden war sprachlos:
Er – ganz gross im französischen Fernsehen!
Er – dargestellt als besonderer Mensch mit besonderen Fähigkeiten und einer besonderen Ausstrahlung!
Er – als Botschafter einer anderen Denkweise, eines Wesens zwischen Leben und Tod, Tod und Leben.

Punkt 20.00 Uhr klingelte Amélies Handy: Joline fragte, ob sie und Heiden ihren Beitrag gesehen, wie sie ihn gefunden hätten, was sie hätte besser machen können.
Die zwei Interviewten gratulierten ihr, bestätigten, dass der Report «extremely well und outstanding» herausgekommen sei und dass sie sie gerne wieder mal sehen würden, ausserberuflich natürlich, rein privat, in einem ruhigen Moment – innerhalb der nächsten zweieinhalb Wochen.
Joline war sofort damit einverstanden – schliesslich hatten sie ihr zu ihrem wahrscheinlich grössten Erfolg in ihrer bisherigen Videojournalismus-Karriere verholfen.

Sie würde sehr, sehr gerne kommen – unter einer Bedingung: Sie wünsche sich, im Sarg liegen zu dürfen.

19
Donnerstag, 10.9.2020, 10:32, Oasis.

Der Vormittag des kommenden Tages verlief bis um 10 Uhr 32 im bisherigen Rahmen: 7 Uhr aufstehen, 7 Uhr 30 einkaufen (Amélie schenkte Heiden zwei Baguettes, versprach, gegen Abend wieder zu kommen und das Nachtessen mitzubringen), 8 Uhr frühstücken, 9 Uhr 15 Jogging. Einziger Unterschied: Zwei, drei Leute kannten neuerdings seinen Namen: «Bonjour, Überr, ça va?»

Bei der Rückkehr vom Jogging lag erneut ein Couvert vor Heidens Wohnungstür: Herr Schwarz lud ihn zu einer kurzen Besprechung ein – «so rasch wie möglich».
Also packte er nach dem Duschen seine Shorts und begab sich zur Réception, die er betrat, nachdem er das Kleidungsstück angezogen hatte.
«Da ist nun ja wirklich etwas los, Herr Heiden», eröffnete er das Gespräch. Er habe seinetwegen schon mehrere Mails erhalten.
Heiden entschuldigte sich: Er wolle ihm ganz sicher keine Schwierigkeiten bereiten, er könnte auch etwas früher in die Schweiz zurückreisen, wenn das für ihn und das Oasis ein Vorteil wäre.»
«Wer spricht denn von Abreise, Herr Heiden! Das gestrige Interview hat mich völlig überzeugt! Ganz im Gegenteil: Ich wollte Sie fragen, ob Sie nicht noch vier Wochen länger bis zum Saisonende bleiben könnten. Sie könnten auch eine etwas grössere Wohnung beziehen, zum Beispiel das J11, das Sie ja kennen und das zwei Schlafzimmer und zwei Balkone

aufweist und direkt am Strand liegt. Was halten Sie davon?»

«Herr Schwarz, ich bin etwas überrascht... Ich weiss nicht – ich bin Mitglied einer Behörde und habe noch Verpflichtungen, ich müsste das noch abklären. Ich überlege es mir mal – abgeneigt wäre ich grundsätzlich nicht.»

«Wissen Sie – es geht um Folgendes: Wegen des Corona-Virus konnten wir ja die Saison erst Mitte Juni eröffnen, wir hatten enorme Verluste. Ich habe nun viele Anfragen erhalten, wie lange Sie noch da seien, denn sie würden gerne etwas buchen, so lange der «Sargmann» mit seinem Sarg noch da sei. Sie müssten auch keine Miete bezahlen...»

Ausserdem habe er eine Anfrage des Schweizer Fernsehens und von BBC England erhalten – die würden sich noch bei ihm melden.

Heiden blickte auf sein Handy: 10 Uhr 32.

Sein Leben steckte plötzlich voller Überraschungen.
Sein Leben war noch nicht zu Ende.
Er hatte noch eine – wenn auch absehbare – Zukunft.
Es gab auch für ihn noch
ein Leben
vor dem Tod.

20
Donnerstag/Freitag, 10./11.9.2020, Oasis.

Auf seinem Smartphone fand er mehrere Mitteilungen:
Schweizer Fernsehen, Schweizer Radio Aargau-Solothurn, Aargauer Zeitung, Tele M1, Radio Argovia.
Was wurde aus seinen Ferien?

Aus seiner Zurückgezogenheit?

Aus seinem Leben abseits von Hektik, Stress und bösen Überraschungen?

Das Schweizer Fernsehen wollte einen Termin vereinbaren für eine Reportage «wie in France 5», Radio AG-SO ein Interview «sobald wie möglich», die Aargauer Zeitung hatte einige Fragen, die sie zu einem Bericht verarbeiten wollten plus einige Fotos, die er ihnen, «wenn Sie die Güte hätten», möglichst rasch übermitteln sollte, Tele M1 wünschte «ein Live-Interview per Zoom» und Radio Argovia ein Interview «sofort, wenn Sie Zeit haben».

Um 13 Uhr 26 hatte er diese Liste abgebaut.

In diesen drei Stunden meldeten sich jedoch noch weitere Medien: BBC, CNN, Die Rundschau Nord sowie ZDF.

Wollte er das?

Konnte er diesen Hype noch stoppen?

Begann er seinen Trip nach Südfrankreich zu bereuen?

Und welche Rolle begann eigentlich Amélie zu spielen?

Auf jeden Fall musste Heiden mal einen Zeitplan erstellen: Auf dem Smartphone hielt er die fix abgemachten Termine fest – inklusive die «Dates» mit Amélie, die ja gar keine waren, sondern aus der Situation sich ergebende Treffen, die ihr und ihm gut taten.

Wusste er, nahm er an.

Ab sofort war sein voller Einsatz erforderlich.

Und Herrn Schwarz musste er auch noch Bescheid geben.

Ebenso der Behörde, deren Mitglied er war.

Und sicher sollte er nun auch seine Söhne, Tochter und Ex informieren – bevor sie aus den Medien erfuhren, was da hier bei ihm in seinen Ferien abging.

Stress.

Grosser Stress.

Also entschied er:
- Ferienverlängerung bis 24. Oktober, d.h. plus vier Wochen.
- Umzug ins J11.
- Beantwortung aller Medienanfragen, keine Absagen.
- Klärung der Beziehung mit Amélie.

Jetzt klopfte es.
Draussen standen 7 Nackte, die höflich fragten, ob sie mal den Sarg besichtigen dürften.
«Ja klar», erwiderte Heiden, «aber nicht gerade jetzt.»
Er müsse das noch mit Amélie besprechen sowie überlegen, wie er mit dem ganzen Rummel umgehen solle.

Nachdem er seine Nächsten in der Schweiz informiert, Herrn Schwarz Bescheid gegeben, weitere Medientermine abgemacht und eingetragen, mit Amélie deren mitgebrachtes feines Nachtessen verspeist und das weitere Vorgehen diskutiert und Amélie eine halbe Stunde im fast ganz geschlossenen Sarg verbracht hatte, zog Heiden ins 200 Meter entfernte J11 um. Das war eine Doppel-Dachwohnung, bestehend aus einem riesigen Wohnzimmer mit Balkon, einer geräumigen Küche, einem langen Gang mit mehreren Wandschränken, einem grossen Schlafzimmer mit Balkon und Meerblick, einem kleineren ohne und einem Toilettenraum mit WC und Duschkabine. Den Sarg brachte er erst nach Mitternacht in sein neues Ferienappartement – bei diesem Umzug wollte er nicht gestört werden.

Hier stellte er den Sarg auf den ausgezogenen, mit Amélies Laken bedeckten Wohnzimmertisch und schob diesen in die Mitte des Raums. Hier war genügend Platz für Besucherinnen und Besucher.

Und der Balkontisch diente ab sofort als sein respektive ihr Esstisch.

21
Freitag/Samstag/Sonntag, 11./12./13.9.2020, Oasis.

Amélie war eine grosse Hilfe.
Ohne sie hätte Heiden all das, was bis jetzt zu erledigen gewesen war und was noch kommen sollte, nicht geschafft.
Sie vereinbarte mit dem Inhaber der Bäckerei, Monsieur Gilbert, dass sie ab sofort bis auf Weiteres Ferien beziehen konnte, um Heiden jederzeit beistehen zu können. Die Frau des Bäckers sprang als Verkäuferin ein, eine Rolle, die sie vorher über Jahre ausgeübt hatte, und man sah es ihr an: Es machte ihr sichtlich Spass, während einiger Wochen wieder im Laden zu stehen und die Kundinnen und Kunden, von denen sie die meisten kannte, zu bedienen.

Amélie zog zu Heiden und erhielt das grosse Schlafzimmer mit der tollen Aussicht aufs Meer. Heiden bestand darauf – sie hatte es verdient.

Nun waren sie zu zweit – zwar kein Paar, aber ein gutes Team, und es entstand eine unbelastete, enge, freundschaftliche Beziehung.
In den folgenden zwei Tagen richteten sie alles optimal ein, verwandelten das Wohnzimmer in eine Art heiteren, sakralen Ferien-Museums-Raum, hängten einige ihrer Fotos und einige seiner Skizzen auf, die auf seinem Laptop gespeichert waren. Auf einem Monitor lief in Endlosschlaufe Jolines Video-Reportage, auf der Kommode lagen Kopien von Online-Newsmedienberichten und an einer Ausstellungswand hatten sie Ausschnitte von Vergrösserungen der Sarginnenseite mit Schriftzeichen und Figuren befestigt. Rund um den Sarg standen Kerzen und lagen Blumen, Muscheln, schön geformte Steine. Ätherische Öle und sanfte klassische Musik verliehen dem Raum eine einmalige Atmosphäre:
Sarg, Kerzen, Wolken, Meer – wow!

Amélie und Heiden legten die täglichen Öffnungszeiten fest: Sonntag bis Sonntag je 10 - 12 und 16 - 18 Uhr. Der Eintritt war frei – doch waren Spenden zur Deckung der Unkosten willkommen.

Auf wenigen Plakaten gaben sie diese Öffnungszeiten bekannt – und schon am ersten Tag wurden sie förmlich überrannt: Nicht nur Feriengäste, sondern Einheimische aus der Umgebung rund um Leucate wollten sich den Sarg ansehen, einen Blick ins Innere werfen, den Sarg berühren, fotografieren, dessen Duft kennenlernen.
Den Gang und den Küchentrakt hatten sie abgesperrt und mehr als sieben Personen durften sich nicht gleichzeitig im Sargraum aufhalten. Das erforderte ein gut durchdachtes Einlass- und Kontrollsystem und ihre jederzeitige Aufmerksamkeit. Am Abend waren sie komplett erschöpft, vor allem auch, weil laufend neue Medienanfragen eintrafen, die beantwortet werden mussten und die Terminvereinbarungen und weitere organisatorische Aufgaben nach sich zogen.

Am Ende des dritten Tages bemerkte Heiden zu Amélie: «You are really wonderful! I like you very much!», umarmte und küsste sie – auf die Wange.

22
Montag, 14.09.2020, 13:00, Oasis.

Von seiner Ex-Partnerin erfuhr Heiden, die Pressemeldungen und TV-Berichte hätten in der Schweiz wie eine Bombe eingeschlagen: Überall werde sie darauf angesprochen.
Seiner Tochter erging es ähnlich. Ihr jedoch war es peinlich: Ihre Kolleginnen und Kollegen wussten nun, dass es sich bei diesem komischen

«Schweizer coffin man» im südfranzösischen Nudistendorf um ihren eigenen Vater handelte...

Ein- bis zweimal täglich hielt er Tochter, Söhne und Ex auf dem Laufenden. Er hatte alle Hände voll zu tun, so dass sein Jogging jeweils nur noch höchstens dreiviertel Stunden dauerte.
Von jetzt an erledigte Amélie die täglichen Einkäufe – er wäre sonst an jeder Ecke angehalten, angesprochen und aufgehalten worden.
Auf Amélies Balkon beantwortete er die vielen telefonischen Anrufe, die Mail-, WhatsApp- und Telegram-Anfragen.

Am Montag, 14. September, meldete sich die erste Sargproduktionsfirma: Ob sie vorbeikommen, die Masse nehmen, das Material prüfen dürften, ob Heiden ihnen die Lizenz für die originalgetreue Sargreproduktion erteilen würde, ob sie einen Termin vereinbaren könnten.

Stundenlang planten Heiden und Amélie das weitere Vorgehen:

1. Kommerzialisierung:
Sie waren sich einig darin, dass sie aus dem Sarg kein Business machen, kein Kapital schlagen wollten: Es ging schliesslich um tiefe existenzielle Gefühle, um Leben und Tod, um fundamentale Wahrheiten, religiöse Anschauungen. Sie wollten nicht zu einer Pilgerstätte werden, keine Sekte, keine neue Religion gründen. Es ging ihnen um die wertfreie, möglichst objektve Übermittlung der unverschleierten, unmanipulierten Wahrheit, die mit dem Ende und dem Sinn des Lebens verbunden war und die sich in Form dieses Sargs für alle Menschen erkennbar, spürbar, erlebbar manifestierte.
Das war ein Geschenk, das sie weder vermarkten noch auf irgendeine Weise kommerzialisieren wollten.
Das, dachten sie, wären sie dem Sarg schuldig.

2. Zugänglichkeit:

Alle Menschen, die das Bedürfnis hatten, den Sarg besichtigen, besuchen zu wollen, sollten grundsätzlich willkommen sein. Nicht willkommen hingegen wären religiöse und kirchliche Gruppen, die Heidens Sarg für eigene Zwecke missbrauchen und instrumentalisieren wollten: Der Sarg wäre kein Heiligtum, sondern eine Art alltägliches Möbelstück, auf das jeder Mensch am Ende seines Lebens Anspruch hätte.

3. Zutritt

Eigentlich wünschten sie, dass ihr «Sargmuseum» nur textilfrei betreten werden dürfte: Es befand sich in einem FKK-Dorf, in dem sich die Menschen kleiderlos aufhielten, nackt spazierten, joggten, einkauften, Tennis spielten, Velo fuhren, badeten, am Strand an der Sonne lagen. Wer dem Tod, dem Sarg, der nackten Wahrheit begegnen wollte, sollte auch in der Lage sein, dies ohne Kleider zu tun.

Angesichts des Todes waren Kleider unwichtig, irrelevant, störend.

Doch sie wollten keinen Zwang ausüben – ihren Wunsch drückten sie jedoch in Form einer Empfehlung aus:

Die durch den Sarg ausgelösten Empfindungen, Eindrücke, Gedanken wären intensiver, tiefer, klarer, wenn die Besucherinnen und Besucher dem Sarg nackt gegenüberstünden.

4. Reproduktion

Sie sprachen sich gegen eine Lizenzierung aus: Wenn eine Sargherstellerin Heidens Sarg exakt nachbauen wolle, solle sie dies ohne Einschränkung tun dürfen. Dieser – sein – Sarg wäre nur für ihn bestimmt, auf ihn zugeschnitten, individuell für ihn so und nicht anders gestaltet. Jeder Mensch verdiene seinen eigenen Sarg, so wie das Amélie mit dem Sarg ihres Freundes gemacht habe.

Jeder Mensch sterbe seinen eigenen, individuellen Tod, beende sein eigenes, individuelles Leben, ein Leben, das er so und nicht anders gestaltet, eingerichtet, gelebt habe und das eine diesem Leben entsprechende letzte Ruhestätte verdiene.

Und täglich verbrachten sie rund eine halbe Stunde im Sarg.
Nackt.

23
Dienstag, 15.09.2020, 09:30, Oasis.

Herr Schwarz war ganz happy:
Innert einer Woche waren die Gästezahlen in die Höhe geschnellt – wie in der Hochsaison waren fast alle Ferien-Appartements belegt und viele Wohnungsinhaberinnen und -inhaber zurückgekehrt:
Sie wollten unbedingt den ominösen Sarg, von dem die halbe Welt sprach, sehen, sowie den seltsamen «homme du cercueil» begutachten, der es offenbar als völlig normal empfand, dass plötzlich aus dem Nichts ein Sarg, der seine eigenen Schriftstücke enthielt, auftauchte.
Das wollten sie mit eigenen Augen sehen und selber beurteilen können, ob das, was dieser Guru, der gar nicht wie einer aussah, erzählte, der Wahrheit entspräche oder nicht.

Es kamen auch Leute, die noch nie in ihrem Leben daran gedacht hätten, sich je einmal im Freien nackt aufzuhalten beziehungsweise sich derart kleiderlos anderen, ebenfalls Textillosen, zu zeigen. Darunter waren erstaunlich viele junge Leute, die sich – vermutlich ausgelöst durch die Hunderttausenden von Corona-Virus-Toten – plötzlich Gedanken über ihren eigenen Tod gemacht und sich in diesem Zusammenhang eventuell auch überlegt hätten, was der Sinn ihres Lebens sein könnte und vielleicht sogar, warum die Menschen eigentlich immer und überall Kleider tragen müssten, oder die plötzlich andere Zwänge, die ihre persönliche Freiheit einschränkten, anders zu beurteilen begannen.

Unter Umständen war das ja der Beginn der Renaissance des «Naturisme», dem die Überalterung und Vergreisung drohte:
Im Zeitalter der jederzeitigen freien und millionenfachen Verfügbarkeit von Pornografie jeden Grades und aller Dimensionen erschien offenbar vielen die eigene persönliche Nacktheit als ebenfalls obszön, pornografisch und unnatürlich.

Diese Jungen jedenfalls taten der anwesenden FKK-Gästeschar gut: Man befand sich auf einmal nicht mehr an einem Altersheim-FKK-Meeresstrand, sondern an einem normal durchmischten «plage», an dem sich die Leute hüllenlos vergnügten.

Wie erwähnt: Das freute auch Herrn Schwarz.
An der heutigen Besprechung unterbreitete er Heiden und Amélie folgende Vorschläge:

a.
Die Portionierung der Sargbesucherinnen und -besucher könne die Réception übernehmen, indem sie – im Internet oder vor Ort – Tickets mit Zeitangabe ausstellen würden, er schlage da eine Besuchszeit von 15 Minuten vor.

b.
Diese Dienstleistung könne er aber nicht gratis anbieten – er denke da an 10 Euro pro Person, Kinder die Hälfte. Das wäre ein Betrag, den sich alle leisten könnten. Darin wäre der Besuch des «Sargmuseums», der ganztägige Aufenthalt im Oasis sowie ein Gratisgetränk in einem der Restaurants enthalten.
Diese Einnahmen müssten seines Erachtens wie folgt aufgeteilt werden: Zwei Drittel gingen an seine GmbH, ein Drittel an Heiden und Amélie.
Damit könne er ihnen beiden weiterhin die grosse Wohnung im zweiten Stock sowie ein zweites Appartement in der darunter liegenden

ersten Etage kostenlos zur Verfügung stellen und seine zusätzlichen Kosten decken.

Ihr Drittel sei zur Deckung ihrer Auslagen bestimmt und für die Entlöhnung Amélies, die nun zwar sehr viel arbeite, aber gar nichts mehr verdiene.

c.

Und falls sich die Sache weiterhin so positiv entwickle, könne er sich gut vorstellen, das ganze J11-Gebäude mit allen 5 Wohnungen in eine Art Sarg-Museum umzugestalten, denn er habe bereits ernsthafte Anfragen von verschiedenen Sargherstellern, die gerne eine Ausstellungsecke oder einen Ausstellungsraum für ihre Produkte – Särge, Urnen, Kränze – mieten würden.

Ob sie damit einverstanden seien – sie könnten sich seinen Vorschlag auch zwei, maximal drei Tage durch den Kopf gehen lassen.

Heiden und Amélie waren ziemlich überrascht und fühlten sich überrumpelt:

Heiden erwiderte, wie er sich denn das Ganze vorstelle, da, wenn er nicht da sei, auch sein Sarg fehlen würde, und der sei doch die einzig vorhandene Hauptattraktion.

Das würde man dann schon sehen, allenfalls könne man einfach eine Originalkopie aufstellen – niemand würde den Unterschied merken.

Sie hatten ihre Zweifel, dankten Herrn Schwarz jedoch für diesen Vorschlag, sagten, sie würden sich spätestens in zwei Tagen wieder melden und gingen.

Denn in fünfzehn Minuten erwarteten sie bereits wieder die nächsten Besucherinnen und Besucher.

24
Donnerstag, 17.09.2020, 22:30, Oasis.

Amélie und Heiden waren tatsächlich mit der Organisation des Besucherandrangs überfordert. Während der Öffnungszeiten – und davor und danach – warteten stets zehn bis dreissig Personen vor dem Gebäude beim Treppenaufgang, wo sie ein Schild mit der Aufschrift «Stop! Attendre ici!» aufgestellt hatten.

Alles war schlecht, amateurhaft, unprofessionell organisiert, obwohl sie sich die grösste Mühe gaben.

Auch der Hinweis «Nudité obligatoire» und die beiden aufgestellten Kleiderständer auf der Plattform vor der Wohnungstüre erzielten nicht die erwünschte Wirkung: Nur die wenigsten betraten den Sargraum textilfrei, oft waren Heiden und Amélie die einzigen.

Immerhin führten sie ab sofort die 15-Minuten-Regel ein, baten die Gäste höflich und bestimmt, den Raum zu verlassen, zügig die Treppe hinunterzusteigen und der nächsten Gruppe Platz zu machen.

Die manchmal tränenreichen Gespräche, die die zwei mit den Besucherinnen und Besuchern führten, waren mit wenigen Ausnahmen nie oberflächlich, sondern meist sehr persönlich, bereichernd, respektvoll und gingen ihnen nahe: Die Menschen berichteten über ihre Erlebnisse mit dem Tod Angehöriger, eigene Nahtoderfahrungen, über Beerdigungen, Todeswünsche, Depressionen.

Bald kamen sie sich vor wie eine Lebens- respektive Todesberatungsstelle, und indem sie aufmerksam zuhörten, fühlten sich die Menschen verstanden, ernst genommen und mit ihnen verbunden.

Da rund die Hälfte der Leute deutsch sprachen, war die Ausgangslage, wer sich an wen wenden würde, im Voraus klar: Heiden war für Deutsch und Englisch, Amélie für Französisch zuständig.

Viele äusserten den Wunsch, sich in den Sarg legen zu dürfen.

Diesem Wunsch kamen sie jedoch nicht nach. Das wollten sie erst zulassen, wenn sie alles besser im Griff hatten und das Ganze professioneller organisiert war.

Immerhin nahmen inzwischen die Medienanfragen etwas ab, doch meldeten sich nun Journalistinnen und Journalisten aus Japan, China, Australien, Kanada, Russland und Südamerika, so dass ihr Terminkalender täglich überquoll und sie für nichts anderes mehr Zeit hatten.

Zudem war es ihnen schwer möglich, die Öffnungszeiten einzuhalten, da sie meistens die Wartenden schon einige Minuten früher eintreten und den Sargraum für eine weitere halbe Stunde offen liessen, wenn um 12 oder 18 Uhr noch immer Leute auf ihren Einlass warteten.

Deshalb erklärten sie sich mit Herrn Schwarz' Änderungsvorschlägen einverstanden, was ihre Arbeit vereinfachen und ihnen zu einem gewissen Einkommen verhelfen würde.
Sie vereinbarten, über das kommende Wochenende die Ausstellungsfläche auf die ganze Wohnung auszudehnen, die beiden Schlafzimmer zwei Sargproduktionsfirmen als Ausstellungsräume zur Verfügung zu stellen und ihren Wohnsitz in die darunterliegende Ferienwohnung zu verlegen.

Für Heiden waren das längst keine erholsamen Ferien mehr – das war harte Arbeit von früh morgens bis spät abends. Auch Amélies bisheriger Arbeitsalltag und Tagesrhythmus hatte sich in den letzten paar Tagen radikal verändert: Keine Spur von Freizeit, Erholung, Entspannung – sie waren nicht einmal mehr in der Lage, ungestört und in Ruhe ihre Mahlzeiten einzunehmen.

Auch heute fielen sie erschöpft in ihre Betten.
Und vor Müdigkeit realisierte Heiden gar nicht, dass Amélie unter seine Bettdecke schlüpfte, sich an ihn kuschelte und ihm ins Ohr flüsterte:

«Je t'aime.»

25
Freitag, 18.09.2020, 07:15, Oasis.

Am nächsten Morgen wurden sie durch lautes, dröhnendes Klopfen geweckt.
«Monsieur Eiden, ouvrez la porte, s'il vous plaît!», vernahmen sie aus der Ferne, langsam aus ihren Träumen erwachend.
Erneutes, drohendes Pochen an der Tür:
«Au nom de la justice: Ouvrez la porte, Monsieur Eiden!»

Was war da los?
War das etwa die französische Gendarmerie, der französische Staat, der um Einlass begehrte?
Was hatte Heiden verbrochen?
Wollte man ihn verhaften?
Was suchte die Polizei hier – so früh am Morgen?
Es war noch nicht einmal halb acht und sie hatten noch nicht einmal gefrühstückt –
und erwachten nebeneinander, fast schon eng umschlungen, im gleichen, in seinem Bett.

«Monsieur Eiden, ouvrez la porte – tout-de-suite!!!»

Nun löste sich Amélie, die sich zuerst etwas gefasst hatte, aus seiner halben Umarmung, schlüpfte aus dem Bett, huschte durch den langen Gang zur Eingangstür und öffnete.

Draussen stand die Gendarmerie – vier uniformierte Polizisten, die augenblicklich, ohne zu fragen, die Türe aufstiessen, ihre Wohnung betraten und Amélie einen bedruckten Zettel mit Stempel und Unterschriften unter die Nase hielten.

«Bonjour, Madame! Monsieur Eiden est là?»
«Au ... lit», stotterte Amélie entgeistert.
«Monsieur Eiden! Venez-venez! – Und zewarr plotzlisch!!!»

Nun erhob sich auch Heiden und wankte, nur mit Socken bekleidet, zum Eingang.
«Habituez! Habituez! Venez! Venez!!», schrie der Anführer.
So schnell, wie es ihm in seinem halbwachen Zustand möglich war, packte er ein paar Shorts und ein T-Shirt, zwängte sich hinein und hörte sich anschliessend ungläubig, halb verstört und halb belustigt, zusammen mit Amélie die Anklagepunkte an, derer sie beschuldigt wurden.

Der Chef, offenbar ein höherer Offizier der französischen Gendarmerie, eröffnete ihnen im Befehlston Folgendes:

Sie hätten hier ein Schreiben der Staatsanwaltschaft des Arrondissements Narbonne, das
1. die Anordnung enthalte, Heidens illegal nach Frankreich importierten Sarg zu konfiszieren,
die Frage hinzufügend, mit Blick und Zeigefinger auf den Sarg im Zentrum des Wohnzimmers deutend:
«C'est votre cercueil, Monsieur Eiden, n'est-ce pas?»
«Ähm, oui-oui, ähm, c'est moi, c'est mon ... ähm... cercueil», bestätigte dieser schlaftrunken.

Nun wies der Offizier zwei Untergebene an, den Sarg sofort ins Polizeifahrzeug, das sie offenbar direkt vor dem Haus abgestellt hatten, zu transportieren, «mais prudent, prudent!»
Dann fuhr er fort, das Schreiben der Staatsanwältin erhebe

2. gegen «Monsieur Eiden», die Anklage, er als Ausländer und nicht EU-Angehöriger würde illegal «ierr in Frrankrreisch» einer bezahlten Tätigkeit nachgehen, ohne im Besitz einer entsprechenden behördlichen Arbeitsbewilligung zu sein, so dass er vorläufig festgenommen sei und mitkommen müsse – «sans menotté», falls er freiwillig mitkäme, wie der Gendarme fast spöttisch ergänzte.

Nun war Heiden plötzlich hellwach:
Was? Er, der hier in Südfrankreich zum x-ten Mal friedlich, friedfertig, friedvoll und entspannt die verdienten Ferien verbringen und geniessen wollte, sollte verhaftet, ab- und vorgeführt werden?
War das ein Witz, ein Scherz, versteckte Kamera?

«Et troisième, Monsieur Eiden et Madame Amélie Froidevaux – c'est votre nom, Madame, n'est-ce pas?», hätten sie gesetzeswidrig und ohne Vorliegen einer amtlichen Genehmigung ein Museum, also eine Firma, eröffnet, was nicht nur mit einer hohen Busse, sondern auch mit «prison jusqu'à trois ans» bestraft werden könne, so dass auch Amélie verhaftet sei, ebenfalls «sans menotté», wenn sie widerstandslos mitkomme.

Jetzt, da auch Amélie begriffen hatte, dass dies ein absoluter Ernstfall und kein Scherz war, begann sie, sich schnell und klar und deutlich – Heiden jedoch verstand davon höchstens die Hälfte – zu rechtfertigen, dass Heiden den Sarg weder importiert hätte, noch hier arbeiten würde und dass sie keineswegs illegal eine Firma gegründet hätten und dass das alles ein Missverständnis sei, sie sollten doch einfach «Monsieur Shwarrz» fragen, der alles bestätigen könne.

Sie würden nur ihre Pflicht tun, was Amélie und Heiden zu erzählen hätten, müssten sie der Haftrichterin erzählen, die sie bereits um 09.00 Uhr im «Hôtel de Ville» in Narbonne erwarte. Er gebe ihnen maximal fünf Minuten, damit sie sich angemessen ankleiden und zurechtma-

chen könnten, und dann würden sie direkt dorthin gefahren.
Wenn sie wünschten, könnten sie auch ihren Anwalt, falls sie einen hätten, zum Schnellgerichtstermin bestellen.

Unzählige Schaulustige beobachteten, wie Amélie und Heiden von der Polizei abgeführt, ins Polizeiauto geschubst und von diesem mit Blaulicht und Sirene in Richtung Narbonne transportiert wurden.
Samt Sarg.

Am Morgen des 18. Septembers waren Heiden und Amélie also innerhalb von einer Viertelstunde auf brutale Weise aus ihrer himmlischen Traumwelt hinauskatapultiert, in Halbkriminelle verwandelt und wie Schwerverbrecher in ein Polizeiauto verfrachtet worden und würden nun einer Haftrichterin vorgeführt, die aus heiterem Himmel über ihr weiteres Leben entscheiden würde.

26
Freitag, 18.09.2020, 09:00, Narbonne.

Wegen «Verdunkelungsgefahr» wurden die beiden Verhafteten sofort nach der Ankunft im Rathaus getrennt. In einer Untersuchungshaftzelle wartete Heiden auf seinen «Schnellprozess» – als ausländischer Kurzaufenthalter sollte sein Verfahren nicht länger als zwei bis drei Tage dauern, wurde ihm versichert. Immerhin erhielt er noch ein französisches Frühstück mit Kaffee, Croissant, Baguette, Butter und Konfitüre.

Neun Uhr war längst vorbei, Heidens Handy hatten sie ihm – zur Auswertung – abgenommen und er hatte nichts zu tun – eigentlich zum ersten Mal in diesen Ferien...

Heiden beschloss, alles ruhig anzugehen, mit Humor zu nehmen, sich nicht aufzuregen.

Schon eher Sorgen machte er sich um Amélie: Nur seinetwegen war sie in diese schwierige Situation geraten, nur seinetwegen hatte sie ihren Job aufgegeben und hatte begonnen, «für Heiden» zu arbeiten, sich für seinen Sarg zu begeistern, ihn zu unterstützen – für ihn da zu sein.

Er hoffte, dass sie sich erfolgreich gegen all die haltlosen Anklagen wehren konnte, gegen das Unrecht, das ihnen widerfuhr, dass sie auch ihn verteidigen würde und dass sie spätestens am Abend wieder zurück im Oasis sein würden.

Da Heiden die letzten paar Tage zu wenig geschlafen und zu viel gearbeitet hatte, fiel es ihm leicht, sich auf das harte Feldbett zu legen und augenblicklich einzuschlafen.

Durch Gescheppergeräusche wurde er geweckt und bevor er sich einigermassen orientieren konnte – Wo war er? Warum war er da, wo er war? Was war für ein Tag heute? Wie war er in diese Lage geraten? Wo war Amélie? – wurde ihm durch die geöffnete Türklappe das fleischlastige Mittagessen übergeben.

«Merci beaucoup, mais je suis végétarien», fiel Heiden als Antwort ein, der Beamte nahm den gefüllten und dampfenden Lunchteller wieder mit und kehrte drei Minuten später mit einem feinen vegetarischen Gemüsegericht zurück.

»Eh voilà, Monsieur, votre menue végétarien!»
Heiden bedankte sich und war froh, seinen kleinen Hunger stillen zu können.

Er hatte kein Handy, keine Uhr, kein Tageslicht, die Sekunden und Minuten verstrichen im Zeitlupentempo: Man musste ihn hier in dieser

Zelle abgestellt und vergessen haben. Kein Mensch meldete sich, niemand kümmerte sich um ihn, die Polizei, die Justiz, Frankreich schienen an ihm und seinem Fall jegliches Interesse verloren zu haben.

Stunden später – er war mehrmals eingedöst, erwacht, eingedöst – ein erneutes Geklimper und Geschepper, die Türklappe wurde geöffnet und ein vegetarisches Nachtessen inklusive Kaffee und einem Stück Kuchen in die Zelle geschoben.

«Pardon, Monsieur! Quelle heure est-il?», fragte Heiden geistesgegenwärtig.
Es war bereits Abend – 19 Uhr 15! Er hatte also tatsächlich den ganzen heutigen Tag sinnlos in dieser kleinen Zelle im Hôtel de Ville in Narbonne verbracht!

27
Freitag/Samstag, 18./19.09.2020, Narbonne/Oasis

Heiden war bereits in einen Tiefschlaf verfallen, nachdem er alle Hoffnungen aufgegeben hatte, jemals wieder aus diesem Gefängnis herauszukommen.
Schon hatte er sich damit abgefunden, sich innerlich von der Welt draussen verabschiedet, sich eingestellt auf eine Situation wie in der Corona-Krise, einfach viel krasser.

Aber siehe da: Mitten in der Nacht – denn es mussten ja weitere Stunden vergangen sein, knackte es, die Türe sprang auf, jemand hüpfte zu ihm herein, küsste ihn auf die Stirn, fasste seine Hände, zog ihn auf und aus der Liegestätte.

Amélie lachte, war fröhlich, begeistert, Heiden wieder zu sehen:
«C'est bon! C'est ok! You are free! Let's go!»

Es war kein Traum – ein Uniformierter stand daneben mit einer Schachtel, die alle seine Sachen enthielt, die er hatte abgeben müssen, bevor er in diese Zelle gesperrt worden war: Handy, Geldbeutel, Schlüssel, Ledergurt, Schweizer Pass, Schuhbändel, Rucksack.
«Mais pourquoi?» Er sei ja noch gar nicht verhört, vernommen, ausgequetscht worden, er hätte gedacht, man habe ihn vergessen.

«Vient-vient!», rief sie, und Heiden musste nur noch schnell per Unterschrift bestätigen, dass er alles wieder so erhalten hatte, wie er es am Vormittag der Beamtin übergeben hatte.

Schon rannten sie ins Freie, zum Rathaus hinaus, auf den grossen, von Strassenlampen hell erleuchteten Platz, wo ein dunkelgraues Auto mit Herrn Schwarz am Steuer auf sie wartete.
 Schnell eingestiegen, abgefahren, upgedatet, wie der heutige Tag abgelaufen war:
«Amélie war grossartig!», begann Herr Schwarz, «Sie können sich bei ihr bedanken, dass Sie wieder frei sind!»
Auf der 25-minütigen Rückfahrt wurde Heiden beschrieben, wie das Ganze abgelaufen war:
Amélie war von der Haftrichterin verhört, richtiggehend «auseinander genommen» worden, hatte dieser aber glaubhaft machen können, dass es sich um ein Missverständnis handeln müsse.
Sie konnte erreichen, dass Herr Schwarz als Zeuge auftrat und alles, was Amélie erzählt hatte, bestätigte.
Auch Herr Schwarz leistete wertvolle Hilfe, indem er seine Gespräche erwähnte, die er über Heiden, den Sarg und dessen touristisches Potential mit dem Maire von Leucate geführt hatte, die dieser danach Wort für Wort als wahr bezeugte. Die Idee mit einem inskünftigen «Sargmuseum» sei bereits spruchreif gewesen und eine erste Ver-

handlung habe vor zwei Tagen stattgefunden, so dass alles politisch korrekt, legal und gesetzeskonform abgelaufen sei. Und die wenigen Einnahmen, die in Form von Kollekten eingegangen seien, seien korrekt verbucht und zu hundert Prozent zur Deckung der Unkosten und Spesen – ohne Lohnanteil – aufgewendet worden.

Hilfreich gewesen war sicher auch die Medienpräsenz: Die Szenen mit ihrer Verhaftung, der Verladung des Sargs, wie sie ins Polizeiauto verfrachtet wurden und wie dieses mit Blaulicht und Sirene davon fuhr, gingen buchstäblich um die Welt. Die wildesten Spekulationen wurden verbreitet und die Behörden von Narbonne erhielten haufenweise Anfragen von Journalistinnen und Journalisten aus der ganzen Welt. Um 16 Uhr war die Staatsanwältin auf Anraten der Justizabteilung des Arrondissements Narbonne gezwungen, eine Medienkonferenz abzuhalten, an der sie alle offenen Fragen, so weit diese nicht das laufende Verfahren betrafen, wahrheitsgemäss beantwortete.

Trotzdem hatte die Richterin am Schluss eine Kaution von dreitausend Euro verlangt, da die Sache mit dem Sarg noch nicht geklärt wäre. Dazu bedürfe es weiterer Untersuchungen, die länger dauern und die zu einer Busse, nicht aber zu einer Gefängnisstrafe führen könnten. Herr Schwarz war erfreulicherweise spontan bereit gewesen, diese Summe zu hinterlegen.

«Et le cercueil? Où est-il?», wollte Heiden wissen.
Der sei noch dort, im Rathaus, der Wert des Sargs müsse zur Eruierung der korrekten Zollgebühr von Fachleuten noch ermittelt, der Hersteller herausgefunden und das verwendete Material analysiert werden.

Aber das sei doch sein Sarg, sein ganz persönlicher Sarg, und der gehöre dorthin, wo er, Heiden, die zukünftige Leiche, gerade wohne – den würden sie doch nicht einfach einsperren können!

Und schon erreichten sie das Oasis-Village, betraten die J11-Wohnung und tanzten, sangen, freuten sich wie Kinder und gingen schliesslich erleichtert, erlöst, befreit zu Bett.

Zu zweit.

Und am nächsten Morgen war er wieder da.

Der Sarg.

28
Samstag, 19.09.2020, 07:20, Oasis.

Dass sich der Sarg um 7 Uhr 25 wieder wie gewohnt an seinem Platz auf dem runden Tisch in der Mitte des grossen Wohnzimmers im 2. Stock von J11 befand, überraschte weder Heiden noch Amélie.

Das war einfach so: Er und der Sarg waren unzertrennlich.

Er gehörte Heiden, Heiden ihm.

Er hatte ihn auserkoren und Heiden respektierte, akzeptierte, begrüsste, ja liebte das.

Und bereits hatte sich Joline gemeldet: Ob es recht sei, dass sie um 8 Uhr vorbeikomme – sie habe vergeblich versucht, Amélie am Vortag zu erreichen, inzwischen aber erfahren, dass sie beide wieder im Oasis seien. Sie – und Hunderttausende von France-5-Zuschauerinnen und Zuschauern – würden allzu gern erfahren, was mit ihnen gestern passiert sei, was sie erlebt hätten.

Amélie war eben vom Einkauf zurückgekehrt und Heiden hatte eben den Frühstückstisch auf Amélies Balkon fertig vorbereitet, als Joline und Jean-Claude eintrafen und dann ebenfalls Platz nahmen und mitassen.

Um 09.00 Uhr sei eine Liveschaltung zum Frühstücksfernsehen geplant, ob das in Ordnung sei. Die Redaktionsleitung sei der Ansicht, das sei angesichts der laufenden, spannenden, unvorhersehbaren Entwicklung die beste Möglichkeit, die interessierte Bevölkerung direkt über den jetzigen Stand der Dinge zu informieren – vor allen anderen TV-, News- und Medienunternehmen.

In den wenigen Minuten bis zum Beginn der Live-Übertragung wurde alles vorbereitet:
- Joline informierte Amélie und Heiden, welche Fragen sie ihnen zu Beginn stellen würde.
- Alles Weitere geschähe danach spontan, ohne Zeitlimit, die Sendung sei einfach Punkt 9.55 Uhr zu Ende, dann werde zwingend ein Werbeblock eingefügt, ebenso wie zwischen 9 Uhr 25 und 9 Uhr 30. Dieser sei jedoch flexibel und könne um einige Minuten vor- oder nachgestellt werden, je nach Situation. Die Hauptmoderatorin und die Sendeleiterin würden dazwischen je nach Bedarf und Wichtigkeit noch andere regionale, nationale und internationale News einstreuen. Heiden und Amélie seien aber eindeutig das Hauptthema und sie, Joline, habe zum erstenmal die Rolle einer zweiten Moderatorin vor Ort auszuüben.
- Während Jean-Claude die zwei Kameras vorbereitete – eine fix, die andere mobil – und die Verbindung zur Sendeleitung herstellte, platzierten sie drei Stühle vor dem Sarg, auf denen sie während der Sendung Platz nehmen würden.
- Das Ganze durfte durchaus sehr improvisiert wirken – das verstärkte sogar die Authenzität und Glaubwürdigkeit des journalistischen Beitrags.
- Amélie und Heiden würden kleiderlos auftreten, ohne sich aber zu sehr zu exponieren: Sie sollten natürlich, ungezwungen, unverkrampft, unerotisch-asexuell, unter Ausklammerung des Intimbereichs im Bild erscheinen.

Und schon ging es los: Die Sendung konnten sie auf einem Laptop, der am Boden lag, mitverfolgen, die Zahnpasta-Werbung ging zu Ende, die Hauptmoderatorin erschien, leitete über zu ihnen im Oasis, stellte eine Frage und – zack! – war die neben Amélie und Heiden sitzende Joline zu sehen, die nun das Wort ergriff, Amélie und Heiden vorstellte, den Sarg beschrieb, das Meer im Hintergrund, die Wohnung, die Lage, die Geschichte, die gestrige Verhaftung, die Anklage zusammenfasste und schliesslich die erste Frage stellte:

«Monsieur Eiden, comment ça va?»
«Oh – je suis très heureux – très fatigué, mais très heureux.»

Joline schonte ihn und seine mageren Französischkenntnisse und wandte sich Amélie zu, die die gestrigen Ereignisse detailliert und auf erfrischende, sympathische Weise beschrieb und sich dabei nie verhedderte.
Die Zuschauerinnen und Zuschauer erfuhren, wie die Verhaftung abgelaufen war, welcher Gesetzesverstösse sie angeklagt waren, welche Fragen die Untersuchungsrichterin gestellt und welche Rolle Herr Schwarz und der Maire von Leucate gespielt hatten, dass Heiden stundenlang eingesperrt worden war, ohne einvernommen zu werden und sie schliesslich gegen eine Kaution von 3000 Euro um 23.15 Uhr freigelassen worden seien.

Joline unterbrach Amélies Redefluss mit spontanen Zwischenfragen, die dann wichtige Zusatzinformationen ergaben, so dass ein höchst spannendes, nie langweiliges Gespräch entstand.

Um neun Uhr zwanzig, kurz vor der Werbepause, richtete Joline den Fokus auf den Sarg:
«Et le cercueil?» Der sei doch von den Gendarmen ebenfalls «arrêté», verhaftet, mitgenommen worden. Ob sie den jetzt hier behalten könnten, ob nun alles wieder in Ordnung sei?
Nun erschien noch einmal der Sarg gross im Bild, Heiden stand auf, öff-

nete den Deckel und Jean-Claude zeigte die Innenseite, die Polsterung, das Kopfkissen, die grauen Schriftzeichen und Figuren in Grossaufnahme.

Und jetzt war das Bild weg, und der Werbeblock begann: «Whiskas».

29
Samstag, 19.09.2020, 09:30, Oasis.

Nun hatten sie Zeit für eine kurze Verschnaufpause, tranken ein Glas Mineralwasser, fanden, dass Amélie und Joline einen «super Job» machen würden. Dann begaben sie sich wieder auf ihre Plätze, Joline würde ihre erste Frage den Sarg betreffend wieder an Heiden richten, dann der Countdown: «Dix, neuf, huit, sept, six...»

«Monsieur Eiden, à nouveau le cercueil est ici.»
Ob denn alles wieder ok sei – sie habe gemeint, der Sarg müsse noch genauer untersucht werden und bleibe in Narbonne.
«C'est juste. Mais le cercueil ne voulait pas rester à Narbonne.»
Weshalb er denn trotzdem hier sei.
«Je ne sais pas. C'est mon cercueil personel, c'est tout. Il est toujours avec moi.»
Nun bat Joline Amélie, das etwas genauer zu erklären, und diese berichtete, sie seien kurz nach Mitternacht hier angekommen, aufgestellt und fröhlich, und seien dann um halb ein Uhr zu Bett gegangen, sofort eingeschlafen und um halb acht Uhr erwacht – und da sei der Sarg wieder da gewesen.
Wie er denn hergekommen sei, wer ihn gebracht habe.

Sie habe keine Ahnung – der Sarg sei einfach von selbst zurückgekommen. Jedenfalls sei die Türe abgeschlossen, das Fenster verschlossen gewesen, als sie zu Bett gegangen seien, und auch heute Morgen sei das so gewesen.

Joline wandte sich nun direkt ans Publikum vor den Fernsehgeräten: Das sei eben das Besondere an diesem Sarg, dass dieser offenbar selbständig den Ort wechseln und seinem Eigentümer folgen könne. Zuerst sei er aus der Schweiz nach Frankreich, nach Leucate, ins Village Oasis gereist und jetzt über Nacht offenbar von Narbonne. Das erscheine zwar unmöglich, sei aber so passiert.
«Monsieur Eiden – c'est vrai, n'est-ce pas?»

Und bevor dieser antworten konnte, wurde die Eingangstüre aufgerissen, ein nackter junger Mann stürmte herein, schreiend:
«Police – Police!! – Caché – Caché!! – Vite-vite!!»

Und jetzt trampelte und rumpelte es auf der Aussentreppe, als ob eine Herde Elefanten heraufrennen würde, das ganze Haus zitterte, der Boden vibrierte und nach vier Sekunden wurden sie überrannt von mindestens fünf bewaffneten und behelmten Anti-Terror-Polizisten, deren Kommandeur sich vor ihnen aufpflanzte und Heiden anschrie:
«Monsieur Eiden! Vous êtes arreté! A cause du vol!»

Und während zwei Gendarmen Heiden an den Armen packten und ihm Handschellen anlegten, ergriffen zwei andere den Sarg und trugen ihn zur Wohnung hinaus, die Treppe hinunter zum Polizeiauto, wo sich inzwischen einige Schaulustige eingefunden hatten und die Polizisten beschimpften, ausbuhten, beleidigten:
«Idiots! Imbéciles! Crétins!»

Und all das während einer Live-Sendung auf France 5!

Hunderttausende konnten live verfolgen, dass man Heiden – und auch Amélie – nackt verhaftet, die Treppe heruntergezerrt und nackt ins Polizeiauto gestossen hatte und wie die immer grösser werdende Menge, ebenfalls alle hüllenlos, lauthals gegen die Verhaftung protestierten, schrien, sich vor dem Polizeiauto aufstellten und sich gegen Amélies und Heidens Abtransport wehrten.

Der Chef der Einsatzgruppe erschien nun auf dem obersten Treppenabsatz, ausgerüstet mit einem Megaphon und befal der Menge, sofort im Namen des Gesetzes zurückzutreten, sofort Platz zu machen, sofort die Polizei nicht mehr an ihrer Arbeit gegen das Verbrechertum zu hindern.
Und er drohte allen mit der sofortigen Verhaftung, falls sie seinen Anweisungen nicht Folge leisten würden.

Hierauf traten die inzwischen auf über hundert Personen angewachsenen Alten, Jungen, Männer, Frauen, Jugendlichen und Kinder, alle im Adams- und Evas-Kostüm, ein wenig zurück, setzten jedoch ihre Protestrufe fort, noch lauter, skandierten: «C-r-é-t-i-n-s-! - C-r-é-t-i-n-s-! - C-r-é-t-i-n-s-!», trotz ihrer Angst, ebenso in Handschellen gelegt und ebenfalls kleiderlos ab- und fortgeführt zu werden wie Amélie und Heiden.

Und Ende Jahr würden wohl Joline und Jean-Claude eine Auszeichnung erhalten für die beste europäische Live-Sendung des Jahres 2020.

30
Samstag, 19.09.2020, 10:15, Narbonne.

Nun befand sich Heiden also zum zweitenmal innert zwei Tagen in dieser Zelle, bekleidet lediglich mit einem weissen IKEA-Bademantel, der in der Schweiz zu einem Aktionspreis von CHF 19.90 zu haben und ihm von einer uniformierten Polizistin, die sich seiner erbarmte, zur Verfügung gestellt worden war.

Amélie erging es ähnlich – sie erhielt jedoch einen ganzen, hellblauen, aber viel zu grossen Adidas-Trainingsanzug und Birkenstock-Sandalen der Grösse 44.

Erneut wurde nur Amélie befragt – offenbar hielt man Heiden für unzurechnungsfähig, geistig minderbemittelt, psychisch angeschlagen und der französischen Sprache nicht mächtig, womit sie allerdings auch nicht ganz unrecht hatten. Und weil sie seine Essgewohnten schon kannten, servierten sie ihm zum Mittagessen wiederum ein schmackhaftes Vegi-Menue.

Bis zu seiner Freilassung dauerte es heute weniger lange, denn heute ging es um ein einziges Delikt: Diebstahl.
Sie konnten zwar in Form eines Lagerprotokolls nachweisen, dass sich Heidens Sarg noch um ein Uhr 15 nachts in der Requisitenkammer 3 im ersten Kellergeschoss des Hôtel de Ville in Narbonne befunden hatte und danach um neun Uhr null drei auf France 5 in der Live-Sendung im Wohnzimmer von Heidens Ferienwohnung im Oasis zu sehen war, nicht jedoch, auf welche Weise der Sarg entwendet und nach Leucate zurückgebracht worden war. Da sich auch nirgendwo irgendwelche Fingerabdrücke oder andere Spuren finden liessen, mussten sie die Anklage derart abschwächen, dass schlussendlich kein genügender Haftgrund mehr vorlag.

Amélie schlug vor, das Verschwinden des Sargs wissenschaftlich zu überprüfen, indem Videoüberwachungskameras in Raum 3, im Gang und im Treppenhaus, die zu der Requisitenkammer führten, sowie vor der Wohnungstüre, auf dem Balkon und im Wohnzimmer der Oasis-J-11-Wohnung installiert werden sollten, was der Haftrichterin augenblicklich einleuchtete und was sie sofort verfügte.

Auf dem Weg ins Freie wurden die beiden von einem netten Herrn angesprochen und aufgehalten, der sich als «Maire von Narbonne» vorstellte und sich wortreich und überschwänglich für ihre von seiner Gendarmerie verursachten Unannehmlichkeiten entschuldigte. Sein Wortschwall wurde gestört von immer lauter werdenden Lärmimmissionen, die vom grossen Platz vor dem Rathaus zu stammen schienen. Es sei ihm eine Ehre, Heiden und Amélie demnächst zu einer Stadtführung mit anschliessendem Konzertbesuch und Nachtessen, an dem auch sein Ehepartner teilnehmen würde, einzuladen – sie würden spätestens übermorgen ein offizielles Einladungsschreiben mit seiner Unterschrift erhalten.
Und jetzt nahm auch ihn wunder, was das für ein Höllenlärm war, der da draussen vollführt wurde. Ein Blick durchs Korridorfenster aus dem zweiten Stock des Hôtel de Ville erfreute und erheiterte Amélie und Heiden ungemein:
Draussen hatten sich rund 200 Personen zu einer Protestversammlung eingefunden und mit Trillerpfeifen, Plakaten und Sprechchören machten sie die Leute, die in diesem französischen Rathaus arbeiteten, auf sich und ihr Anliegen aufmerksam:
«L-i-b-e-r-t-é-!–V-é-r-i-t-é-!-A-m-é-l-i-e-!-E-i-d-e-n-!-L-i-b-e-r-t-é-!–V-é-r-i-t-é-!-A-m-é-l-i-e-!-E-i-d-e-n-!», schrien sie in einem fort. Und die Aufmerksamkeit war ihnen gewiss:
Denn alle waren
nackt.

31
Samstag, 19.09.2020, 15:30, Narbonne.

Begeistert, mit tosendem Applaus wurden Amélie und Heiden von den Demonstrantinnen und Demonstranten empfangen – sie winkten ihnen zu, alle wollten über alles informiert werden, viele luden sie zum Essen ein, klopften ihnen auf die Schultern, begrüssten sie per Ellbogen.
Sie – alle – hatten einen Sieg davon getragen, die Liberté und die Vérité hatten gewonnen.

Im Oasis angekommen, wurde spontan ein Volksfest mit Musik, Tanz, Speisen und Getränken organisiert und Amélie trat zum ersten Mal als Rednerin auf:
Ohne Vorbereitung war sie in der Lage, eine zehnminütige, hinreissende, berührende, aufrüttelnde Rede zu halten, die am Schluss mit einer stehenden Ovation und minutenlang anhaltendem Applaus bedacht wurde.

Amélie konnte stolz auf sich sein.
Und Heiden stolz auf sie.
Sie verfügte über ein unglaubliches rhetorisches Talent:
Sie war die geborene Rednerin, Politikerin, Präsidentin!

Noch am gleichen Abend installierte eine dafür spezialisierte Firma sechs Videokameras, verband diese mit dem Hauptcomputer des Haus- und Überwachungsdienstes im Rathaus und nahm sie ab sofort in Betrieb.
Die Patrouillen des Sicherheitsdienstes wurden verdoppelt, und zusätzlich wurde kurzfristig eine Sicherheitsfirma mit der pausenlosen Überwachung des J11-Gebäudes im «Oasis» zwischen 22 Uhr abends und 6 Uhr morgens beauftragt.

Und jetzt hatte sich Heiden ziemlich in Amélie verliebt.

32
Sonntag, 20.09.2020, 07:00, Oasis.

Um sieben Uhr wurden Heiden und Amélie von der klassischen Handy-weckermelodie geweckt, sie krochen aus dem Bett, spazierten Arm in Arm durch den langen Korridor zum Wohnzimmer – und erschraken: Der Sarg fehlte!
Er war nicht da!

Ausgerechnet heute, wo sie der Welt hätten beweisen können, dass der Sarg selbst seinen Standort veränderte, dass es der Sarg selbst war, der Heiden folgte.

Sie waren ratlos: Gestern hatte es wunderbar funktioniert, war es ihnen wie eine Selbstverständlichkeit erschienen, dass der Sarg zu Heiden zurückgekehrt war.

Warum hatte es diese Nacht nicht geklappt?

Sie beschlossen, erst einmal abzuwarten und um acht Uhr im Hôtel de Ville nachzufragen, wie es Heidens Sarg gehe.

Das hatte Joline als engagierte Journalistin offenbar bereits getan, denn sie meldete sich bei Amélie für eine weitere Livesendung:

France 5 wolle unbedingt wieder als erste News-Anstalt über den er-folgreichen Sargtransfer berichten – um neun Uhr seien die Videoaufnahmen der Überwachungskameras schon mehr oder weniger ausgewertet, ein Interview inklusive Liveschaltung sei schon organisiert und Jean-Claude und sie würden spätestens um acht Uhr bei Amélie und Heiden eintreffen, was übrigens in den Sieben-Uhr-News bereits angekündigt worden sei, zusammen mit der Meldung, der Sarg sei tatsächlich, trotz intensiver Bewachung, aus dem Requisitenraum verschwunden.

«Non, c'est pas vrai, pas possible!», entfuhr es Amélie, der Sarg sei bei ihnen jedenfalls nicht angekommen.

Nun staunte auch Joline: Das sei ein Witz, oder etwa nicht. Der Sarg müsse bei ihnen sein, wo denn sonst.

Das wüssten sie auch nicht, bei ihnen sei er jedenfalls nicht.

Das könne sie nicht glauben, sie sollten sich nochmal auf die Suche machen, vielleicht sei er ja vor der Wohnungstür, oder vor dem Haus etc., sie habe jetzt aber keine Zeit, müsse sich beeilen, sei schon unterwegs.

Also begannen Heiden und Amélie hektisch, nach dem Sarg zu suchen: Sie öffneten die Wohnungstüre, stiegen die Treppe hinunter, rannten rund ums Gebäude, fragten eine Nachbarin, ob sie den Sarg gesehen habe, suchten die nähere Umgebung ab, kehrten in die Wohnung zurück, betraten den Balkon, den Toilettenraum, öffneten sämtliche Wandschränke und Amélies Schlafzimmer.

33
Sonntag, 20.09.2020, 07:50, Oasis.

Um zehn vor acht trafen Joline und Jean-Claude mit ihrer Ausrüstung ein – diesmal hatten sie mit Erlaubnis von «Monsieur Shwarrz» direkt vor dem Treppenaufgang geparkt, wo sich bereits einige Nackte mit ihren Handys und Tablets eingefunden hatten, weil sie die heutige Live-Sendung, von der sie im Frühstücksfernsehen erfahren hatten, auf keinen Fall verpassen und möglichst live miterleben wollten.

Heiden und Amélie hätten ihr einen schönen Schreck eingejagt: Jeder vernünftige Mensch würde zuallererst in allen Wohnräumen nachschauen und sie hätten doch nur drei, begann Joline.
Doch es blieb keine Zeit für irgendwelche Vorwürfe, da alles schnell und effizient installiert, eingerichtet und grob abgesprochen sein musste. Und, was die Hauptsache war: Der Sarg war ja wieder da, unverändert, unbeschädigt, strahlend.

Zuerst käme ein Rückblick auf den gestrigen Tag, der mit zur Verfügung gestellten Video-Sequenzen ergänzt worden sei, die Amélie und Heiden kommentieren sollten, und nach der Werbepause um halb zehn sei die Auswertung der Videoaufnahmen dran, der Sachverständige werde dann aus Perpignan zugeschaltet.

Bis zum Werbeblock verlief alles nach Plan: Neben kurzen Statements der Staatsanwältin, des Maires von Narbonne waren auch gelungene Handyvideos von der Demonstration inklusive Plakaten und Sprechchören vor dem Rathaus in Narbonne und vom spontanen Fest im Oasis nach Amélies und Heidens Rückkehr zu sehen. Am bemerkenswertesten und herausragendsten war jedoch der rund zweieinhalbminütige Ausschnitt von Amélies Rede:
Ihre natürliche Ausstrahlung und ihr aussergewöhnliches rhetorisches

Talent kamen dank guter Nahaufnahmen und fast professioneller Tonqualität voll zur Geltung. Amélie war selber überrascht und erstaunt darüber, dass sie das gewesen war, die so überzeugend, selbstbewusst und glasklar vor einem rund zweihundertköpfigen Publikum aufgetreten war.

Nach den Werbespots ging es um die «vérité»: Würden die Videoaufnahmen tatsächlich beweisen können, dass der Sarg weder durch Diebstahl noch eine andere logisch erklärbare Weise aus dem Lagerraum entfernt worden und im Village Oasis wieder aufgetaucht war?

Prof. Dr. Sébastien Mure, ein Physiker und Astronom, hielt in seiner Zusammenfassung am Vormittag des 20. Septembers 2020, die von rund 1,2 Millionen Menschen in Frankreich auf France 5 verfolgt wurde, Folgendes fest:

1. Der Sarg habe sich bis um 02 Uhr 22 Minuten und 22 Sekunden in der Requisitenkammer 3 des Hôtel de Ville in Narbonne befunden. Die Deckenbeleuchtung und zwei Scheinwerfer seien die ganze Zeit eingeschaltet gewesen und hätten den Sarg derart beleuchtet, dass jederzeit jede kleinste Veränderung hätte wahrgenommen werden können.

2. Um 02 Uhr 22 Minuten und 23 Sekunden sei der Sarg verschwunden gewesen – ohne jegliche erkennbare Einwirkung von aussen: Der Sarg habe weder blitzschnell unbemerkt weggezogen noch blitzschnell auf andere Weise unbemerkt entfernt worden sein können.
Mit absoluter Sicherheit habe sich der Sarg innert dieser einen Sekunde in Luft respektive in Nichts aufgelöst. Das stehe eindeutig fest, sei eine nicht bestreitbare Tatsache, sei wissenschaftlich erwiesen.

3. Die Untersuchung der dreiundzwanzigsten Sekunde habe Folgendes ergeben:
a. Der Sarg sei zwischen der 23. und der 24. Hundertstelsekunde ver-

schwunden.

b. Er sei noch zu Beginn der 23., jedoch nicht mehr zu Beginn der 24. Tausendstelssekunde der 23. Sekunde der 23. Minute nach zwei Uhr früh sichtbar gewesen, was bedeute, dass der Sarg exakt um 2 Uhr 22 Minuten 22 Sekunden 22 Hundertstelssekunden und 22 Tausendstelssekunden abhanden gekommen sei.

c. Eine noch genauere zeitliche Zuordnung habe aufgrund der beschränkten technischen Möglichkeiten nicht mehr ermittelt werden können.

4. Die wissenschaftliche Auswertung der Videobilder vom Standort Oasis habe Folgendes ergeben:

a. Keine Veränderung zwischen 24.00 Uhr 00 und 07.00 Uhr 00. Wohnraum und Tisch seien ebenfalls gut ausgeleuchtet gewesen und von zwei Kameras erfasst worden.

b. Den Zeitraum um die 23. Sekunde nach 2 Uhr 22 habe man genau geprüft. Ergebnis: Null. Keine Vorkommnisse, keine Veränderung.

c. Fazit 1: Der Sarg sei, wie unter Punkt 3 beschrieben, um zwei Uhr 22.22.22 verschwunden, am Zielort jedoch nicht eingetroffen.

d. Der zweite Teil des Experiments sei also fehlgeschlagen, missglückt und müsste deshalb wiederholt werden. Über das Auftauchen des Sargs gäbe es folglich keine wissenschaftlichen Beweise.

e. Allerdings gäbe es durchaus Mutmassungen, die jedoch bislang unbewiesen seien:

Gemäss mündlicher Informationen, die um 08.30 Uhr eingeholt worden wären, sei der jetzige Standort des Sargs im 2. Stock des Gebäudes J11 von H. Heiden und A. Froidevaux um 7 Uhr 43 festgestellt worden, jedoch in einem anderen Raum, den sie erst zu diesem Zeitpunkt betreten hätten.

f. Der Sarg habe sich in der Mitte des zwei Meter zehn langen und ein Meter vierzig breiten Bettes befunden: Unbeschädigt, komplett, in gutem Zustand. Der Sarg sei danach von H. Heiden und A. Froidevaux ins Wohnzimmer getragen worden.

5. Fazit 2 beziehungsweise Schlussfolgerung:

a. Wissenschaftlich erwiesen sei, dass das Objekt auf wissenschaftlich nicht erklärbare Weise um 2 Uhr 22.22.22 aus dem Requisitenraum 3 des 1. Kellergeschosses des Rathauses in Narbonne verschwunden sei.

b. Wissenschaftlich erwiesen sei, dass sich der Sarg spätestens seit 7 Uhr 43 wieder im 2. Stock des Gebäudes J11 im Oasis Village befunden habe. Man habe weder feststellen können, wann genau das Objekt dort eingetroffen sei, noch könne man erklären, auf welche Weise es dorthin gelangt sei.

c. Der wissenschaftliche Nachweis, das Untersuchungsobjekt habe sich selbständig und ohne fremde äussere Einwirkung von A nach B bewegt, sei damit nur teilweise erbracht.

d. Seine persönliche Empfehlung: Das Experiment sei zu wiederholen, das sei aus wissenschaftlicher Sicht sehr erwünscht.

34
Sonntag, 20.09.2020, 10:15, Oasis.

Die Redaktionsleitung von France 5 entschied spontan, die nachfolgende Sendung «Les chats de Bordeaux» ausfallen zu lassen und stattdessen die Live-Übertragung aus dem FKK-Village um eine halbe Stunde zu verlängern. Gründe für diesen Entscheid gäbe es viele:

- Das Interesse an dieser unendlichen Sargstory sei gewaltig.
- Die Hauptakteurin Amélie habe eine derart gewinnende und fesselnde Ausstrahlung, dass die Zuschauerinnen und Zuschauer kaum auf die Idee kämen, den Sender zu wechseln.
- Vor dem J11 hätten sich rund 300 «naturists» eingefunden, die alle eine eigene Meinung hätten und die ebenfalls interviewt werden könnten. Auch bei diesem Teil würde bestimmt fast niemand wegzappen.

- Die Corona-Krise sei noch nicht ausgestanden, und das TV-Publikum kenne Bekannte und Angehörige, die erkrankt oder verstorben seien und dann oft auf unschöne und unzeremonielle Weise hätten beerdigt werden müssen, so dass das Sargthema allen nahe ginge und niemanden kalt liesse.

Das schöne, warme Nachsommerwetter, der breite Sandstrand, das Meeresrauschen, die Palmen, die nette und freundliche Ferienanlage und vor allem die vielen fröhlichen Nackten waren allein schon ein Hingucker, und die spontanen Interviews mit Leuten jeden Alters, verschiedener Nationalitäten und Hautfarben liessen Joline zur Höchstform auflaufen.

Und während die gestrige Übertragung durch den Terror-Truppen-Schock im Chaos geendet hatte, war die heutige Live-Sendung das genaue Gegenteil:
Umrahmt von einer friedlichen, fröhlichen, ausgelassenen Strandparty Hunderter unbekleideter Urlauberinnen und Urlauber konnte France 5 mit Jolines ausgezeichnet gelungenem Live-Video-Beitrag auch eine einmalige wissenschaftliche Sensation vermelden, nämlich die - zwar nicht erklärbare, aber wissenschaftlich erwiesene - Teleportation eines kompakten, zwei Meter langen Sarges innert einer Tausendstelssekunde über eine Distanz von über 30 Kilometern!

Ausschnitte dieser regionalen französischen Morgenschau wurden denn auch im Laufe des Tages weltweit von vielen TV-Stationen und News-Portalen ausgestrahlt, was erneut eine Welle von Anfragen von Journalistinnen und Journalisten aus Europa, Nord-, Mittel- und Südamerika, Asien und Australien auslöste. Sogar eine Radiostation aus Grönland meldete sich an für ein Interview mit Heiden oder Amélie – «in English, please».

Zur Erholung hatten Amélie und Heiden ausnahmsweise einige Nach-

mittagsstunden am Strand verbracht, Volleyball gespielt, einen Spaziergang im knöcheltiefen Wasser dem Meer entlang gemacht, in den vier
FKK-Feriendörfchen nach schönen Wohnlagen und originellen Ferienhäuschen Ausschau gehalten, im Strandrestaurant eine Tasse Kaffee
getrunken und sich über das Geschehene, ihre Pläne und Heidens Sarg
unterhalten.

Und wie es mit ihnen zwei weitergehen könnte, sollte, würde, dann,
wenn Heiden mit seinem Sarg wieder zu Hause in der Schweiz wäre.

35
Montag, 21.09.2020, 08:00, Oasis.

Am heutigen Montag hätte eigentlich das erweiterte «Sarg-Museum»
eröffnet werden sollen, doch die Turbulenzen der vergangenen Tage
hatten dies verunmöglicht.

Amélie und Heiden begannen deshalb, diese Arbeiten jetzt in Angriff zu
nehmen:
Sie zogen in eines der zwei direkt unter der «Museumswohnung» liegenden Ferienappartements um und beschlossen, fortan im gleichen
Schlafzimmer und im gleichen 1 Meter 40 breiten «französischen» Bett
zu schlafen, das «Kinderzimmer» in einen Arbeitsraum umzugestalten
und die Möbel des Wohnzimmers etwas origineller und ungewohnter
zu platzieren, so dass sie am Mittag bereits über ein neues, individuell
eingerichtetes «Zuhause» verfügten, in dem sie die nächsten sechs
Wochen – bis zum verlängerten Saisonende am 31. Oktober – verbringen wollten und in dem sie sich wohl fühlen sollten.

Am Nachmittag ergänzten sie die «Sargausstellung» mit neuen, aktuellen Exponaten, u.a. dem wissenschaftlichen Bericht des Physikers Dr. Mure, den dieser über das Wochenende fertiggestellt und ihnen per Mail übermittelt hatte. Auch die beiden Live-Beiträge von Joline sollten non-stop über zwei Bildschirme flimmern, an die mehrere Headphones angeschlossen waren.

Für die Video-Interviews, die Amélie und Heiden wieder vermehrt zu geben hatten, diente ihnen das kleine Schlafzimmer im J11, das sie in eine Art Studio verwandelt hatten – mithilfe eines Stehtischs, zweier Ständerlampen, eines Laptops, eines Tablets, eines WLAN-Signalverstärkers, zweier Posters, die als Hintergrund dienten und einerseits eine Luftaufnahme der «Nudisten-Demo» (O-Ton von «Bild» bis «NZZ») vor dem Rathaus, andererseits ein Bild des Sargs mit offenem Deckel zeigten.

Amélies wunderschönes, ehemaliges Blick-aufs-Meer-Schlafzimmer sollte am folgenden Tag von den zwei Sargfirmen gemeinsam in einen «Letzte-Ruhestätte-Ausstellungs-und-Werberaum» verwandelt werden. Darauf hatten sich die zwei Unternehmen schlussendlich geeinigt, nachdem niemand bereit gewesen war, mit dem «Kinderschlafzimmer» – Heidens ehemaligem Schlafzimmer – vorlieb zu nehmen.
Die beiden zuständigen Mitarbeiterinnen hatten sich sofort gut verstanden, und Heiden und Amélie zweifelten nicht daran, dass diese einen tollen Ausstellungsraum erschaffen würden, der ihr «Museum» bereicherte und ideal ergänzte.

Und von der Kulturabteilung der Stadtverwaltung von Leucate wurde ihnen mitgeteilt, der Inbetriebnahme ihres «Musée du Cercueil» stehe nun nichts mehr im Wege, die – vorerst mündliche – Zusage aus Narbonne sei erfolgt und Leucate würde die Eröffnung auf den kommenden Samstag, 26.9.2020, 10 Uhr, festlegen, und es wäre ihnen eine Ehre, wenn Leucates Maire, Monsieur A. Colbert, einige Worte an die Gäste der Eröffnungsfeier richten dürfte, «habillé naturellement».

Dass das Städtchen jetzt eine offizielle Eröffnungsfeier erwartete, stresste Heiden und Amélie zwar zuerst etwas, jedoch nicht wirklich, denn sie hatten inzwischen unglaublich belastende und extreme Situationen erlebt, neben denen ihnen die Organisation einer Eröffnungsfeier als Kleinigkeit und reinstes Vergnügen erschien.

Und darauf, dass sie die nächsten paar Tage «frei» haben würden, freuten sie sich.
Extrem.

36
Dienstag, 22.09.2020, 07:50, Oasis.

Amélie und Heiden sassen auf dem Balkon der neu bezogenen Wohnung am Frühstückstisch, unterhielten sich über das, was dringend und weniger dringend zu erledigen war, besprachen die heutigen Termine, checkten die News und entdeckten dabei eine Meldung, aus der hervorging, dass Prof. Dr. Mure bereits ein wissenschaftliches Team mit weiteren vier Koryphäen verschiedener Disziplinen zusammengestellt hatte, das demnächst mithilfe einer Reihe von Tests endgültig den Beweis erbringen wollte, dass Heidens Sarg tatsächlich die Fähigkeit hatte, sich zu teleportieren resp. sich an einen anderen Ort zu beamen – oder eben nicht.
Und da es sich um ein wissenschaftliches Forschungsprojekt von allergrösster Bedeutung handle, sei mit ersten Ergebnissen natürlich nicht vor Mitte des nächsten Jahres zu rechnen. Als Beispiele nannte er verschiedene Versuchsanordnungen: Beispielsweise würden in den Sarg-

wänden Chips und Sensoren implantiert, aus unterschiedlichsten Materialien bestehende Haltevorrichtungen sollten den Sarg daran hindern, sich teleportieren zu können, insbesondere sei auch vorgesehen, mit verschiedenen Distanzen zu experimentieren, beispielsweise seien Tests aus U-Booten, Überschallflugzeugen, aus der Antarktis, vom Himalayagebirge, aus Weltraumkapseln geplant, und es sei nicht auszuschliessen, dass auch versucht werde, den Sarg auf den Mond zu schicken resp. auf eine Mondumlaufbahn.

Ziel sei selbstverständlich nicht nur, herauszufinden, ob der Sarg tatsächlich selbständig innert kürzester Zeit und ohne irgendwelche Spuren zu hinterlassen, den eigenen Standort wechseln könne, sondern, WIE er das täte, WARUM er diese Fähigkeit besitze und welchen Zwecken dies diene.

Das seien insgesamt gewaltige wissenschaftliche Herausforderungen, die aber die Menschheit einen wichtigen, wenn nicht zentralen Schritt weiterbringen können würden.

Am Ende der Nachricht war noch der Link angefügt, der zum Interview auf France 2 führte, das offenbar gestern Abend ausgestrahlt worden war.

Heiden war sprachlos, perplex, wütend: Was erlaubte sich dieser Kerl eigentlich?

Der Sarg war SEIN persönliches Eigentum, und noch viel mehr als das: Er war ein Teil von ihm, eine Art Wesen, das offenbar in der Lage war, Entscheidungen zu treffen, je nach Situation so oder anders zu handeln. Wie sonst wäre es erklärbar, dass er NICHT im Wohnzimmer von J11 aufgetaucht war, sondern in einem Nebenraum, der nicht beleuchtet war und wo ihn niemand erwartet hatte?

Herr Mure war offensichtlich ein Wissenschaftler ohne jeglichen Respekt, ohne Moral, ohne Gewissen, vergleichbar mit jenen, die bedenkenlos Massenvernichtungswaffen wie Atombomben, Giftgasgranaten oder andere chemische oder biologische Waffen entwickelten – immer im Namen einer neutralen, objektiven Wissenschaft.

Die aufgeführten Tests erinnerten Heiden zudem an Tierexperimente mit Hasenmüttern, deren Junge man in grosser oder weniger grosser Entfernung zu Tode quälte, nur um herauszufinden, ob das Muttertier davon etwas mitbekäme, ob da irgendeine «übernatürliche» Verbindung zwischen ihr und ihren Jungen bestehen könnte.

Diesem Herrn Mure würde er die Levithen lesen!

Und Heiden würde exakt noch ein einziges Experiment zulassen, mit dessen Anordnung er wirklich einverstanden wäre und dessen wissenschaftliche Leitung nur er persönlich – und niemand sonst – aussuchen würde.

37
Dienstag/Mittwoch, 22./23.9.2020, Oasis.

Herr Schwarz hatte inzwischen das Internet-Anmeldesystem und die Portionierung der Besucherinnen und Besucher perfektioniert, und da das «Musée du Cercueil» nun die ganze J11-Wohnung, die eine Fläche von 84 Quadratmetern aufwies, umfasste, hatte er die Gruppengrösse auf 10 Personen und die Besuchszeit auf 20 Minuten erhöht, so dass die Besucherzahl pro Stunde maximal 30 betrug.

Und weil die Öffnungszeiten ebenfalls angepasst wurden – 9 - 12 und 15 - 18 Uhr – konnte mit Tageseinnahmen von maximal 1800 Euro gerechnet werden, nicht eingerechnet die 800 Euro, die die Vermietung des Schlafzimmers an die beiden Sargunternehmen monatlich einbrachte.

Die Ankündigung der Museumseröffnung, die Vorstellung des «Sargmuseums» sowie dessen Öffnungszeiten und Anmeldeportal wurden in die Website des «Village Oasis» integriert und sofort aufgeschaltet. Auch die «Offices de Tourisme» von Leucate, Narbonne und Perpignan übernahmen diese Infos, ebenso wie zahlreiche Printmedien, regionale TV-Anstalten und Newsportale: Wer sich einigermassen für das, was sich in dieser Region ereignete, interessierte, war im Bild.

Die Morgenschau von France 5 war inzwischen zu einer der beliebtesten Morgensendungen ganz Frankreichs mutiert. Amélie nahm deshalb mit Joline Kontakt auf und fragte sie, ob es eine Möglichkeit für eine weitere Live-Schaltung gäbe:

Erstens würde das erweiterte «Musée du Cercueil» am Samstag offiziell eröffnet, und zweitens wollten Amélie und Heiden die Gelegenheit ergreifen, Stellung zu nehmen zu der Absicht von Prof. Dr. Mure, in naher Zukunft unzählige unnötige und respektlose Versuche an und mit dem Sarg durchzuführen, ein Unterfangen, das Heiden ebenso öffentlich wie das der Professor getan hätte, in aller Form zurückzuweisen und zu verurteilen gedächte.
Joline, inzwischen zum France-5-Star aufgestiegen, war von dieser Idee begeistert und konnte nach kurzer Wartezeit bestätigen, dass nun eine Livesendung am Donnerstag, 24. September, zwischen 9 und 10 Uhr geplant sei. Ab heute Abend würde das TV-Publikum regelmässig auf die bevorstehende Live-Reportage hingewiesen, was eine hohe bis sehr hohe Zuschauerzahl gewährleiste. Heidens und Amélies Statements würden, versicherte Joline, in gewissen Kreisen wie eine Bombe einschlagen – sie freue sich schon jetzt extrem auf diesen Moment.

Übrigens: Auch Amélie und Heiden experimentierten regelmässig mit dem Sarg, indem sie
- sich minutenlang nackt hineinlegten,
- einander live ihre Gefühle und Stimmungen schilderten,
- einander, während sie im Sarg lagen, die Füsse, die Hände, den Kopf massierten und die dabei erlebten physischen und psychischen Verän-

derungen beschrieben,

- während zwei Minuten den Atem anhielten und die Wirkung, die dadurch hervorgerufen wurde, in Form einer Grafik festhielten,

- sich zu zweit in den Sarg zwängten und gleichzeitig versuchten, sich zu entspannen, so lange, bis sie es nicht mehr aushielten,

- sich im geschlossenen Sarg vornahmen, auf die Sekunde genau zehn Minuten zu verbringen,

- sich vorstellten, sie wären tot...

- etc.

Pascale und Véronique, die beiden jungen Frauen, die die zwei Bestattungs- und Sargunternehmen «Repose en Paix» und «Amen pour Toujours» vertraten, ergänzten sich wunderbar: Sie waren keine Konkurrentinnen, sondern versuchten, die Produkte beider Firmen im bestmöglichen, schummrigen «Ewigen Licht» zu präsentieren.

Rund sechzig verschiedene 1:10-Sarg- und Urnenmodelle ordneten sie auf einem fantasievollen, hügeligen, schneebedeckten Friedhof an, der von innen in warmen Farben erstrahlte und so eine Art himmlisch-leichte und himmlisch-beschwingte Atmosphäre erzeugte. Aus der dunkelblauen Himmels-Zimmerdecke leuchteten Hunderte kleiner Sterne, und die grossen Fenster vor dem Balkon waren mit zartem, bläulichem Seidenstoff bespannt, durch den das Meer, der Himmel, der Strand schwach und verschwommen wahrgenommen werden konnten.

Leichte, klassische Musik und zwei von kühlenden Ventilatoren verursachte Lüftchen perfektionierten das Ganze und verwandelten das ehemalige Schlafzimmer in einen Raum der Stille, der Zärtlichkeit, Liebe und Andacht.

Die beiden schlugen Heiden und Amélie vor, die ganze Decke der Wohnung inkl. Küche, Toilettenraum und Korridor – ohne das «Kinderzimmer-Studio» – ebenfalls dunkelblau abzudecken und mit leuchtenden Sternen zu versehen, damit die Besucherinnen und Besucher das kleine «Musée» als Einheit erleben würden und nicht der Eindruck entstünde, es bestehe aus einem ideellen und einem kommerziellen Teil. Sie halfen Amélie und Heiden auch dabei, die unmittelbare Umgebung des Sargs sowie die übrigen Ausstellungselemente perfekter und professioneller anzuordnen respektive so umzugestalten, dass am Schluss auch unser Ausstellungsteil den gleichen Zauber ausstrahlte wie Pascales und Véroniques Raum.

Amélie und Heiden waren begeistert.

Sie konnten auch erreichen, dass jeweils eine der beiden während den Öffnungszeiten ebenfalls anwesend war, was ihnen ermöglichte, dass immer nur entweder Amélie oder Heiden präsent sein mussten.

Das «Musée du Cercueil» war nun bereit, eröffnet zu werden.

38
Donnerstag, 24.09.2020, 07:30, Oasis.

Am Donnerstagvormittag kam es zur nächsten Direktübertragung. Dafür hatten sich Amélie und Heiden etwas Besonderes ausgedacht: Auf einem Live-Spaziergang durch einen Teil der Ferienanlage wiesen sie auf die bevorstehende Museumseröffnung hin, schilderten die Veränderungen, die sie vorgenommen hätten inklusive Öffnungszeiten, Anmelde- und Portionierungssystem, erwähnten ihre eigenen «Experimente» mit dem Sarg und äusserten ihre Überzeugung, dass dieser Sarg über eine Art Energie verfüge, die sich auf die Menschen in seiner unmittelbaren Nähe extrem positiv auswirken würde.

Auf ihrem Rundgang schlossen sich immer mehr Nackte der Gruppe an, die aus Joline, Jean-Claude, Amélie, Véronique und Heiden bestand.

Während der Werbepause begaben sie sich zu jener Stelle des Strandes, wo der zweite Teil der Livesendung stattfinden sollte:
Vier Campingstühle, ein Campingtisch, ein Sonnenschirm standen im Sand inmitten eines Kreises von etwa zwölf Metern Durchmesser, hinter dem sich die Schaulustigen aufzustellen haben würden, und zwei Techniker von France 5 hatten alles Nötige vorbereitet, damit gleich nach dem letzten Werbespot der Live-Report fortgesetzt werden konnte.

Nun kam Heidens Stunde.
Joline, inzwischen eine gewandte Moderatorin, eröffnete das Gespräch mit der Frage, ob das zutreffe, was «Monsieur Professeur Docteur Mure» in seinem Interview von Montagabend auf France 2 angekündigt habe, nämlich, dass nun eine grosse wissenschaftliche Testreihe geplant sei, mit deren Hilfe definitiv nachgewiesen werden könne, über welche Fähigkeiten der Sarg verfüge resp. nicht verfüge.
Darauf gab Heiden auf Französisch eine Antwort, die er mit Amélie vorbereitet und dann auswendig gelernt hatte:

Er sei entsetzt gewesen.
Entsetzt. Empört. Wütend.
Herr Mure habe mit ihm keinen Kontakt aufgenommen.
Ihn nie kontaktiert.
Ihn nie um sein Einverständnis gebeten.
Ihn nie um Erlaubnis gefragt.
Herr Mure sei ein Wissenschaftler ohne Anstand.
Ohne Moral.
Ohne Gewissen.
Ohne Skrupel.
Sein Vorgehen sei rücksichtslos.
Frech.
Verletzend.
Eines seriösen Wissenschaftlers unwürdig.

Der sich an seinem, Heidens, Eigentum vergreifen wolle.

Sich den Sarg gesetzeswidrig aneignen wolle.

Seinen Sarg ausbeuten,

seinen Sarg für eigene Zwecke missbrauchen wolle.

Der Sarg sei jedoch sein ganz persönlicher Sarg.

Sei ein einmaliger, einzigartiger, individueller, nur auf ihn und seine Person bezogener Sarg.

Der Sarg sei kein Gegenstand, über den er frei verfügen könne.

Im Gegenteil: Der Sarg sei eine Art Wesen, das über eine gewisse Art von Bewusstsein und Willen verfüge.

Der Sarg sei ein Teil von ihm.

Der Sarg gehöre zu ihm wie sein linkes Bein.

Sein Kopf.

Sein Herz.

Seine Seele.

Die von Mure geplanten Versuche kämen für Heiden nicht in Frage.

Unter keinen Umständen.

Nie und nimmer.

Er sei bereit, den nur zu 50% gelungenen ersten Versuch zu Ende zu bringen.

Aber nicht mit Mure.

Keinesfalls mit Mure.

Denn Herr Mure sei ein egoistischer Wissenschaftler, dem es nur um den eigenen Ruhm gehe.

Der keine Grenzen kenne.

Ein Wissenschaftler, der über Leichen gehe.

Der seinen Sarg zerstören wolle.

Der ihn und sein Leben zerstören wolle.

Nein, Herr Professor Doktor Mure: Seinen Sarg kriege er nicht noch einmal in seine skrupellosen Hände.

Nein.

Nein.

Nein.

Die Leute klatschten Beifall, johlten, schrien «Non – non – non! Mure go home! Mure go home! – Non – non – non!».
Sie hörten erst auf, als sich Joline Amélie zuwandte:
«Et vous, Madame Froidevaux?» Was denn ihre Meinung sei, ob sie Heidens Ansicht teile, dass Herr Mure ein respektloser Wissenschaftler sei, der über Leichen gehe.

Nun kam Amélies Stunde:
Ja, sie teile seine Meinung. Und in brillanten, nicht auswendig gelernten Worten legte sie dar, warum die Wissenschaft nicht alles dürfen können solle, was sie wolle.
Man sehe dies an den Giftgasangriffen auf unschuldige Menschen, an der Bedrohung der Menschheit durch atomare, chemische und biologische Waffen.
Diese gäbe es nur, weil skrupellose Wissenschaftler im Dienste der internationalen Waffenindustrie Massenvernichtungsmittel entwickelt hätten, mit dem Ziel, diese auch einzusetzen:
Gegen Menschen.
Gegen Minderheiten.
Gegen ganze Völker.
Diese Art von Wissenschaft habe schon lange ihre Unschuld verloren.
Sei destruktiv. Zerstörerisch.
Sei mit dem Blut von Millionen unschuldiger Menschen befleckt.

Dieser Vergleich ging dann aber auch Joline zu weit: Es gehe hier doch nur um einen Sarg, es gehe um die Wahrheit, und die Wissenschaft habe doch das Recht, dieser zentralen Frage nachzugehen.

Amélie stimmte diesem Argument zu: «Naturellement, naturellement! Mais...» Hier gehe es um Grundsätzliches, um die Verletzung von Eigentums- und Persönlichkeitsrechten.

Um Menschenrechte.

Auch die Wissenschaft müsse sich an Verfassung und Gesetze halten.

Und genau das tue Herr Mure nicht.

Erneut brandete Applaus auf - und alle empfanden das Gleiche:

Amélie, die unscheinbare Verkäuferin aus dem kleinen, unscheinbaren Bäckerladen hatte sich innert Sekunden in eine das Publikum in ihren Bann ziehende, mit- und hinreissende Rednerin verwandelt, die über hervorragende rhetorische Fähigkeiten verfügte und die zu weit Höherem bestimmt war, als bis ans Lebensende täglich hinter dem kleinen Ladentisch in der kleinen FKK-Bäckerei im kleinen Naturisten-Ferien-Village zu stehen und Pains, Baguettes und Croissants an weitgehend unbekleidete Kundinnen und Kunden zu verkaufen.

Mit ihrem erneuten, alle überzeugenden Auftritt vor einem Millionenpublikum – Sequenzen aus ihrem heutigen Statement wurden von Hunderten von Fernsehstationen übernommen und weltweit ausgestrahlt, wurden via Twitter, Facebook, Instagram millionenfach geteilt – wurde allen, jeder und jedem klar:

Amélie stand eine grosse, verheissungsvolle Zukunft bevor,

Amélie würde Karriere machen, national, international, weltweit,

Amélie würde zum grossen, grössten Star Frankreichs aufsteigen.

Wie Brigitte Bardot.

Wie Greta.

Wie Jeanne d'Arc.

Am Schluss ihres Statements, das über fünf Minuten dauerte, wurde begeistert, enthusiastisch applaudiert und die nackte Menge, die auf über 300 Personen angewachsen war, skandierte «A-mé-lie! A-mé-lie! A-mé-lie! A-mé-lie!», so dass Joline ihre eigenen Worte nicht mehr verstand, als sie um neun Uhr vierundfünfzig und sechsundvierzig Sekunden die Live-Reportage aus dem Oasis beendete.

39
Freitag, 25.09.2020, 11:30, Oasis.

Amélie war von den Menschen wie eine Heldin gefeiert worden, und langsam wurde ihr bewusst, dass sie in eine Rolle hineinwuchs, die sie nie gesucht hatte, die sie aber beglückte, die ihr Spass machte und die sie mit Leib und Seele ausfüllen wollte.

Mit Herrn Schwarz und dem Vorstand des Vereins der Appartements-Eigentümerinnen und -Eigentümer wurde die morgige Eröffnungsfeier besprochen: So ungefähr, so-la-la, denn es bestand kein Anspruch darauf, dass alles perfekt vorbereitet sein müsste und perfekt ablaufen sollte.
Auch Spontanes, Improvisiertes sollte Platz haben.
So hatte sich zum Beispiel am Freitagmorgen die bekannte Sängerin «Jain» bei France 5 gemeldet mit der Bitte, bei der morgigen «Musée-du-Cercueil-Feier» zwei, drei Lieder vortragen zu dürfen, da sie schon immer mal gerne nackt habe auftreten wollen, was bisher von ihrem Management stets abgelehnt worden sei. Sie würde auch keine Gage verlangen, alles Nötige mitbringen und sich extrem freuen, wenn es klappen würde. Die Geschichte mit dem Sarg habe sie fasziniert – das sei ein weiterer Grund für ihren Wunsch.

Über eine Bühne verfügte das Oasis nicht, ebenso wenig über Tische und Bänke für Hunderte von Gästen.

Heiden und Amélie planten, die Eröffnungsfeier auf der dem Meer zugewandten Seite von J11 durchzuführen. Dafür standen ihnen drei Balkone als «Bühnen» zur Verfügung:

Bühne 1 respektive Balkon 1 war jener, der zum Wohnzimmer des Museums im zweiten Stock gehörte, den sie grosszügigerweise der Sängerin Jain und ihrem Freund, zuständig für die Begleitmusik, überlassen wollten.

Auf Balkon 2, direkt darunter, einer Wohnung, die Herr Schwarz für Amélie bereit hielt als Ersatz für und im Umtausch gegen ihre bisherige Wohnung, die sie momentan sowieso nur hie und da aufsuchte, sollten die Reden gehalten werden:
Von Heiden, dem Eigentümer des Sargs, Madame F. Levante, der Kulturverantwortlichen des Arrondissements Narbonne, Monsieur A. Colbert, dem Maire von Leucate, und Amélie Froidevaux, der inzwischen landesweit bekannten Repräsentantin dieses winzig kleinen, aber hoch interessanten neuen Museums. Sie sollte – als Höhepunkt dieses Events – den Schluss der Rednerinnen und Redner bilden, «die über alles reden» dürften, «einfach nicht über fünf Minuten».
Einige pensionierte Technik-Freaks, die mehrere Monate pro Jahr hier residierten, waren für Mikrophone, Lautsprecher und Mischpult verantwortlich. Und dass alles Technische klappte.

Bühne 3 beziehungsweise Balkon 3 gehörte dem international bekannten Organisten Olivier Penin, der zufälligerweise hier seine Ferien verbrachte und einige berühmte Bachstücke auf einem Elektropiano interpretieren würde.

Da France 5 vorhatte, die Eröffnungsfeier unter der Leitung von Joline live zu übertragen, fragten wir sie an, ob sie auch gleich die Moderation übernehmen könne, was jedoch – wie wir später zur Kenntnis nehmen mussten – bei einem Teil des Publikums den Eindruck hinterliess, dies sei eine Eigenproduktion dieser TV-Station und alle Auftretenden seien Angestellte dieses staatlichen Regionalsenders und deshalb vom französischen Staat bezahlt...

Den ganzen Tag waren Amélie und Heiden mit den Vorbereitungsarbeiten beschäftigt.

Zum Beispiel, welchen Inhalts Heidens Rede sein sollte, welche Schwerpunkte er setzen, in welcher Sprache er reden wollte. Und obwohl er als ehemaliger Politiker schon über hundert Reden im Parlamentsgebäude seines Heimatkantons gehalten hatte, würde die morgige Ansprache alle bisherigen Dimensionen sprengen: Sie würde live übertragen, seine Worte würden sich nicht nur an hundert bis zweihundert Abgeordnete richten, sondern an ein Publikum, das Hunderttausende, wenn nicht Millionen umfasste.

Er notierte Stichwörter, formulierte in Gedanken ganze Passagen und schrieb schlussendlich einen Entwurf, den er noch überarbeiten würde. Doch da er immer wieder unterbrochen wurde, denn hundert Dinge mussten noch geklärt, entschieden werden, war er nicht in der Lage, sich so perfekt vorzubereiten, wie er das von sich verlangt hätte, wenn die dazu nötige Zeit vorhanden gewesen wäre.

So begnügte er sich vorläufig mit einem halbfertigen Manuskript – das Richtige würde ihm dann schon noch einfallen...

Amélie schien sich keine derartigen Sorgen zu machen: Sie war fröhlich, unbeschwert, voller Begeisterung und Lebensfreude. Nie hatte sie bisher etwas schriftlich vorformuliert und immer waren ihr bei ihren Statements die perfekten Worte exakt zur richtigen Zeit eingefallen – Amélie war wundervoll, phantastisch, ein Phänomen.

40
Samstag, 26.09.2020, 10:00, Oasis.

Punkt zehn Uhr war alles bereit.
Die Eröffnungsfeier begann.
Hunderte von Gästen waren eingetroffen, sämtliche Parkplätze aller

vier FKK-Dörfer waren zugeparkt, ebenso wie die Zufahrtsstrassen auf einer Länge von über einem Kilometer.

Auf Hunderten von Klapp-, Liege- und Campingstühlen, auf Badetüchern auf den Rasenflächen rund um J11 oder dem Strandabschnitt vor dem Museumsgebäude hatten sie es sich bequem gemacht. Zwischen den Sitzenden standen die übrigen Besucherinnen und Besucher, die vergessen hatten, eine Sitzgelegenheit mitzubringen.

Die Bewohnerinnen und Bewohner der Erdgeschoss-Appartements der Häuserzeile, die sich direkt am Strand befand, hatten auf Wohnzimmer- und Campingtischen im Schatten zahlreicher, verschiedenfarbiger Sonnenschirme ein Riesenbuffet mit Getränken, Kuchen, Früchten, Käse, Broten, Gemüse, Salaten, Snacks bereitgestellt - wer Hunger hatte, konnte sich bedienen...

France 5 war mit einem grossen Übertragungswagen, vier Kameras, einer Moderatorin, einem Reporter und über einem Dutzend Technikerinnen und Technikern vor Ort. Ebenso wie viele Journalistinnen und Journalisten, die Print- und andere Newsmedien vertraten oder die Bereiche Kultur, Religion, Tourismus abdeckten.

Und alle, die hier ihre Ferien verbrachten oder hier wohnten, hatten sich vor dem J11 versammelt – die vier FKK-Villages waren wie ausgestorben und der schier endlose Sandstrand war menschenleer.

Und alle, wirklich alle, waren nackt.
Mit einer einzigen Ausnahme.

Statt mit einem Feuerwerk – aus Umweltschutzgründen wäre so etwas nie in Frage gekommen – wurde die Feier mit einem fulminanten Bachstück, der Sinfonie BWV 29, live und hervorragend gespielt von Olivier Penin, eröffnet.

Die Live-Sendung konnte auf zwei riesigen Bildschirmen mitverfolgt werden, so dass auch das weiter entfernte Publikum auf seine Rechnung kam.

Der Pianist war in Grossaufnahme zu sehen, seine Mimik und Gestik, sein Eintauchen in die von ihm produzierte, ergreifende Bach-Sinfonie war spürbar, die Kameraführung subtil, angemessen, die Tonqualität – zusammen mit dem Meeresrauschen – einzigartig.

Nach dem Applaus erschien Joline gross im Bild, die sich eine dunkelrote Rose in ihre dunkelbraunen, halblangen Haare gesteckt hatte, und begrüsste die Anwesenden auf Französisch, Englisch, Deutsch Italienisch und Holländisch. Dann stellte sie den Musiker, der eben gespielt hatte, vor und gab einen Überblick über den Ablauf des Eröffnungsevents, erwähnte den Sarg, Heiden, Amélie und die vergangenen Turbulenzen, die ein internationales Echo ausgelöst hätten, so dass sich France 5 entschieden habe, diesen Anlass live zu übertragen.

Nun kündigte sie die beiden nächsten Programmpunkte an: Die junge und schon sehr bekannte Sängerin «Jain» mit ihrem Song «Makeba» und Heiden, den Eigentümer des Sargs und Mitbegründer des «Musée du Cercueil».

«Jain» genoss es sichtlich, hier am Strand vor dieser herrlichen Kulisse nackt aufzutreten. Ihr Liveauftritt war ein Hörgenuss und eine Augenweide, jeder einzelne Ton sass präzise, perfekt, klar, ihre Stimme war gewaltig.

Das Publikum war begeistert, johlte, kreischte, klatschte.

Und noch bevor dieser Begeisterungssturm verebbt war, erschien Heiden im grösstmöglichen Format auf den beiden Riesenbildschirmen.

Ein Teleprompter stand ihm nicht zur Verfügung, er hatte sich lediglich einige wichtige Stichworte möglichst gross auf zwei, drei Kärtchen notiert.

Die enorme Nervosität verschwand nach den ersten Worten.

Er begrüsste die Anwesenden auf Französisch, Deutsch und Englisch.

Er hatte beschlossen, den Menschen nur wenig, nur das Wichtigste, das Zentrale mitzuteilen – in diesen drei Sprachen.

Und auch hier war er auf die Mithilfe Amélies angewiesen gewesen – seine Fähigkeit, sich Französisch auszudrücken, war nur rudimentär.

Und dann begann Heiden:

Die Pandemie habe die Welt verändert.

Weltweit seien täglich alle Menschen mit Tod und Krankheit konfrontiert worden.

Dabei entrollte er seine über vier Meter lange, aus A-4-Blättern zusammengefügte, von Hand beschriebene Liste, die er während Wochen und Monaten täglich nachgeführt hatte, über das Balkongeländer hinaus, so dass sie den Boden erreichte.

Auch er habe sich intensiv mit dem Tod beschäftigt, er habe täglich die weltweiten Todes- und Fallzahlen von Hand notiert – hier auf dieser Liste.

Und ihm sei klar geworden, dass jederzeit auch sein Leben zu Ende gehen könne.

Der Tod sei ebenso real wie das Leben.

Gehöre zum Leben wie Tag und Nacht.

Wie oben und unten.

Wie Vorderseite und Rückseite.

Er habe sich vielleicht zu sehr mit dem hunderttausendfachen Tod all dieser Menschen auseinandergesetzt.

So dass er zu seinem 71. Geburtstag am 22. Juli ein seltsames, unerwartetes, auf den ersten Blick schockierendes Geschenk erhalten hätte:

Einen Sarg.

Seinen Sarg.
Von Unbekannt auf unbekannte Weise geliefert.

Ein Sarg, der ihm folge wie ein treues Wesen.
Wie ein treuer Hund.
Eine treue Freundin.

Dieser Sarg sei nun hier ausgestellt.
Als Symbol des Todes.
Und des Lebens.
Dieser Sarg sei ein Teil von ihm.
Wie diese Hand.
Wie sein Gesicht.
Wie sein Herz.

Er freue sich, dass er das hier an diesem wunderbaren Ort tun dürfe.
Er danke Amélie für ihre unglaubliche und enorm inspirierende Unterstützung.
Er danke Herrn Schwarz, dem Maire von Leucate, Joline und allen Menschen hier und überall, die ihn und seinen Sarg verstünden.

Als Teil des Lebens.
Der Liebe.
Des Friedens.

41
Samstag, 26.9.2020, 10:25, Oasis.

Seinen Teil hatte Heiden erledigt, er war erleichtert, und Amélie drückte seine Hand.

Wie konnte sie nur so ruhig bleiben!

An ihrer Stelle, als junge, unerfahrene Frau, die bis vor Kurzem Brot und Gebäck verkauft und noch nie eine grössere Rede gehalten hatte, wäre er am liebsten im Boden versunken und hätte sich aus dem Staub gemacht.

Doch sie stand gelassen da, beobachtete aufmerksam, was auf den Balkonen präsentiert wurde, wie das Publikum reagierte, sich die Feier entwickelte, und wartete geduldig darauf, selber das Wort zu ergreifen.

Joline leitete nun über zu den beiden nächsten Programmpunkten: Einem ebenso bekannten wie berührenden Bachstück und der Rede der für die Kultur des Arrondissements verantwortlichen Madame F. Levante, die als einziges Kleidungsstück eine rosa Brille trug, die farblich perfekt zu ihren roten – wahrscheinlich gefärbten – Haaren passte.

Das zweite, ebenso besinnliche Bachstück, wiederum herausragend interpretiert von Olivier Penin, wurde, wie schon das erste, mit Begeisterung aufgenommen, auf die sich Frau Levante zu Beginn ihres Referats bezog und danach ebenso begeistert fortfuhr:

Dieses winzig kleine, aber ausserordentlich feine und weltweit einzigartige Museümchen stelle eine grosse Bereicherung des kulturellen Lebens in der Präfektur Narbonne dar.

Sie bedaure natürlich sehr, dass sich die Behörden von Narbonne nicht von Anfang an der Bedeutung dieses einmaligen Kulturguts bewusst gewesen seien und sie entschuldige sich hier und an diesem Ort noch einmal – im Auftrag und in Stellvertretung des Maires von Narbonne – von ganzem Herzen für die Unannehmlichkeiten, die Heiden, dessen Freundin Amélie und dem Sarg widerfahren seien.

Sie freue sich deshalb sehr, der Museumsleitung, d.h. Heiden und Amélie, einen Scheck in der Höhe von 5000 Euro überreichen zu dürfen – zur Deckung von einem Teil der bisher aufgelaufenen Unkosten.

Ein Rundgang durch dieses äusserst wertvolle Museümchen habe ihr vor Augen geführt, was für eine grosse Ausstrahlung ein einzelnes, weltweit einzigartiges Exponat auf die Betrachterinnen und Betrachter ausüben könne:

Sie habe die positive, kreative, über das Menschliche hinausgehende Energie, die von Heidens Sarg ausgehe, mit all ihren Sinnen – psychisch, geistig, seelisch, physisch – aufgenommen und könne nur allen hier Anwesenden empfehlen, es ihr gleichzutun und jede Sekunde der Anwesenheit in der unmittelbaren Umgebung dieses Sargs zu geniessen.

Bei ihrem Besuch habe sie gespürt, dass der Sarg keine bedrohliche Botschaft aussende, sondern das Gegenteil davon: Es gelte, das eigene Leben optimal zu gestalten, zu bereichern und die anderen Menschen miteinzubeziehen.

Die gleichen Ziele würde seit Menschengedenken auch jedes kulturelle Schaffen beinhalten:

Der Sarg symbolisiere deshalb für sie nicht in erster Linie den Tod, sondern die optimale, vielseitige, von Fantasie und Mitmenschlichkeit geprägte Gestaltung des eigenen Lebens – zwischen Geburt und Tod.

Das Museum sei zwar unglaublich klein, dessen Aussage aber auch unermesslich gross.

Vor ihrem zweiten Lied hatte sich Jain von ihrem Freund ein grosses, rotes Lippenstiftherz auf ihre Stirn malen lassen, das nun quadratmetergross auf den beiden Bildschirmen erschien, bevor die Kamera auf das Gesicht und den Oberkörper der Sängerin zurückzoomte.

Auch ihr zweiter Song war von mitreissender Intensität: Alle ihre Gefühle, jede Faser ihres Körpers legte sie in dieses Chanson – und wäre sie damit im Chanson d'Eurovision aufgetreten: Der Sieg wäre ihr nicht zu nehmen gewesen.

Monsieur Colbert war der nächste Redner: Als einziger war er angezogen – komplett gekleidet, wie man sich den Maire einer Stadt üblicherweise vorstellte: Anzug, weisses Hemd, Krawatte. Dass er weder Socken noch Schuhe trug, fiel niemandem auf.

Er begann seine Rede – nach der Begrüssung – damit, dass er sich entschuldigen müsse, und zwar für sein «Outfit»: Er trete hier nicht textilfrei auf, weil er es sich als Maire nicht leisten könne, hier keine Kleider zu tragen: Das sei seines Amtes unwürdig.

Nach anfänglichem Raunen und einzelnen «Buhs!» meldeten sich spontan einige aus dem Publikum:
- Ein Mann mit Bart, Bauch und Glatze schrie, er sei Gerichtspräsident in Orange, und er fühle sich hier wohl und korrekt gekleidet, auch ohne Kleider.
- Eine schlanke, grauhaarige Frau rief, sie sei Professorin an der Sorbonne, und er solle sich schämen, so etwas zu sagen: Alle hier seien nackt, alle hier seien gleich. Er sei der Einzige, der hier auffalle – und zwar negativ;
- Eine junge Frau, die sich als Theologiestudentin outete, verkündete mit lauter Stimme, auf die Kleidung komme es überhaupt nicht an, sondern auf die Persönlichkeit – wer man sei, werde nicht durch das, was man anhabe, definiert, sondern durch das, was man tue, sage und denke.
Nun ergriff der Maire wieder das Wort: Er danke von Herzen für diese

Feststellungen, die ihn davon überzeugt hätten, dass es falsch sei, hier als Maire in Kleidern aufzutreten.

Er habe es sowieso satt, immer eine Krawatte, einen Anzug und ein weisses Hemd tragen zu müssen – und er gebe es zu: Zu Hause laufe er am liebsten nackt herum, auch im Garten.

Während dieser Worte löste er den Schlips, warf diesen über das Balkongeländer und entledigte sich auch blitzschnell seines Jackets, das er der Krawatte hinterher schickte.

Nun noch in Hemd und Hose gekleidet, fuhr er wie folgt fort:
Es sei wahr: Nackt sei man so, wie man sei.
Nackt seien alle gleich – der Arme wie die Reiche, die Junge wie der Alte.

Dabei riss er sich sein Hemd vom Leib, schleuderte dieses in die nun lachende und johlende Menge, und die schwarze Hose hatte er so schnell hinuntergestrampelt und mit dem Fuss unter dem Geländer hindurch gestossen, dass es fast unbemerkt blieb.

Darauf zog er den Vergleich zwischen Tod und Nacktheit:
Auch im Tod seien alle gleich, auch wenn einer in einem goldenen Sarg liege, bedeute dies gar nichts. Als toter Mensch werde er nicht an der Beschaffenheit seines Sargs gemessen, sondern daran, wie er sein Leben verbracht hätte.

Und da – nun käme er zum Schluss – spiele für ihn persönlich auch der Humor eine nicht unerhebliche Rolle: Wenn eine stets ernsthaft gewesene Person gestorben sei, wäre auch die Erinnerung an diese Person so: Ernsthaft, seriös, emotionslos.

Wenn aber eine Person stürbe, die viele Menschen zum Lachen gebracht habe in ihrem Leben, dann lache man vielleicht sogar auch an dessen Beerdigung – denn das Lachen eines fröhlichen Menschen halle nach – über den Tod hinaus.

So einer möchte er sein, auch wenn er im Moment die Rolle eines Maires ausübe.

Er wolle als Maire aber in erster Linie der Mensch sein, der er in Wirklichkeit auch sei – am liebsten ohne Kleider.

Das sei auch die «message», die er beim Besuch dieses Museums bestätigt bekommen habe.

Der Sarg habe jeder und jedem – und das sei seine feste Überzeugung – etwas zu sagen, eine ewige Wahrheit, von der man nur profitieren könne.

Er begrüsse deshalb die Eröffnung dieses kleinen Museums von ganzem Herzen und danke Heiden und Amélie für ihren grossen Einsatz zum Wohle der Menschheit.

Er habe zwar keinen Scheck mitbringen können, da er dazu nicht die Kompetenz habe, er werde dies aber sobald wie möglich nachholen. Er habe aber einige hundert T-Shirts mit dem Signet des Museums und dem Ortsnamen Leucate produzieren lassen, die man nachher bei ihm beziehen könne – wer etwas bezahlen wolle, könne dies tun – der ganze Erlös ginge dann an das «Musée du Cercueil» – und – schwupps – war er wieder bekleidet: Er hatte sich innert weniger Zehntelssekunden dieses T-Shirt übergestreift...

Tosender, minutenlanger Applaus folgte: Dass Leucates Maire ein herzensguter Witzbold war, hatten nicht viele gewusst...

42
Samstag, 26.9.2020, 10:50, Oasis.

Nach dem dritten und ergreifenden Bachstück, der «Badinerie», war nun Amélie an der Reihe.
Und Heiden drückte ihr beide Daumen.

Sie dankte den beiden Vorrednern und der Vorrednerin für deren Beiträge.

Die drei hätten schon fast alles gesagt:
- Der Tod sei ein Teil des Lebens, sei die andere Seite der gleichen Medaille.
- Der Sarg sei zwar ein Symbol des Todes, aber noch mehr eines der Liebe und des Friedens.
- Der Sarg sei ein Ansporn, das Leben lebenswert und kreativ zu gestalten.
- Und dazu gehöre auch der Humor, wie der Maire überzeugend demonstriert habe.

Sie wolle noch zwei, drei Dinge ergänzen:

Vor vier Jahren habe sie ihren Freund verloren – ein Hirntumor habe innert Kürze seinem Leben ein Ende bereitet.
Er sei in ihren Armen gestorben.
Seine letzten Worte seien gewesen, dass er sie liebe.

In Grossaufnahme war nun Amélies Gesicht, waren Amélies Augen zu sehen, die verschwammen, aus denen ein, zwei Tränen traten.

Das seien die traurigsten Momente ihres Lebens gewesen.

Doch schon bald habe sie eine innere Kraft gespürt, die aus ihrem Herzen gekommen sei, die sie erfüllt und dazu gebracht habe, über alles und jedes nachzudenken.

Über Leben und Tod.

Gutes und Böses.

Liebe und Hass.

Ihr Freund lebe in ihr weiter und gebe ihr die Energie, zum Beispiel hier zu stehen und diese Rede zu halten.

Sie habe den Sarg ihres Freundes mit Zeichen ihrer Liebe, mit Worten, Skizzen, Zeichnungen versehen, mit ihren Tränen und Gefühlen gefüllt, so dass sie ihren Freund habe loslassen können, im Wissen, dass ihre gemeinsame Liebe unzerstörbar sei.

Dann sei Heiden aufgetaucht und als sie von seinem Sarg gehört habe, habe sie gewusst, dass es sich hier um etwas ganz Spezielles, sehr Bedeutsames und Einzigartiges handeln müsse.

Und dank des Todes ihres Freundes und dank Heidens Sarg kenne sie nun einen kleinen Teil der ganzen, grossartigen und ewigen Wahrheit:

- Es gebe Dinge, die auch die Wissenschaft nicht erklären könne.
- Es gebe Wahrheiten, die man so akzeptieren müsse, wie sie seien.
- Jeder Mensch sei ein geistiges Wesen, das auch nach dem Tod fortbestehe.
- Der menschliche Geist altere nicht, habe keine Halbwertszeit, habe weder Anfang noch Ende.
- Die geistige Energie könne sich auch in Form eines Sarges manifestieren.
- Der Sarg sei nicht zerstörbar, sei ein Teil von Heiden, ein Teil seiner Persönlichkeit, seines Geistes.
- Jeder Mensch sei selber in der Lage, diese und andere Wahrheiten zu erkennen – dazu bedürfe es weder der Wissenschaft, noch der Religio-

nen, noch der Kirchen.

Und deshalb sei dieses Museum so wichtig:

In Form von Heidens Sarg liege hier die nackte Wahrheit.

Ausgebreitet vor den Augen und den Herzen der Besucherinnen und Besucher.

Die nackte, unverhüllte, unverfälschte, ungefakte, unmanipulierte Wahrheit über Leben und Tod.

Und jeder und jede, der oder die dies wirklich wolle, könne diese Wahrheit erkennen.

Begreifen. Erfühlen. Verstehen. Erfahren.

Live hier und jetzt erleben.

Wissenschaftliche Experimente, wie sie geplant würden, seien fehl am Platz, seien nicht zu verantworten, ebenso wenig wie Tierversuche.

Es wäre verwerflich, unmoralisch, unethisch, verantwortungs- und rücksichtslos, Heidens Sarg für Forschungszwecke missbrauchen zu wollen.

Alle Ergebnisse wären wertlos, unbrauchbar, da es lediglich darum gehen würde, mit Mitteln der materiellen Welt ein geistiges Element, etwas Immaterielles, erforschen zu wollen, was zum Vornherein zum Scheitern verurteilt wäre.

Der Geist könne dabei zwar nicht zerstört werden, jedoch der Mensch:

Dem Betroffenen würde unermesslicher Schaden zugefügt.

Der Betroffene würde aller Freiheiten beraubt.

Würde zu einem Sklaven der Wissenschaft gemacht.

Würde ausgebeutet und am Ende weggeworfen wie ein Stück Abfall.

Zum Glück würden sie in einem Rechtsstaat leben, in einer Demokratie, wo es ein Mitspracherecht gebe, eine Verfassung und Gesetze, an die sich auch die Wissenschaft zu halten habe.

Trotzdem rufe sie alle Anwesenden auf, wachsam zu sein, wachsam zu bleiben.

Denn sie spüre es:
Der Sarg sei in Gefahr.
Heiden sei in Gefahr.
Ebenso wie das kleine Museum, dessen Eröffnung sie heute feiern würden.

Man solle nun aber nicht in einen Zustand der Angst verfallen, sondern sie rufe alle auf, das Leben zu geniessen, zu singen und zu tanzen und dem Maire von Leucate zuzuhören, der bestimmt noch viele lustige Spässe auf Lager habe.

Der Beifall war grandios: Alle erhoben sich, klatschten, schrien «Bravo Amélie!», skandierten erneut «A-mé-lie! - A-mé-lie! - A-mé-lie!», bis die Musik zu Jains drittem und letztem Song einsetzte.

43
Samstag, 26.09.2020, 11:14, Oasis.

Dessen Titel hiess, passend zum Sarg: «You want to be a star and don't know who you are».

Die junge Sängerin war voll in ihrem Element, und ihr Freund startete die Begleitmelodie.
Mit ihrem Herzen auf der Stirn sang sich Jain in eine Art Rauschzustand - alle lauschten gebannt ihrer klaren Stimme, starrten auf die beiden Bildschirme oder direkt auf den Balkon, der als Bühne diente, auf dem sich die Sängerin zur Melodie von Begleitmusik und Gesang wild tänzelnd dem Balkongeländer entlang bewegte, angestrahlt, hell be- und erleuchtet von der spätsommerlichen Mittelmeer-Mittagssonne.

Und in dem Moment, als sie erneut zum Refrain «You don't know, who you are» ansetzen wollte, entfuhr ihrem Mund, dessen Lippen bereits zum J-Laut von «you» geformt war, ein entsetzlicher, von den Lautsprechern tausendfach verstärkter, langgezogener Angst- oder Schmerzensschrei, auf den ein ohrenbetäubendes, mehrsekündiges Maschinengewehrgeknatter folgte.

In die stille Schreck- und Paniksekunde danach platzte der sich überschlagende Befehl einer tiefen Männerstimme, die brüllte:

«Hinlegen!!!»

Was alle im Umkreis von 250 Metern innert Sekundenbruchteilen taten.

Über tausend Nackte warfen sich zu Boden, wo sie die nächsten rund fünf Minuten reglos verharrten, weil sie nicht die Aufmerksamkeit auf sich lenken und erschossen werden wollten.

Was war geschehen?

Die Fernsehkameras hatten diese Schreckensmomente in Grossaufnahme festgehalten, so dass man später in der Lage war, den ganzen Ablauf dieses terroristischen Anschlags in zwanzigfacher Verlangsamung mitzuverfolgen:

Exakt im «You...»-Start-Moment wurde die arme Sängerin von hinten am Nacken gepackt, und statt «You don't know...» singend interpretieren zu können, stiess sie ihren schrillen, gellenden Todesschrei aus, der in Zeitlupe wie ein tiefes Gurgeln tönte.

Links und rechts von Jain erschienen nun zwei maskierte, schwarz gekleidete Gangster-Typen, die langsam zwei Maschinengewehre einhändig in die Luft erhoben und mehrere Salven, «Plop – plop – plop!», himmelwärts abfeuerten.

Bedächtig schnappte sich dann derjenige, der die Sängerin nicht am Nacken gepackt und ihr nach Abgabe der MG-Schüsse nicht die Mündung des Maschinengewehrs an die Schläfe gedrückt hatte, das zu Boden gefallene Mikrophon und schrie – tief, knirschend und von einem rauschenden Knacken begleitet: «H—i—n—l—e—g—e—n!»

Nun sah man die vermummten Köpfe der Terroristen und deren Augen, die sekundenlang die zu Tode erschrockenen und sich tot stellenden Nackten unter ihnen zu fixieren schienen.

Nach rund 15 Sekunden begannen die beiden Terroristen wieder, sich zu bewegen: Erneut hoben sie langsam und einhändig ihre Maschinengewehre und erneut drückten sie ab, und ein zweites Mal war ein lautes, dumpfes, zwanzigsekündiges «Plop-plop-plop!» zu vernehmen, bevor sie anschliessend zu zweit die nackte Sängerin, die am ganzen Leib langsam bebte und eventuell in Ohnmacht gefallen war, grob zum offenen Balkonfenster zerrten, ins Innere des Sarg-Ausstellungsraumes schleiften und dann verschwanden.

Auch die vier Kameraleute hatten sich zu Boden fallen und ihre Kameras in der Position, in der sie gerade waren, weiterfilmen lassen.

Die traumatisierten Menschen lagen noch minutenlang reglos am Boden: Sie wähnten sich in einem Kriegsgebiet, in Syrien, Afghanistan, Jemen.

Die nach den zweiten Salven eingetretene Stille – nur das Meeresrauschen war zu hören – war trügerisch, wenig verheissungsvoll.

Erst als jemand aus weiter Ferne rief: «Weg! Sie sind weg! Die Gefahr ist vorbei!», erhoben sich die Menschen vorsichtig, nach links, rechts, nach vorne, nach hinten blickend und sich vergewissernd, dass der Horror zu Ende war und sie diesen überlebt hatten.

Nun standen auch die Kameraleute wieder auf, zitternd, bebend, versuchten einige Bilder der verstörten Menschen einzufangen, die weinten, schrien, wie Espenlaub zitterten, sich vom Schrecken erholen mussten.

Und es erschien allen wie ein Wunder: Niemand schien verletzt zu sein, es gab weder Blutlachen noch Leichen noch Verwundete.

Auch Jains Begleiter erhob sich und schrie vom Balkon, die Gangster hätten die Sängerin entführt.

Heiden hatte sich während dieser schrecklichen Szene zusammen mit Amélie auf dem Balkon unter jenem der Sängerin befunden, war geistesgegenwärtig noch schnell zur Eingangstüre gerannt und hatte diese von innen abgeschlossen. Danach versteckten sie sich unter dem Bett im Schlafzimmer, nachdem sie auch dieses von innen verriegelt hatten.

Langsam kam das Leben wieder in Gang, in Gruppen standen die von Panik gezeichneten Nackten herum, erzählten einander, wie sie diese Schrecksekunden erlebt, was sie festgestellt hatten und was für Vermutungen sie hegten in Bezug auf die von den Attentätern verfolgten Ziele.

Schon nach wenigen Minuten trafen Polizeiautos aus Leucate, später auch aus Narbonne und Perpignan ein – einige Gendarmen hatten offenbar die Live-Sendung mitverfolgt und den Überfall ebenso live mitbekommen.

Joline und ihr Reporterkollege waren bereits wieder imstande, Leute zu befragen.
Nachdem sie Amélie, Heiden und den Maire von Leucate endlich ausfindig gemacht hatte, interviewte Joline auch diese, doch auch sie hatten nicht den leisesten Schimmer, wem dieser Anschlag hätte gelten sollen.
Eine halbe Stunde nach dem Attentat tauchte Jain, die gekidnappte Sängerin, wieder auf: Schluchzend, traumatisiert, ein Häufchen Elend. Rund einen Kilometer ausserhalb des Village Oasis hatten sie die Gangster am Strassenrand aus ihrer schwarzen Limousine geschubst, offen-

bar in der Annahme, dass ihnen niemand folgen würde.

Verstört, erschüttert, ratlos, doch unendlich froh und erleichtert, das Ganze heil überstanden zu haben, bestiegen Heiden und Amélie die Rundtreppe im J11, die zum «Musée» hinaufführte und öffneten die Wohnungstüre.

Der Sarg war weg.
Weg.

44
Samstag, 26.9.2020, 12:15, Oasis.

Also hatte der Anschlag ihm gegolten.
Heiden.
Amélie hatte Recht gehabt: Der Sarg, Heiden, sie, das Museum waren in Gefahr.
In sehr grosser.
Und sie wussten sofort: Hier konnten sie nicht bleiben.
Als Nächstes würden die Gangster Heiden entführen, da sie davon ausgehen mussten, dass der Sarg immer wieder bei ihm auftauchen würde.

Denn wenn sie Heiden hatten, hatten sie auch den Sarg.

So einfach war das.

Heiden wollte weg. Augenblicklich weg.
Amélie schaute ihm in die Augen, packte seinen Arm und sagte: «I will come with you!», das stehe für sie fest. Sie lasse Heiden nicht im Stich. Ihn und den Sarg.

Sie mussten jemanden ins Vertrauen ziehen und beschlossen, alles mit »Monsieur Shwarrz» zu besprechen.

Die Feier war natürlich abgebrochen worden, die Polizei war immer noch daran, die Spuren zu sichern, und die Menschen hatten sich zurückgezogen – entweder sassen sie in ihren Appartements in den FKK-Dörfern oder in ihren Autos auf dem Heimweg.

Einige Unentwegte bevölkerten die beiden Restaurants, Jain war vom Krankenwagen abgeholt worden – sie hatte einen Schock, leichtere Verletzungen, Schürfungen und Prellungen erlitten – und Joline und ihre Crew hatten rasch zusammengepackt und waren Richtung France-5-Studio abgefahren.

Die Medien würden ab sofort auf allen Kontinenten über diesen Terroranschlag berichten, sie würden erneut tagelang im Mittelpunkt des Interesses stehen, die Schlagzeilen würden sich überschlagen:
«Terror in Nudistencamp», «Nackte Sängerin auf Horrortrip», «Kugelhagel beendet Nudistenfeier», «Gangster kidnappen nackte Sängerin» usw.

Sie hatten keine andere Wahl:
Flucht.
Sie mussten sich verstecken.
Sich in Sicherheit bringen.

Und zwar subito.

45
Sonntag, 27.9.2020, 04:00, Ernetschwil.

Am Sonntagmorgen um etwa 04.00 Uhr kamen sie im Chalet «Lue-gisland» in Ernetschwil, Kanton St. Gallen, an.

Auf Anraten von Herrn Schwarz hatten sie in Narbonne den nächst-möglichen Zug, der in die Schweiz fuhr, bestiegen: Via Lyon – Genf und Zürich hatten sie um 03.27 Uhr Uznach erreicht, wo zum Glück ein Taxi bereitstand, das sie zu diesem wunderschönen, rund sechzigjährigen Holzhaus brachte, das der Mutter von Heidens Ex-Partnerin gehörte und wo dieser mit den Kindern schon viele erholsame Ferientage ver-bracht hatte. Da immer ein Notfallschlüssel versteckt war, hatte er kei-ne Schwierigkeiten, die Haustüre zu öffnen. Er würde seine Ex und de-ren Mutter im Laufe des Tages über ihren Aufenthalt informieren und nachträglich um Erlaubnis fragen – sie hatten sicher inzwischen aus den Medien erfahren, was im Oasis Schreckliches passiert war und würden verstehen, dass sie sich dringend irgendwo verstecken mussten.

Dass das Haus über ein uraltes Wandtelefon verfügte, kam ihnen sehr gelegen, weil sie ihre Smartphones, die ihren Standort verraten wür-den, nicht mehr benutzen durften.

Der Grenzübertritt in Genf war problemlos verlaufen: Weder fielen sie irgendwie auf, noch waren sie zur Fahndung ausgeschrieben – in der Schweiz konnten Heiden und Amélie sicher sein, allerdings nur relativ. Eine Rückkehr an Heidens Wohnort war deshalb ausgeschlossen – die Gangster würden schon bald wissen, wo er wohnte, und nichts unver-sucht lassen, ihn und den Sarg zu verschleppen.

Nachdem sie noch eine Portion Spaghetti Napoli gekocht und gegessen hatten, legten sie sich schlafen.

Um die Mittagszeit wachten Amélie und Heiden bei strahlendem Sonnenschein auf, öffneten die Fensterläden, zogen die Rollläden hoch, setzten sich vors Häuschen und genossen zuerst einmal die wunderschöne Aussicht, die Sonne, die Wärme und den strahlend blauen Himmel.

Die Chaleteigentümerin war sofort einverstanden, dass sie sich vorübergehend hier einrichteten. Sie war froh, dass Heiden nichts passiert und es ihnen gelungen war, unbemerkt in die Schweiz zurückzukehren.

Da Heiden als «Sargmann» inzwischen auch in der Schweiz bekannt war, liess er sich von Amélie kahlscheren, so dass er sich im Spiegel kaum wiedererkannte. So war es ihm möglich, am Montag mit dem Bus nach Gommiswald zu fahren und Lebensmittel für eine bis zwei Wochen einzukaufen. Natürlich bezahlte er Cash – allerdings hatte er in Genf seine Kreditkarte noch einmal benutzt und den grösstmöglichen Betrag aus dem Geldautomaten bezogen, woraus sich zwar das Land, nicht aber der genaue Aufenthaltsort eruieren liess.

Wie Amélie gedachte, ihr eigenes Aussehen zu verändern, wusste Heiden nicht – eine Glatze kam für sie jedenfalls nicht in Frage. Er stellte sich verschiedene Kurzhaarfrisuren vor, die er ihr mit Kamm und Schere verpassen würde können – aber das hatte noch Zeit.

Heiden kommunizierte hie und da über zwei Festnetzanschlüsse: Über jenen seiner Ex und jenen von deren Mutter. Sie gingen davon aus, dass diese nicht überwacht werden würden und deshalb sicher waren.

Zum Glück befanden sich ein Fernsehgerät und ein alter Radioempfänger im Wohnzimmer des Chalets, so dass sie sich stets gut informieren können und immer ziemlich genau wissen würden, wie sich die Lage rund ums Oasis, den Sarg und die Terroristen entwickelte.

Eigentlich fühlten sie sich schon am ersten Tag wie daheim: Der etwas abgelegene Ort, die lange und dichte Hecke und die Baumgruppe, die das Häuschen und die dieses umgebende grosse Wiesenstück vor unerwünschten Blicken abschirmte, erschien ihnen wie ein Paradies.

Zur Vervollkommnung ihres Glücks fehlte nur noch der Sarg.

46
Montag, 28.9.2020, 20:00, Ernetschwil.

Ihre Hauptbeschäftigung war nun, die News im TV und am Radio zu verfolgen. Dank der Satellitenschüssel waren weit über 1000 Fernsehstationen abrufbar, und nach langer Suche hatten sie endlich France 1 und 2 und auch France 5 gefunden.

Die Bilder, die noch am Montag ausgestrahlt wurden, waren wirklich dramatisch und schockierend: Die Schüsse, die Nahaufnahmen, die Terroristen, die vor Todesangst weit aufgerissenen Augen Jains, die vielen traumatisierten Menschen erschütterten sie auch noch zwei Tage später und der Gedanke, dass dieser Anschlag dem Sarg und Heiden gegolten hatte, verfolgte sie Tag und Nacht, liess sie kaum schlafen, half ihnen aber dabei, sich wie während der Corona-Krise zu verhalten: «Stay at home».

An die Social-distancing-Regel hielten sie sich selbstverständlich nicht: Zu viel Schreckliches hatten sie zusammen durchgemacht und zu viel Gemeinsames verband sie. Wann und wo immer möglich, suchten sie die Nähe der resp. des andern.

Neben dem vierteltäglichen News-Updating, hie und da Kochen, hie und da Haushalt, unterhielten sie sich mit verschiedenen Spielen, die einerseits in grosser Zahl in der Sitzbank-Truhe vorhanden waren, die sie aber auch täglich neu erfanden, denn ihre Fantasie war fast unerschöpflich:

- Versteck- und Suchspiele
- Sprech-, Sing-, Tanz- und Rollenspiele
- Pantomimen, Schatten-, Ver- und Entkleidungsspiele
- Zeichnen, Malen, Skizzieren, Bodypainting
- Wettrennen, Wettkämpfe, Wrestling, Seilhüpfen etc. etc.

Fast waren die Tage zu kurz, um all die Spielideen, die sie hatten, umzusetzen.

Und fast schon hatten Heiden und Amélie – sie waren ja stets sehr beschäftigt – den Sarg vergessen.
Den Sarg!
Wie erging es ihm?
Wo war er?
In welchem Zustand?

Sie nahmen an, dass er nicht sofort, jedoch sehr bald eintreffen würde – daran zweifelten sie keine Sekunde.
Der Sarg würde sie finden.
Der Sarg würde ihnen auch nach Ernetschwil folgen.
Der Sarg würde schon bald hier sein, auf sie warten, ihnen zur Verfügung stehen.

Am Montagabend, nach dem Nachtessen – Basmati-Reis, Currysauce und Karotten – hatte Amélie nun doch Lust bekommen, ihr Aussehen zu verändern: Auch sie könnte hier mit ihren langen, kastanienbraunen Haaren und den markanten Augenbrauen erkannt werden – Heidens Ex-Freundin jedenfalls riet ihm dringend, Amélie vorzuschlagen, ihr Äusseres so zu verändern, dass sie nicht auf den ersten Blick als seine Begleiterin, als »la femme du cercueil«, erkannt würde.

So setzte sich Amélie also an den Tisch, ergriff ein Taschenbuch, das sie in Genf gekauft hatte und begann zu lesen, während Heiden Schere, Kamm, Handspiegel und das Haarschneidegerät bereitlegte.

Nachdem er sehr vorsichtig begonnen hatte – er kappte hier eine der langen Strähnen, da eine, legte die abgeschnittenen Haare in eine Plastiktüte, fuhr fort und fort, bis Amélie aussah wie Meister Eders Pumuckl: Die hundert drei Zentimeter kurzen Haarbüschel sahen mit ihren scharfen Schnittkanten aus wie grob und unsorgfältig aufgeklebt, jedenfalls sehr spassig, lustig, fröhlich – einfach nicht tragbar.
Und als sich Amélie im Spiegel sah, erschrak sie zuerst, begann dann aber wie irr zu lachen und konnte damit fast nicht mehr aufhören. Sie wollte unbedingt, dass Heiden sie mit ihrer ulkigen Frisur in verschiedensten Posen fotografierte – denn so einen Haarschnitt würde sie nur einmal in ihrem Leben tragen: Hier und jetzt in Ernetschwil, in einem Versteck, auf der Flucht vor brutalen Gangstern und Kidnappern, die vor nichts zurückschreckten.

So tat es den beiden unheimlich gut, zu lachen, so oft wie möglich Spass zu haben, das Leben so intensiv wie möglich zu geniessen, die Gefahr, in der sie schwebten, für kurze, unbeschwerte Momente zu vergessen.

Zum Beispiel, dass die Polizei – laut France 5 – in ihren Ermittlungen kaum einen Schritt weiter gekommen war, im Dunkeln tappte und sich nicht einmal bewusst war, dass der Anschlag in erster Linie Heiden und nicht dem FKK-Feriendorf, den Naturisten, dem Sarg, dem Museum oder der entführten Jain gegolten hatte.
Sie würden allen Hinweisen nachgehen, in alle Richtungen ermitteln und nichts unversucht lassen, die Terroristen so rasch wie möglich zu finden, teilten sie mit – denn davon ging die Polizei aus: Es wäre ein Terroranschlag gewesen, bei dem glücklicherweise niemand umgekommen oder schwer verletzt worden sei.
Dass Amélie und Heiden spurlos verschwunden waren, wurde an keiner

ihrer bisherigen Medienkonferenzen erwähnt: Es schien der Polizei nicht wichtig genug zu sein, um diese Information an die Öffentlichkeit weiterzugeben.

Sie waren auch nicht erstaunt, als sie in der 19.00-Uhr-Nachrichtensendung erfuhren, der Kriminalpolizei des Arrondissements Narbonne sei dieser Terrorismus-Fall entzogen worden – zuständig sei ab sofort die Anti-Terror-Einheit der französischen Armee in Zusammenarbeit mit dem staatlichen Nachrichtendienst.

Und nun also stand Amélie – wie indoor fast immer – nackt vor Heiden mit ihrer drolligen Kasperlifrisur, die er ihr verpasst hatte, und liess sich hundertmal fotografieren (sein unverbundenes Smartphone im Flugmodus verfügte über 64 Gigabites), Faxen machend, Grimassen schneidend, sich minutenlang kugelnd vor Lachen.

Nach dieser dreiviertelstündigen Lach-, Fotoshooting- und Kaffeepause fuhr Heiden mit seinem Hairdresser-Job fort: Ein 5-Millimeter-Kurzhaarschnitt sollte es werden.

Er montierte den entsprechenden Haarschneide-Aufsatz, bei dem schon immer eine Ecke gefehlt hatte, weil diese irgendeinmal abgesplittert war, als sie am Boden gelegen hatte und irgendein Idiot – wahrscheinlich Heiden selbst – drauf getreten war, schaltete den elektrischen Rasierer ein, platzierte diesen auf der höchsten Stelle von Amélies Hinterkopf, in der Absicht, eine perfekte 5-Millimeter-Schneise in ihre lächerlich-komische Pumuckl-Frisur Richtung Stirn zu schneiden, fragte sie, gleichzeitig den surrenden Schneidekamm vorwärts bewegend, ob sie «ready» sei, was sie lächelnd bejahte, erschrak, wie vom Blitz getroffen, und stoppte sofort, brüsk, jäh und augenblicklich, als er das Ergebnis sah:

Entstanden war weder eine 5-, 4-, 3-, 2- oder 1-Millimeterschneise, sondern ein zwei Zentimeter breiter Null-Millimeter-Streifen, dessen vollständig haarlos gewordene, schneeweisse Kopfhaut im Licht der Deckenlampe wunderschön hell glänzend leuchtete, so dass ihm sofort bewusst wurde, dass das nun nicht mehr lustig, sondern schräg, schrecklich und wirklich unkorrigierbar war.

Trotzdem fuhr Heiden noch eine Weile fort, jetzt jedoch hoch konzentriert darauf achtend, dass nie mehr der sich tausendmal pro Sekunde hin- und her bewegende metallene elektrische Schneidekamm direkt Amélies Kopfhaut berührte.

Erst nach rund fünf Minuten, während denen er alle Varianten, auf welche Weise er ihr eingestehen könnte, was für ein unverzeihliches Missgeschick ihm gerade eben passiert wäre, getraute er sich, ihr die Wahrheit zu sagen.
Statt, wie er erwartet hatte, wütend zu werden, rümpfte sie zuerst die Stirn, begann zu lächeln, dann loszulachen wie vorher bei der Pinocchio-o.ä.-Frisur, umarmte Heiden und meinte, das sei zwar blöd, aber überhaupt nicht schlimm, da sie sich sowieso verstecken müssten und nicht in der Öffentlichkeit zeigen dürften.
So kam es also, dass aus Amélie und Heiden zwei Glatzköpfe wurden, die sich, von hinten betrachtet, ziemlich ähnlich waren.

Schlussendlich entfernten sie auch ihre Augenbrauen, was ihrem Aussehen einen Alien-Touch verlieh.
Und so fühlten sie sich auch:
Wie Ausserirdische.

47
Dienstag, 29.9.2020, 07:05, Ernetschwil.

Am Dienstagmorgen sassen sie um sieben Uhr null fünf bei Baguette, Kaffee, Margarine und Konfitüre am Frühstückstisch – als Bäckerin und Bäckereiverkäuferin hatte Amélie kurz vor dem Zubettgehen noch ein französisches Nationalbrot gebacken – und waren gerade dabei, die Morgensendung in France 5 mitzuverfolgen, als aus Paris eine F-1-Reporterin zugeschaltet wurde, die sich mit der neusten Entwicklung im Oasis-Terrordrama meldete:

Nachdem eine französische Antiterrorgruppe, die mit zwei Wissenschaftlern ergänzt worden sei, sich des Terror-Kidnapping-Falls von Leucate angenommen habe, wäre nun Bewegung in die Ermittlungen gekommen:
Laut einem Communiqué von Dienstag früh null fünf Uhr null null sei der Kreis der Verdächtigen auch auf die beiden Initiatoren des sogenannten «Musée du Cercueil», das am vergangenen Samstag hätte eröffnet werden sollen, was dann aber von drei bis vier Terroristen mit Maschinengewehrfeuer verhindert worden wäre – France 5 habe in den vergangenen Tagen ausführlich darüber berichtet – ausgedehnt worden.
Bei diesen zwei Verdächtigen handle es sich um den Schweizer Hubert Heiden, der den Sarg, der beim Terrorüberfall entwendet worden sei, illegal nach Frankreich importiert gehabt habe, und dessen Komplizin Amélie Froidevaux.
Beide seien schon einige Tage vor dem Terroranschlag von der französischen Polizei wegen verschiedener Delikte verhaftet, dann aber mangels Beweisen und auf Druck einer unbewilligten Nudistendemonstration wieder auf freien Fuss gesetzt worden.
Die beiden hätten noch an der Eröffnungsfeier aktiv teilgenommen, seien jedoch nach der Schiesserei spurlos verschwunden.

Ihr gegenwärtiger Aufenthaltsort sei unbekannt, da man aber davon ausgehe, dass sie sich ins Ausland abgesetzt hätten, habe das französische Justizdepartement einen internationalen Haftbefehl ausgestellt.

Jetzt erschienen zwei Fotos von Amélie und Heiden, er mit mittellangen, dunkelblonden, sie mit langen, kastanienbraunen Haaren.
Und Augenbrauen.

Der Baguette-Bissen blieb ihnen im Halse stecken:
Sie wurden gesucht wie Schwerverbrecher, nach ihnen wurde gefahndet in ganz Europa – auch in der Schweiz.
Ihre allerschlimmsten Befürchtungen hatten sich bewahrheitet:
Sie wurden gejagt.
International.

Immerhin hatten sie ihr Aussehen verändert – markant verändert.

Irgend etwas musste passiert sein, dass sie nun im Fokus der Ermittlungen standen.

War etwa der Sarg verschwunden?
War etwa der Sarg zurückgekehrt?
War er schon hier?

Sie sprangen auf, rannten die Treppe, die in die obere Etage führte, hinauf, öffneten die Türen der drei Schlafräume, in denen sie nicht übernachtet hatten, warfen einen Blick hinein, drehten sich enttäuscht um, rasten enttäuscht treppab zurück ins Erdgeschoss, schauten sich auch hier noch einmal genau um, im Badezimmer, in der Küche, im Wohnzimmer.
Dann rannten sie ums Haus, suchten in dieser, in jener Ecke, öffneten auch die beiden Türen des Anbaus mit den Werkzeugen, Gartenmöbeln und Schlitten und des Raums mit dem Heizöltank.

Nichts.

Dann nochmals ins erste Stockwerk hinauf, Blicke geworfen unter die Betten, in die Wandschränke, hinter die Vorhänge und diesmal auch auf den Balkon:

Nichts.

Wohl oder übel setzten sie das Frühstück fort und sich an den Tisch. Aber der Hunger war ihnen vergangen.

Der Sarg hatte sie verlassen.
Das Glück hatte sie verlassen.

Heiden und Amélie waren verloren.

48
Dienstag, 29.9.2020, 07:50, Ernetschwil.

Sie fühlten sich schrecklich.
Ihre komplette Kahlheit erschien ihnen in keiner Weise mehr erheiternd, belustigend, die Stimmung hebend.
Sondern ebenso schrecklich wie die ganze Situation, in der sie steckten.
Sie waren deprimiert, am Boden zerstört, traurig.

Nach vielen Seufzern und einer damit einhergehenden fünfminütigen Selbstbemitleidungsphase besannen sie sich wieder und bedienten sich des Gegenteils des Social Distancing, was sie beruhigte.

Mit dem Social Hugging kam auch wieder eine gewisse, beinahe fröhliche Erleichterung auf:

- Man hatte sie noch nicht entdeckt.
- Noch hatte man sie weder verhaftet noch erschossen.
- Noch erfreuten sie sich des Lebens – und das wollten sie geniessen: Lächelnd fuhren sie einander über die kahlrasierten Köpfe, streichelten einander die glänzende Glatze, was sich ungewohnt, interessant und neu anfühlte.

Sie schmiegten sich aneinander, streichelten, kitzelten einander – begannen dann plötzlich hysterisch kreischend zu lachen, sprangen blitzschnell auf, rannten wie Irre in den Anbau, wo Amélie wie ein Äffchen die Leiter hinaufflog, die zum kleinen Dachraum führte, in dem zwei, drei paar Skis lagerten, und wie von Sinnen schrie:

«Le cercueil!!!»

«Schschsch...!», flüsterte Heiden.

49
Dienstag, 29.9.2020, 08:15, Ernetschwil.

Warum hatte sich der Sarg vor Heiden und Amélie versteckt?
Die ersten beiden Male war er dort aufgetaucht, wo er sofort von Heiden bemerkt werden würde:
Auf dem Tisch mitten im Wohnzimmer.
Beim dritten Mal tauchte er in einem Nebenraum auf und jetzt in der hintersten Ecke des Chalets.

Offensichtlich wollte er, dass sie ihn suchen müssten.
Offensichtlich gefiel ihm die Idee, sich vor ihnen zu verstecken.

Offensichtlich hatte er Spass daran, in seinem Versteck auszuharren und gespannt auf ihre Reaktionen zu warten und darauf, nach möglichst langer Suche endlich entdeckt zu werden.

Der Sarg wollte mit ihnen spielen – Hide and Seek.
Er war eine Art Wesen, das Freude hatte an Spass und Kinderspielen.

Vorsichtig hievten sie ihn die Leiter hinunter bis vor den Eingang des Anbaus, trugen ihn dann ins Wohnzimmer, wo sie ihn auf dem langen Sofa vor einem der grossen Fenster abstellten.

Er war vollkommen intakt, ohne den kleinsten Kratzer, nigelnagelneu wie aus einem Sargkatalog eines Sargmultis.
Langsam begannen sie den Sarg wie ein Haustier zu betrachten, das seinen Verfolgern jederzeit entwischen und immer wieder zu ihnen – zu Heiden – zurückkehren konnte.
Er verfügte über die Fähigkeit, sich zu dematerialisieren und sich an einen anderen Ort zu beamen, wo er die genaue «Landestelle» selber wählte.

Während Heiden und Amélie ihr angefangenes Frühstück fortsetzten, gingen sie der Frage nach, ob wohl der Sarg auch in der Lage wäre, sich frei entscheiden zu können, wohin er sich teleportieren wolle, unabhängig von Heiden. Denn wenn er fähig wäre, sich vor Heiden zu verstecken, müsste es ihm auch möglich sein, einen Zielort anzusteuern, der nicht nur 10 oder 20 Meter von seinem Eigentümer entfernt läge, sondern 100 Meter, einen oder 100 oder 1000 Kilometer.
Um das herauszufinden, wären Experimente nötig, ähnlich wie jene, wie sie dem Wissenschaftler Prof. Mure vorgeschwebt und die sie als verabscheuenswürdige «Tierversuchsform» verurteilt hatten. Jedenfalls waren sie selber nun plötzlich nicht mehr abgeneigt, mit dem Sarg gewisse Dinge auszuprobieren, die mithelfen können würden, für sie wichtige Fragen zu beantworten.

Und obwohl nach ihnen eine internationale Fahndung lief und sie sich eigentlich überhaupt nicht in Sicherheit wähnen durften, gingen sie nun voller Enthusiasmus daran, Experimente mit dem Sarg zu entwickeln und zu planen, spielerische Experimente, die auch dem Versuchsobjekt Spass machen würden.

Folgende Themen standen im Mittelpunkt:
- Beschaffenheit des Sargs, Material, Festigkeit, Hitzebeständigkeit, spezifisches Gewicht, Stabilität etc.
- Teleportation, Merkmale betreffend Ortsveränderungen, Reaktionszeit, Geschwindigkeit etc.
- Übrige eventuell vorhandene «parapsychologische» Fähigkeiten.
- Personenabhängigkeit respektive Fixiertheit auf eine einzige Person oder ev. zwei oder mehrere.
- Personenteleportation mithilfe des Sargs.

Etwas war Heiden und Amélie sofort klar: Sie wollten keineswegs systematisch, «wissenschaftlich» vorgehen, sondern nach dem Lust-und-Laune-Prinzip, chaotisch – denn es sollte ja Spass machen, sie ablenken von der Gefahr, in der sie Tag und Nacht, 24 Stunden täglich, schwebten.
Ebenso klar war, dass die meisten «Versuche» indoor stattzufinden hatten.
Und dass Teleportations-Experimente nur sehr, sehr eingeschränkt möglich waren.

Sie begannen mit einem Zielwurfspiel: Zehn Gegenstände sollten aus einiger Entfernung in den Sarg geworfen und die benötigte Zeit gestoppt werden.
Fragestellung: Würde der Sarg in irgendeiner Form reagieren?
Den Sarg beliessen sie auf dem Sofa und zogen sich wie folgt an:
- 2 Socken,
- 2 Pantoffeln,

- 2 Handschuhe,
- 1 Mütze,
- 1 T-Shirt,
- 1 Jacke,
- Shorts.

Der Event war ziemlich anstrengend, da sie vor jedem Wurf eines Kleidungsstücks die Treppe hinaufrennen, das Balkonfenster berühren und die Treppe wieder hinunterrasen mussten. Nach drei Wurf-Fehlversuchen wurden 10 Sekunden hinzugezählt und der nächste Werf-Durchgang begann.

Amélies Eifer und Einsatz war unglaublich – so dass Heiden, immerhin ein ehemaliger Mittel- und Langstreckenläufer, einfach keine Chance hatte: Mit 4 Minuten und 45.73 Sekunden stellte sie den Tagesrekord auf.

Danach untersuchten sie den Sarg: Hatte sich nicht der Duft im Sarginnern ein ganz klein wenig verändert? Gab es nicht einzelne Schriftzeichen, die vorher nicht dagewesen waren? Fühlte sich die Sarginnenauspolsterung nicht etwas frischer, kühler an?

Es folgte ein Wasser-Experiment: Nachdem sie festgestellt hatten, dass der Sarg komplett wasserdicht und völlig wasserabstossend war – das Wasser kam mit der Sarginnen- oder der Aussenfläche nicht einmal direkt in Berührung, da es abgestossen wurde und abperlte –, füllten sie den Sarg zur Hälfte mit 30-grädigem Boilerwasser, legten sich allein und dann auch zu zweit hinein, verharrten einige Sekunden bis Minuten im Sarg bei offenem und geschlossenem Deckel, legten sich bäuchlings hinein, so dass sich das Gesicht vollständig unter Wasser befand, setzten sich einander gegenüber, erhoben sich, drehten sich um die eigene Achse und wechselten den Platz usw.

Auch an diesen «Versuchen» hatten Amélie und Heiden grossen Spass, ebenso wie an deren Auswertungsrunden, in denen sie über ihre Erfahrungen, Wahrnehmungen und Empfindungen diskutierten. Geradezu sensationell war die Vermutung Amélies, sie habe das Gefühl bekommen, im Sarg bei geschlossenem Deckel problemlos über lange Zeit atmen zu können – egal, ob sich ihr Kopf über oder unter Wasser befände.

Diese Vermutung galt es sofort zu verifizieren!
Und tatsächlich: Im Sarginnern war es möglich, bei fest verschlossenem Deckel normal zu atmen! Amélie verbrachte über eine halbe Stunde im Wasser liegend, sich in regelmässigen Abständen mit Klopfzeichen meldend, dass sie und überhaupt alles ok sei. Es habe sich auch nie ein Gefühl der Enge oder des Eingesperrtseins eingestellt – im Gegenteil: Sie verglich ihren Zustand mit einem Vogel, der sich frei und glücklich in der Unendlichkeit der Lüfte bewegte.

Um sicher zu sein, dass sich der Sarg luftdicht verschliessen liess, drehten sie diesen upside down. Das Erstaunliche war dabei jedoch nicht, dass kein einziges Tröpfchen Wasser austrat – mit dem hatten sie gerechnet –, sondern dass sich das Gewicht des Sargs trotz 50-prozentiger Wasserfüllung nicht im Geringsten verändert hatte: Amélie und Heiden waren in der Lage, den Sarg samt Inhalt, der normalerweise weit über 100 Kilogramm ausmachen würde, mit Leichtigkeit nach Belieben zu drehen und zu wenden, schräg, aufrecht und senkrecht zu halten oder sich gar tanzend mit halbgefülltem Sarg im Wohnzimmer, treppauf – und treppab, schnell und langsam, mit oder ohne Musik, zu bewegen.

Diese Erfahrungen waren zwar sensationell, keineswegs möglich und überhaupt nicht erklärbar, überraschend waren sie jedoch für die zwei nicht, da sie wussten, dass der Sarg über besondere, einzigartige Fähigkeiten verfügte: Wenn er seinen Standort nach Belieben ändern konnte, dann konnte er auch in der Lage sein, Sauerstoff zu produzieren oder die Gesetze der Schwerkraft aufzuheben.

Und noch bevor sie herausfinden wollten, ob sie, eingeschlossen im Sarg, auch unter Wasser atmen könnten, prüften sie weiter, wie es sich mit der Schwerkraft verhielt. Heiden schlug Amélie vor, sich erneut ins Wasser des Sargs zu legen – er würde danach den Deckel luftdicht verschliessen und den Sarg inklusive Inhalt verschieben, aufheben, herumtragen, langsam hin- und her bewegen etc., und sie würde dann beschreiben, wie sich das angefühlt hätte.

Und schon bald spazierte, tänzelte, hüpfte, rannte Heiden mit dem federleichten Sarg in den Händen im Wohnzimmer herum, wanderte, joggte, raste mindestens zehnmal ums Haus, bevor er ins Chalet zurückkehrte.
Amélie war happy, als Heiden den Deckel öffnete: Die Bewegungen habe sie kaum gespürt, und wenn schon, dann eher wie in Zeitlupe. Auch das sie umgebende Wasser, das sie sowieso nicht wirklich als Wasser wahrgenommen habe, sei stets ruhig geblieben. Eigentlich sei sie sich vorgekommen wie ein Embryo im Mutterleib: Geschützt, geliebt, glücklich.

Dass es ihm gelungen war, mithilfe des Sargs Amélie quasi mit dem kleinen Finger herumzutragen, ohne dass er deren Gewicht spürte, erinnerte ihn plötzlich daran, dass das ja nicht seine erste derartige Erfahrung war:

In jungen, wilden, neugierigen Jahren hatten sie sich, eine kleine Gruppe junger Lehrerinnen und Lehrer, zusammen mit dem Schwimmlehrer, der nicht nur hervorragenden Schwimmunterricht erteilte, sondern weitere, über das Übliche hinausgehende Fähigkeiten besass, eine Zeitlang in regelmässigen Abständen zu unterhaltsamen und höchst interessanten Sitzungen und Spielereien getroffen, in denen sie oft «Levitationen» und ähnliche parapsychologische Spezialitäten übten.

Und dabei gelang es ihnen stets, zu zweit oder zu viert mit nur je zwei respektive einem Finger eine auf dem Stuhl sitzende Person bis zu zwei Meter hoch anzuheben, ohne im Geringsten während einiger Sekunden deren Gewicht wahrzunehmen.

Einmal hatten sie sich sogar auf Personenwaagen gestellt, um feststellen zu können, ob diese das Gewicht der angehobenen Person anzeigen würden oder nicht (sie taten es). Was ihnen bewies, dass auch sie unter gewissen Umständen fähig waren, naturwissenschaftlich tausendfach bewiesene, in Stein gehauene physikalische Gesetze für kurze Momente ausser Kraft zu setzen.

Mit derartigen Spielen und Wettkämpfen füllten Heiden und Amélie den ganzen Nachmittag, so dass sie am Abend
1. viel für ihre Fitness und ihren Spass getan, aber
2. auch unglaublich viele neue Erkenntnisse gewonnen hatten:

a. Gegenstände oder Personen, die sich im Sarg befanden, waren «gewichtslos».
b. Der Sarg konnte absolut luft- und wasserdicht verschlossen werden.
c. Der Sarg konnte nicht «nass» werden, da er Wasser vollkommen abstiess.
d. Ein Lebewesen, das sich im luftdicht verschlossenen Sarg befand, konnte ungehindert atmen, egal, ob der Sarg mit Wasser gefüllt war oder nicht.
e. Wasser, das sich im Sarg befand, wies stets die gleiche Temperatur von ca. 31 Grad auf.
f. Schüttel-, Rüttel- und andere Bewegungen wurden im Sarg nicht respektive nur schwach und zeitlupenartig wahrgenommen.
g. Wer sich im Sarg befand, erlebte Gefühle von Glück, Freiheit und Schutz, ähnlich einem Vogel, noch ähnlicher einem Embryo im Mutterleib.

Und jetzt, nach diesem erfolgreichen, lustigen, erkenntnisreichen und spannenden Nachmittag, wandten sie sich wieder den News zu.

50
Dienstag, 29.9.2020, 18:00, Ernetschwil.

Die Crew um Joline von France 5 machte einen guten Job: Sie recherchierten in alle Richtungen, stellten die richtigen Fragen, insistierten, falls nötig.

Sie hätten festgestellt, dass neuerdings kaum mehr nach den Attentätern gesucht werde, das sei offenbar nur noch eine Nebensache: Die sogenannte Anti-Terroreinheit habe nur noch Amélie, Heiden und den Sarg im Fokus, als ob sie Terroristen, Attentäter, Hochkriminelle wären. Zwei-, dreimal liess Joline Sequenzen aus Interviews oder Reden einblenden, um dem Fernsehpublikum aufzuzeigen, dass die beiden ihres Erachtens anständige, offene und ehrliche Mitmenschen seien, die durch den Sarg und die beabsichtigte Museumsgründung bekannt geworden und nun – nach dem Attentat vom vergangenen Wochenende – von den Behörden zu Unrecht verfolgt und wie Staatsverbrecher gejagt würden.
Sie und ihre Kolleginnen und Kollegen, aber auch die Menschen im Oasis und in Leucate würden das nicht verstehen: Wie könne eine Regierung die Opfer eines Attentats zu Tätern machen und die Attentäter und deren Verbrechen vollkommen verharmlosen.

Nun folgte ein Kurzinterview mit der Sängerin Jain, die sich immer noch in Spitalpflege befand, aber sich bereits wieder so erholt hatte, dass sie sich zu ihrer Verschleppung äussern konnte:

Sie sei von der Polizei bisher noch nicht einvernommen worden, obwohl es ihr wieder einigermassen gut gehe. Sie sei, als sie von hinten am Genick gepackt worden sei, in Panik geraten und habe nur noch schreien können. Sie erinnere sich, wie sie die Treppe hinuntergeschleift und von einem vollkommen schwarz gekleideten Kidnapper in ein bereit stehendes Auto geschubst respektive gezerrt worden sei, in dem sich bereits zwei andere Gangster sowie der Sarg befunden hätten.

Sofort seien sie dann losgefahren, die beiden anderen Terroristen seien ihnen in einem zweiten Auto gefolgt. In hohem Tempo seien sie durch die menschenleere Anlage gerast, vorbei an Swimmingpool, Restaurant und Parkplatz, das Tor sei offen gewesen, so dass sie dann ohne Weiteres das Oasis hätten verlassen und nach der Brücke rechts Richtung Leucate-Plage gefahren seien. Die ganze Zeit habe sie direkt hinter dem Fahrer gesessen, neben dem zweiten Kidnapper, der sie die ganze Zeit am Nacken und am Handgelenk festgehalten habe. Sie habe auch einige Satzfetzen verstanden, wie «vite-vite!», «cercueil», «palais», «innocente» und «militaire», sie sei aber hellwach gewesen und könnte sich deshalb eventuell noch an weitere Elemente der Konversation erinnern. Jedenfalls habe der Fahrer kurz vor der Abzweigung nach Leucate-Plage, etwa auf der Höhe der Autokino-Ruine, brüsk angehalten und geschrien, sie solle sofort hinausspringen, sie hätten nicht den Auftrag, sie zu kidnappen, worauf der zweite Gangster die Tür öffnete und sie unsanft hinausgestossen habe, so dass sie zu Boden gefallen sei und sich die Knie, Hände und Ellbogen aufgeschürft habe.

Die schwarze Limousine sei dann davongesaust, vor Leucate-Plage links abgebogen und wahrscheinlich Richtung Narbonne und Autobahn weitergefahren.

Sie habe jedenfalls noch dem Auto nachgeblickt und sich geistesgegenwärtig sogar die Autonummer einprägen können: DG56CV712.

Sie frage sich die ganze Zeit, weshalb das niemanden interessiere. Die Gangster hätten immerhin Hunderte von Menschen bedroht, Dutzende von Schüssen abgegeben, sie entführt und den Sarg geklaut.

Sie sei dann, blutend und nackt, am Strassenrand gesessen, wo sie nach kurzer Zeit von einer aufmerksamen Automobilistin aufgelesen und ins Oasis zurück gebracht worden sei.

Leider habe sie sich nur halbwegs bei dieser Dame, deren Namen sie nicht kenne, bedanken können. Aber auch diese Autonummer habe sie sich gemerkt, in der Absicht, ihre Retterin und deren Familie zu einem ihrer nächsten Live-Konzerte einzuladen.

Nun folgte ein Statement von Herrn Schwarz, dem Verwalter von «Oasis Village Naturiste», der sich ebenso kritisch äusserte und meinte, er erwarte von der französischen Regierung die sofortige Aufklärung dieses Verbrechens.

Und er wiederholte, was schon Joline betont hatte: Amélie sei seit Jahren die Verkäuferin der Bäckerei im Aphrodite, die alle wegen ihres stets freundlichen, sympathischen und zuvorkommenden Wesens sehr schätzen würden. Sie sei unmöglich und in keinster Weise eine Kriminelle, nach der man international fahnden müsse.

Ebenso sei Herr Heiden ein Schweizer Gast, der seit rund zwanzig Jahren hier die Ferien verbringe, noch nie negativ aufgefallen sei, jetzt pensioniert wäre und in der Schweiz noch immer einer Behörde angehöre. Er könne sich auch bei ihm nicht vorstellen, dass er eines Verbrechens, das eine internationale Fahndung rechtfertigen würde, fähig wäre.

Zum Schluss folgte das Interview mit Prof. Dr. S. Mure, dem Wissenschaftler, der die Gelegenheit bekommen hatte, den Sarg, der beim Attentat gestohlen worden war, zu untersuchen.

Die Hintergründe des Attentats kenne er zwar nicht, dass dieses aber dem Sarg – und allein dem Sarg – gegolten habe, sei ihm klar gewesen: Denn dieser Sarg sei bei Weitem kein gewöhnlicher, sondern ein absolut einzigartiger Sarg, der über Fähigkeiten verfüge, die sich einer wissenschaftlichen Erklärung entzögen.

Er vermute deshalb, dass die Kidnapper im Auftrag irgendeines wissenschaftlich interessierten Mafia-Rings gehandelt haben könnten, die hinter die Geheimnisse dieses Sargs kommen, sich diesen aneignen und zu Geld machen wollen würden.

Ihn wundere es nicht, dass der Sarg geklaut worden sei, damit habe man rechnen müssen. Die Brutalität, mit der die Gangster vorgegangen seien, habe ihn jedoch vollkommen schockiert, erschreckt und betroffen gemacht. Er als Wissenschaftler sei zwar auch dafür, dass Gegenstände der Forschung, die die Menschheit weiterbringen könnten, im Interesse der Öffentlichkeit zum Beispiel gegen den Willen der Eigentümerschaft untersucht werden sollen dürften, jedoch nur, wenn dabei keine Gewalt angewendet und nur rechtsstaatliche Mittel eingesetzt würden.

Zum Schluss dieser halbstündigen Hintergrund-Reportage bekräftigte Joline noch einmal ihre Haltung, dass ihrer Meinung nach – und dieser Ansicht sei ebenfalls die ganze France-5-News-Abteilung – die Ermittlungen eine völlig falsche Richtung eingeschlagen hätten.

Und dass sie und ihre Crew dranbleiben würden.

Denn hier gehe es um die Wahrheit.

Um nichts anderes als die nackte Wahrheit.

51
Dienstag, 29.9.2020, 20:15, Ernetschwil.

Dass Joline und Herr Schwarz in der Öffentlichkeit Heiden und Amélie derart in Schutz nahmen und verteidigten, hatten die beiden mit tiefer Dankbarkeit zur Kenntnis genommen.

Und gegenüber Jain hatten sie ein sehr schlechtes Gewissen: Nur seinetwegen und wegen seines Sargs hatte sie dieses schreckliche Trauma erleiden müssen – sie hofften, dass sie irgendeinmal die Gelegenheit erhalten würden, sich bei ihr zu entschuldigen und sie in irgendeiner Form für die erlittenen Qualen zu entschädigen.

Dr. Mure erschien ihnen nach seinem Statement direkt sympathisch – er hatte sofort erkannt, dass es bei diesem Attentat nur um den Sarg ging und um nichts anderes sonst.

Zudem begriffen sie jetzt – nach den herausragenden Resultaten des heutigen Spiel- und Experimentiernachmittags – dass der Sarg für die Wissenschaft ein Forschungsgegenstand von unermesslichem Wert war, so herausragend wertvoll, dass sogar der Staat auf die Idee hätte kommen können, diesen für Forschungszwecke zu konfiszieren.

Nie aber hätten sie es für möglich gehalten, dass ein Rechtsstaat wie Frankreich mittels eines terroristischen Anschlags sich Heidens Sarg hätte gewaltsam bemächtigen wollen.

Was sie nun aber nicht mehr ausschlossen.

Während des Nachtessens klingelte das Telefon.

Das Telefon!

Wer konnte das sein? Für Heiden kamen nur zwei Personen in Frage: Seine Expartnerin oder deren Mutter.

Man konnte jedoch nie wissen!

Mit verstellter Stimme meldete er sich deshalb mit dem Namen eines Bruders seiner Ex.

Verunsichert und nervös meldete sich darauf seine Ex-Schwiegermutter:

Sie wolle nicht stören und nur ganz kurz etwas fragen und sagen:

- Ob sie schon die Tagesschau gesehen hätten.

- Ob sie schon ein anderes Versteck in Aussicht hätten.

- Ob sie bis spätestens Samstag einen andern Ort aufsuchen könnten, da ihre älteste Tochter unbedingt hier einige Tage verbringen wolle und sie dieser nicht verraten könne, warum dies nicht ginge.

Nein, nein, ja war Heidens kürzestmögliche Antwort, ohne dass er jedoch die leiseste Ahnung gehabt hätte, wohin sie dislozieren können würden.

Heiden erwiderte, sie würden allerspätestens am Freitag verschwinden und das Chalet tipptopp hinterlassen, hinzufügend, sie seien ihr unglaublich dankbar für die paar Tage, die sie hier verbringen dürften.

Das war's dann schon und ihr abend- und nachtfüllendes Thema war gesetzt.

52
Mittwoch, 30.9.2020, 10:00, Ernetschwil.

Um zwölf Uhr waren sie reisefertig: Das Chalet war aufgeräumt und gereinigt, die Fensterläden und Rollläden geschlossen, ihr Reisegepäck – zwei kleine Rucksäcke und zwei Koffer – standen abholbereit vor der Haustüre, die sie nur noch abschliessen und deren Schlüssel ins Versteck zurücklegen mussten.

Auch den Sarg hatten sie an die Stelle, wo sie ihn gefunden hatten, zurückgebracht. Allerdings nicht leer: Alle Lebensmittel, die noch nicht aufgebraucht waren, hatten sie in zwei Einkaufstaschen gesteckt und im Sarg verstaut: Unbedingt wollten sie herausfinden, ob es wohl möglich wäre, den Sarg als Transportmittel zu verwenden. Denn: Wenn damit Gegenstände an einen anderen Ort «gebeamt» werden könnten, müsste das auch für Personen gelten – was sie später einmal ebenfalls ausprobieren wollten – Amélie freute sich schon auf dieses weltweit einzigartige Experiment.

Mit den Pack-, Putz- und Reinigungsarbeiten hatten sie gleich nach dem letzten Anruf begonnen, denn sie wussten: Hier konnte ihres Bleibens nicht länger sein.

Und die Frage, wo ihr nächster Aufenthaltsort sein könnte, hatte Heiden sowieso schon die ganze Zeit beschäftigt.

Jedenfalls war ihm beim Reinigen des Backofens plötzlich eine Bekannte eingefallen, die kaum in den Fokus der Ermittlungen geraten können würde: Die Psychologin Gisela Maurer, die er durch Parship kennengelernt und zweimal getroffen hatte und die in einem relativ abgelegenen alten Bauernhaus in Rothrist wohnte, direkt am Rand des mehrere Quadratkilometer grossen «Boowaldes» zwischen den Gemeinden Rothrist, Murgenthal und Vordemwald. Dieser Ort schien Heiden ein ideales Versteck zu sein, wo sie bestimmt mehrere Tage bis Wochen bleiben können würden.

Leider hatte er sich weder Telefonnummer noch Adresse notiert, so dass er sich gezwungen sah, seine Expartnerin telefonisch zu bitten,

1. sich diese Angaben zu beschaffen,

2. danach Gisela anzurufen oder per SMS zu kontaktieren und anzufragen, ob sie bereit und in der Lage wäre, Heiden und Amélie für einige Tage bei sich aufzunehmen resp. zu verstecken, sowie

3. ob sie eventuell einen Treff- inklusive Zeitpunkt vorschlagen könnte, wo sie Heiden und Amélie mit ihrem Auto abholen würde, am besten in unmittelbarer Nähe einer Bahnstation.

Keine Viertelstunde später hatte sich Heidens Ex erneut gemeldet, mit der erfreulichen Nachricht, Gisela würde die zwei, da sie mittwochs immer frei habe, direkt im Chalet abholen – sie würde um etwa zwölf Uhr beim Chalet eintreffen. Zu Amélies, Heidens und ihrer eigenen Sicherheit würde sie sich mit ausgeschaltetem Handy und Navi auf den Weg machen.

Jetzt war es Viertel nach zwölf – von Gisela weit und breit keine Spur. Das beunruhigte Heiden nicht, denn von Rothrist bis Ernetschwil waren es etwa 130 Kilometer, da konnte man sich in der Fahrzeit leicht verschätzen.

Am Dienstagabend war in der Nachtausgabe der Tagesschau – also in «10 vor 10» – gemeldet worden, Frankreich habe vorsorglich ein Auslieferungsbegehren gestellt, dass Amélie und Heiden im Falle der Verhaftung innerhalb von 48 Stunden der französischen Justiz zu überstellen seien.
Die den beiden angelasteten Anklagepunkte würden wie folgt lauten:
- Behinderung und Irreführung der französischen Justiz – sowie zusätzlich – der Wissenschaft.
- Illegaler Import eines zollpflichtigen sakralen Gegenstands.
- Diebstahl.
- Falschaussagen während eines Ermittlungsverfahrens.
- Rechtswidrige Eröffnung eines Museums.
- Und – was besonders schwerwiegend sei – Widerhandlungen gegen die zentralsten nationalen Interessen Frankreichs.

In einer ersten Stellungnahme habe der Bundesrat festgehalten, er würde sich rasch des Falles annehmen, da es sich um ein dringliches Begehren des westlichen Nachbarstaats handle. Erschwerend sei jedoch, dass der Auszuliefernde – also Heiden – ein Schweizer Staatsbürger sei, der unter besonderem Schutz stünde: In seinem Fall käme eine Auslieferung nur unter ganz besonderen Umständen in Frage und auch nur dann, wenn die nationalen Interessen desjenigen Staates, in dem die Verbrechen begangen worden seien, in direkter und schwerwiegender Weise betroffen wären.
Was für den Schweizer gälte, habe jedoch für dessen Komplizin, die die französische Staatsbürgerschaft besitze, keine Gültigkeit: Diese könne – an dieser Stelle war die Antwort von Bundesrat Cassis, der eine entsprechende Frage einer Journalistin erwidert hatte, eingeblendet wor-

den – ohne Weiteres und ohne Verfahren innerhalb der gesetzten Frist ausgeliefert werden, da diese hierzulande seines Wissens nicht straffällig geworden und in ihrem Heimatstaat Frankreich auch nicht an Leib und Leben gefährdet sei. Immer unter der Voraussetzung natürlich, dass sie dingfest habe gemacht werden können, was er sich bald erhoffe – denn er sei zuversichtlich, dass «die Flüchtigen» innert nützlicher Frist festgenommen werden könnten – bei den kantonalen Polizeistellen würden laufend Hinweise über ihren möglichen Aufenthaltsort eintreffen.

Nachdem ihre beiden Passfotos erneut – diesmal während rund 45 Sekunden – über den Bildschirm geflimmert waren, versehen mit dem mündlichen Kommentar, «Sachdienliche Hinweise über den Aufenthaltsort der beiden Gesuchten» seien «an den nächsten Kantons- oder Regionalpolizeiposten oder direkt an den Schweizerischen Nachrichtendienst in Bern» – und jetzt folgten Telefonnummern und Mailadressen – zu richten, fuhren sie, statt in Panik zu geraten, einfach mit den Pack-, Aufräum- und Putzarbeiten fort, denn sie wussten: Ohne allzugrosse Recherchen konnten die involvierten Ermittlungsbehörden auf das Chalet, das Heidens Ex-Schwiegermutter gehörte, stossen – und schon wären sie verloren.

Um halb ein Uhr waren sie bereits etwas beunruhigt: War sie in eine Polizeikontrolle geraten, hatte sie einen Unfall, war sie wieder umgekehrt, weil sie es sich anders überlegt hatte?
Amélie und Heiden benutzten noch einmal die Toilette, versicherten einander noch einmal, dass alles in Ordnung sei und setzten sich auf den Treppenabsatz vor der nun verschlossenen Haustüre, von wo aus sie das Strässchen, das in 50 Meter Entfernung am Chalet vorbeiführte, durch das Dickicht der Hecke einigermassen beobachten konnten.

Zwei Autos waren schon langsam an der steilen Chaleteinfahrt vorbeigefahren – und beide Male waren sie erschrocken: Hatte man sie entdeckt? Waren es die Gangster mit ihren Maschinengewehren? Oder war es die Polizei, die sie verhaften, in Handschellen legen und abführen würde?

Beim dritten Fahrzeug, das sich dem Chalet näherte – es war inzwischen 13 Uhr 10 – war ihre Angst noch grösser. Und als das metallgrüne Auto vor der Einfahrt stoppte, wagten sie schon gar nicht mehr hinzublicken. Erst als Heiden eine Frauenstimme, die «Hallo!» rief und die er als jene Giselas wiedererkannte, vernahm, rannte er voller Freude zum hölzernen Eingangstor, mit dem man den kleinen Parkplatz vor dem Chalet absperren konnte, und winkte heftig und erleichtert in Richtung des Autos.

53
Mittwoch, 30.9.2020, 14:30, Rothrist.

Das schmucke Bauernhaus mit Walmdach lag wirklich in einer verträumten Ecke dieses Industrie- und Rivelladorfs auf einer Kuppe zwischen den Dorfteilen Geisshubel und Gfill.
In diesem Dorf war Heiden aufgewachsen, hier hatte er die Schulen besucht und hier fühlte er sich irgendwie immer noch zu Hause. Da er als Bezirksschüler jahrelang mit dem Velo eine christliche Wochenzeitschrift an alle Abonnentinnen und Abonnenten verteilt hatte, kannte er praktisch jede Ecke des Dorfes – auch dieses Haus.

Gisela hatte sie nach ihrer Ankunft herzlich begrüsst und sich für die Verspätung entschuldigt: Nach Lachen habe es einen riesigen Stau gegeben, dann habe sie zweimal die Ausfahrt Richtung Uznach verpasst, das erste Mal, als sie die Autobahnabzweigung nach Rapperswil hätte nehmen müssen, und das zweite Mal, als sie sich endlich - nach einem riesigen Umweg - auf diesem Autobahnstück befunden habe, sei sie auch hier an der Ausfahrt nach Uznach vorbeigefahren, da erstaunlicherweise auf keiner einzigen Hinweistafel der Name des Städtchens vermerkt sei – sie sei ja ohne Navi gefahren.

Obwohl Heiden ihr gerne eine Pause gegönnt hätte, waren sie gleich wieder losgefahren.

Sie machten dafür bei der ersten Autobahnraststätte Halt – Amélie und Heiden blieben jedoch im Wagen, während Gisela ihnen und sich etwas zu trinken und zu essen holte.

Sofort fühlte er sich in diesem alten, gut erhaltenen und unter Ortsbildschutz stehenden Holzhaus, dessen Dachstock 90% des Gebäudevolumens auszumachen schien und das zwischen Wald und Wiesen lag, sehr wohl. Hier würden sie weder die Polizei noch die Terroristen finden – irgendeine Verbindung zwischen Heiden und Gisela gab es nicht – der letzte WhatsApp-Kontakt lag schon über ein Jahr zurück, und ihre Handys hatten beide seit dem letzten Samstag nie mehr eingeschaltet.

Nach einer Tasse Kaffee und etwas Gebäck konnten sie ein ehemaliges Kinderzimmer, das heute als Gästezimmer diente, beziehen. Es war schlicht und zweckmässig eingerichtet, duftete nach altem, trockenem Holz und wies zwei Fenster auf, die den Blick in das Tälchen zwischen Gfill und dem «Chilewäudli» (Kirchwald) freigaben.

Gisela hatte, da sie Heiden kannte, dessen Sargstory auch mitverfolgt und wusste einigermassen Bescheid. Sie kannte von einigen Wohnmobilreisen her auch die Gegend um Narbonne und Leucate, und sogar vom Oasis Village hatte sie schon gehört.

Weil sie – im Gegensatz zu Heiden – fliessend Französisch sprach, konnte sie sich bestens mit Amélie unterhalten, so dass er sich manchmal wie das dritte Rad an einem Zweirad vorkam. Amélie informierte sie über alle Details, auch über die Experimente, die sie in Ernetschwil mit dem Sarg durchgeführt hatten.

Gisela war sehr gespannt auf den Sarg und wünschte, an den weiteren Versuchen mitbeteiligt zu werden – als Psychologin würde sie eventuell noch weitere Aspekte einbringen können, die unter Umständen zu zusätzlichen, kaum oder nicht erklärbaren Resultaten führen könnten.

Sie hatte ihren jüngsten Sohn, der noch bei ihr wohnte, bereits darauf vorbereitet, dass er für eine unbestimmte Zeit eine weitere Mitbewohnerin und einen neuen Mitbewohner erhalten würde. Da in diesem Haus ständig Leute zu Besuch kamen, Kolleginnen und Kollegen von ihm, seiner Mutter, Familienangehörige, auch bekannte Sportlerinnen und Sportler – der Vater war ein bekannter Radrennprofi gewesen, die Mutter Leichtathletin, Maurice selbst war ein bekannter Motocrossfahrer –, war das für ihn nichts Aussergewöhnliches. Er freute sich darauf, Heiden und Amélie, «Kriminelle auf der Flucht», nach denen international gefahndet wurde, kennenzulernen und mitzuhelfen, sie vor der Entdeckung durch die Polizei zu schützen.

Jedenfalls entwickelte sich ein sehr interessanter Gesprächsabend, in dessen Verlauf auch ihre Rolle definiert wurde:

Amélie und Heiden offerierten den beiden, ab sofort den gesamten Haushalt – inklusive Kochen und Wäsche – zu übernehmen. Sie seien auch gerne bereit, alle Garten- und Unterhaltsarbeiten zu erledigen oder Holz zu hacken, Wände zu streichen, den Schuppen aufzuräumen etc.

Dieses Angebot wurde gerne angenommen, und Amélie und Heiden hatten ein richtig gutes Gefühl, als sie sich in ihr Zimmer zurückzogen.

Wo bereits der Sarg auf Heiden wartete.

54
Donnerstag, 1. Oktober 2020, 00:15, Rothrist.

Fast zärtlich empfingen sie ihn, strichen mit den Händen über den glänzenden, schwarzen Deckel, bevor sie diesen vorsichtig und langsam öffneten – und tatsächlich: Die Lebensmittel waren mitgereist, sie fühlten sich kühl an, wie der Inhalt eines Kühlschranks.

Sie hoben den Sarg an – mit und ohne Nahrungsmittel – sein Fliegengewicht änderte sich nicht: Er war leicht wie ein Stück Würfelzucker – in leerem wie in gefülltem Zustand.

Sobald sie die beiden Säcke anhoben, sobald diese den direkten Kontakt mit der Polsterung des Sargbodens verloren, kehrte augenblicklich die Schwerkraft respektive das Gewicht von Taschen und Inhalt zurück, was sich absolut normal, gleichzeitig aber auch seltsam, fremd und unwirklich anfühlte.

Den Sarg und dessen Phänomene mussten sie unbedingt Gisela und Maurice zeigen – und zwar sofort: Denn erst so konnten sie beweisen, dass alles, was sie erzählt hatten, der Wahrheit entsprach.

Die beiden staunten, konnten es nicht fassen: Ein Sarg, der die Gesetze der Schwerkraft aufhob, der seinen Standort wechseln, sich orientieren konnte, der eine Art Lebewesen war, das über eine Art von Bewusstsein, Intelligenz und Willen verfügte, eventuell auch Gefühle wie Freude, Humor, Trauer, Treue empfand!

Die hochschulzertifizierte, Master-diplomierte Psychologin Gisela kam aus dem Staunen nicht heraus, war verwirrt, fasziniert, schockiert, fassungslos, beunruhigt, ent- und begeistert: So etwas hatte die Welt noch nicht gesehen, so etwas musste wissenschaftlich erforscht, beschrieben, dokumentiert, erklärt werden, und wenn sie keinen gut bezahlten Fulltime-Job an einer Fachhochschule gehabt hätte, hätte sie auf der Stelle damit begonnen.

So aber ging sie zu Bett, denn bereits um acht Uhr hatte sie ihre erste Besprechung – spätestens um sechs Uhr musste sie aufstehen.

Bevor sie ihnen gute Nacht wünschte, meinte sie, sie könnten so lange bleiben, wie sie möchten – Hauptsache, der Sarg bleibe ebenfalls.
Was Heiden nicht erstaunte.

Für einmal verzichteten die beiden darauf, sich newsmässig upzudaten:
1. waren sie viel zu müde,
2. hatte es in ihrem Gästezimmer weder einen Computer noch ein Radio- oder Fernsehgerät und
3. hatte das noch Zeit bis nach dem Frühstück.

Denn hier fühlten sie sich wesentlich sicherer als in Ernetschwil.

55
Donnerstag, 1. Oktober 2020, 05:45, Rothrist.

Amélie und Heiden waren es gewohnt, früh aufzustehen – also bereiteten sie das Frühstück vor und zu – in erster Linie für Gisela, die das Haus um etwa Viertel vor sieben verlassen würde.

Sie erschien etwas verschlafen und übermüdet am Frühstückstisch, bedankte sich überschwänglich, meinte, das habe sie jetzt aber wirklich nicht erwartet, aber sie freue sich sehr, denn das sei ihr noch nie passiert, weder ihr Mann noch ihre Kinder hätten das je fertiggebracht...
Sie habe auch kaum geschlafen, da sie das mit dem Sarg weder glauben, geschweige denn erklären könne – am liebsten würde sie allen davon erzählen, aber das ginge selbstverständlich nicht – sie wolle ja Hei-

den, Amélie und den Sarg nicht verraten, und sie freue sich wirklich sehr, sie und den Sarg am Abend wieder zu sehen – sie schätze um halb sieben.

Maurice werde sicher ausschlafen, da sein Training erst am Nachmittag anfange, er werde die Einkäufe besorgen, sie müssten ihm einfach aufschreiben, was sie wünschten – es ihm nur mündlich mitzuteilen, bringe nichts.

Sie war erstaunlich gesprächig.

Als sie abgefahren war Richtung Rothrister Bahnhof, beschlossen Amélie und Heiden spontan, das Strässchen, das das Gfill mit dem Geisshubel verband und dem Waldrand entlang am Haus vorbeiführte, zu überqueren und einen Waldspaziergang zu machen – denn auch im Wald kannte sich Heiden gut aus: Viele seiner Jogging-Trainings hatte er in diesem für Schweizer Verhältnisse riesigen Waldgebiet abgehalten und mit der Zeit fast alle Waldwege zwischen den drei Dörfern kennengelernt.

Als sie zurückkehrten, sass Maurice am Küchentisch und fragte, wo sie herkämen, ob sie keine Angst hätten, warum sie nicht vorsichtiger wären – sie sollten auch an ihn und seine Mutter denken, denn sie vor der Polizei zu verstecken, sei illegal und er wolle seine Profikarriere nicht wegen ihnen aufs Spiel setzen. Er helfe ihnen zwar sehr gerne, aber auch in Rothrist habe es eine Regionalpolizei, die Kontrollen mache. Den Anlass seiner Sorge hielt er ihnen gleich unter die Nase: Auf der Rückseite des «Zofinger Tagblatts» prangten ihre beiden Fotos – zwar mit halblangen beziehungsweise langen Haaren – trotzdem könnten sie mit Glatze oder Kopftuch erkannt werden, auch im Wald, wo am Morgen relativ viele Joggerinnen und Jogger unterwegs seien.

Heiden bedankte sich für seine Fürsorge und versprach, inskünftig vorsichtiger zu sein, es sei leichtsinnig gewesen, das würde er zugeben. Sie seien jedoch niemandem begegnet, ausser zwei, drei Rehen und einem Eichhörnchen.

Maurice war sehr nett, vollkommen durchtrainiert und machte sich bereit, die Einkäufe zu besorgen. Vorher zeigte er ihnen noch alle Räume, wo was wie zu verstauen wäre, wo sich die Reinigungsutensilien befänden, wie man das TV-Gerät bediene, welchen Laptop sie als «Gast», welchen Teil des Spiegelschranks im Badezimmer sie benutzen dürften und wo sie sich im Garten aufhalten sollten, wenn sie nicht gesehen werden wollten.

Einkaufswünsche hatten sie keine, lediglich die Frage, wie in diesem Haushalt gekocht werde – ob vegetarisch oder nicht vegetarisch.

Am liebsten vegan, aber das sei etwas mühsam hier in Rothrist, da das Angebot im Coop relativ eingeschränkt sei und man entweder nach Olten, Zofingen oder Langenthal müsse, wenn man ausschliesslich vegan einkaufen wolle. Er sei aber froh, dass Amélie und Heiden auch keine Tiere ässen, das sei ihm schon immer zuwider gewesen. Seine Schwester Melody, die in Zürich studiere, ernähre sich vollkommen vegan – sie würden sie sicher bald kennenlernen.

Für seine Mutter, die – wie auch die Schwester – für ihr Alter noch sehr sportlich sei – täglich gehe sie joggen oder schwimmen – in Rothrist habe es ein neu renoviertes Hallenbad nicht weit entfernt – sei es hier ideal: Ruhige, ländliche Wohnlage, abseits vom Verkehr, direkt neben dem Wald, mit dem Auto sei der Bahnhof innert drei Minuten erreichbar, ebenso Coop, Post, Bank und Bäckerei.

Auch Maurice erschien den beiden sehr kommunikativ, hilfsbereit und zuvorkommend.

Nach der Reinigung von Küche und Bad, Wohnzimmer und Gästezimmer und einer Tasse Kaffee, an der sich Maurice, der inzwischen wieder zurückgekehrt war, ebenfalls beteiligte, wollten Heiden und Amélie endlich daran gehen, sich im Internet und im TV über den Stand der Ermittlungen in Frankreich und in der Schweiz zu informieren.

France 5 war leider nicht abrufbar, da die Programme nicht via Satellit, sondern via Kabelanschluss auf Monatsabo-Basis übertragen wurden, so dass sie das Internet-Portal des Senders öffneten, was sowieso die bessere Variante war: Hier war alles viel übersichtlicher dargestellt und jederzeit anklickbar.

In einer eigenen Rubrik mit dem Titel «Cercueil d'Oasis» waren sämtliche Beiträge, die France 5 je zu diesem Thema produziert und ausgestrahlt hatte, in chronologischer Reihenfolge archiviert, versehen mit Zeitangaben, Schlagzeilen und Kurzzusammenfassungen.

Die heutige Morgensendung, erstmals ausgestrahlt um sieben Uhr, trug den Titel «C`était lui – le Président?»

Sie ging der Frage nach, ob die Direktive, «Le Kidnapping d'Oasis» zu verüben, eventuell tatsächlich von Macron selbst erteilt worden sein könnte. Dass regierungsnahe Kreise involviert gewesen seien, sei inzwischen praktisch erwiesen – die vielen ausweichenden Antworten, die zögerlichen und vollkommen ergebnislosen Ermittlungen in Richtung der Täterschaft, die Fokussierung auf die beiden Hauptopfer, denen der Anschlag gegolten hätte sowie die Falschaussagen eines Regierungssprechers nährten den Verdacht, dass der Beschluss, dieses Attentat zu verüben, mindestens auf Ministerebene gefasst worden sein müsse – was schon ein Skandal erster Güte wäre. Und sollte Präsident Macron davon gewusst und diesen kriminellen Akt nicht verhindert haben, wäre dessen Rücktritt unvermeidlich.

Bereits seien im nationalen Parlament mehrere Vorstösse verschiedener Parteien eingereicht worden, die eine lücken- und schonungslose Aufklärung dieses Falls verlangten.

In Narbonne sei heute um 17 Uhr eine Protestveranstaltung vor dem Hôtel de Ville geplant, ebenfalls mit dem Ziel, endlich die Wahrheit – «La vérité nue!» – zu erfahren, die Fahndung nach Amélie und Heiden «immédiatement» einzustellen und die beiden Unschuldigen vollständig zu rehabilitieren.

Vom Verdacht, dass man in Frankreich offenbar davon ausging, die Regierung unter Präsident Macron sei selbst direkt in einen Terrorfall verwickelt, war in den Schweizer Medien nichts zu sehen, zu lesen oder zu hören.

Der Bundesrat habe sich an seiner gestrigen Sitzung ausführlich mit diesem dringlichen und aussergewöhnlichen Auslieferungsbegehren befasst und nach Konsultation der Bundesanwaltschaft entschieden, dass neben Amélie auch Heiden als Schweizer Staatsbürger an die französischen Behörden innerhalb von 48 Stunden nach einer allfälligen Festnahme ausgeliefert werden solle, mit folgender Begründung:

1. Der «Fall Oasis» werde von der französischen Regierung der höchsten Geheimhaltungsstufe zugeordnet.

2. Beim illegal nach Frankreich eingeführten Gegenstand, der aufgrund seiner Qualitäten, der Beschaffenheit und seiner Anwendungsmöglichkeiten von nationaler Bedeutung der Höchstklasse sei, handle es sich um französisches Staatseigentum, das laut Verfassung einen Privatbesitz ausschliesse.

3. Da der gegenwärtige Standort des gesuchten Gegenstands unbekannt sei, diene die Auslieferung der beiden Personen prioritär der Eruierung der Koordinaten des gegenwärtigen Lagerorts dieses Staatseigentums.

4. Die französische Regierung bitte den lieben Nachbarn und «Cher Conseil Fédéral» um rasche Mithilfe und Unterstützung in einem Verfahren von grösster Wichtigkeit. Der Präsident persönlich hafte dafür, dass der Schweizer Bürger weder an Leib noch an Leben gefährdet und nur so lange wie nötig und juristisch möglich in Frankreich festgehalten würde.

Der Bundesrat bitte die Bevölkerung, aufmerksam zu bleiben und Beobachtungen, die zur Festnahme der beiden Gesuchten führen könnten, umgehend den zuständigen Behörden oder der zuständigen Polizeistelle zu melden. Für sachdienliche Hinweise, die zur Verhaftung der

Flüchtigen führe, habe der Bundesrat eine Belohnung von je CHF 10'000 ausgesetzt.

«Wow!», meinte darauf Maurice, der Heidens News-Recherchen mitverfolgt hatte, sie wären 20'000 Franken wert – so viel habe er noch nie in seinem Leben verdient – 20'000 für einen Telefonanruf in einer Minute, das müsse er sich wirklich überlegen.

Natürlich hatte er das nicht ernst gemeint – doch diese Summe wäre für viele Ansporn genug, Augen und Ohren offen zu halten und notfalls – ohne mit der Wimper zu zucken – Heiden, Amélie und den Sarg zu verraten.

56
Donnerstag, 1. Oktober 2020, 19:00, Rothrist.

Das Thema während des Nachtessens: Die unterschiedliche Entwicklung ihres Falls in Frankreich und in der Schweiz.
In Frankreich formierte sich ein Widerstand, der bald auf andere Arrondissements überspringen könnte.
In der Schweiz war der Bundesrat willfährig bereit, der Regierung eines Nachbarstaats dabei behilflich zu sein, einen unbescholtenen, unschuldigen Schweizer Bürger an Frankreich auszuliefern, ohne den genauen Sachverhalt, die Beweis- und Faktenlage genau überprüft zu haben.
Mehr noch: Mit der Aussetzung einer derart hohen Belohnung signalisierte er gegenüber der Bevölkerung, dass er Heiden möglichst rasch loswerden wollte.

Was passierte da eigentlich? Wie war so eine Entwicklung möglich?

Wie konnte aus jemandem, der das Pech hatte, dass bei ihm aus dem Nichts ein Sarg aufgetaucht war, der ihm dann wie eine treue Seele an den Ferienort nach Frankreich folgte, zwei Wochen später ein international gesuchter Schwerverbrecher werden, auf den ein Kopfgeld ausgesetzt war?

Was lief da ab?

Amélie hatte ein ausgezeichnetes Nachtessen mit Cous-cous und verschiedenen Gemüsearten zubereitet – Heiden würde am darauffolgenden Tag für das Kochen zuständig sein.
Während des Essens diskutierten sie ausführlich alle möglichen Sicherheitsmassnahmen und Fluchtmöglichkeiten.
Dass sie am Rand des «Boowalds» wohnten, erschien ihnen als Vorteil, ebenso wie die Tatsache, dass das Haus einen Gewölbekeller aufwies, dessen Eingang nicht auf den ersten Blick zu erkennen war: Er befand sich unter einem schweren Teppich auf dem überdachten Vorplatz.
Dieser Keller verfügte zudem über einen geheimen Ausgang, den Giselas Familie erst vor wenigen Monaten entdeckt hatte. Wahrscheinlich aus Angst vor Kriegswirren oder Räuberbanden hatten die Erbauer im frühen 18. Jahrhundert eine Fluchtmöglichkeit geplant, um sich in bedrohlichen Situationen ungesehen aus dem Staub machen zu können. Der Ausgang befand sich rund 15 Meter von der Rückseite des Hauses entfernt in der an das Gärtchen anschliessenden Böschung, versteckt hinter einer Hecke, in einer kleinen Höhle, in der momentan Holzpflöcke lagerten, die den Eingang versperrten.
Auch der riesige Dachstock beinhaltete zwei bis drei gute Verstecke: Im zweiten und dritten Dachgeschoss, die über Leitern zu erreichen waren, hatte es insgesamt drei kleine Kammern, deren Eingänge mithilfe von Holzschränken verdeckt werden konnten.
Amélie und Heiden wollten am nächsten Tag diese Fluchtmöglichkeiten auskundschaften und je nachdem perfektionieren. Allerdings hatten sie bis jetzt keinen Grund zur Beunruhigung: Selten fuhr ein Auto vorbei

– am häufigsten waren Mountainbiker und Joggerinnen, die das Strässchen hinauf- oder hinunterkeuchten beziehungsweise -rasten.

Um 20 Uhr wollten sie die Weiterentwicklung der Lage in Frankreich verfolgen. – Und wie sie sich weiterentwickelt hatte!

Um 17 Uhr hatten sich mehrere hundert Personen auf dem grossen Platz vor dem Hôtel de Ville in Narbonne eingefunden, viele mit Plakaten, auf denen Forderungen, Vorwürfe, kurze Statements wie «Macron menteur!», «Liberté pour Amélie!», «Justice pour l'homme du cercueil!», «Stop la France criminelle!», «Stop terroriste Macron!», «La vérité nue!» zu lesen waren.

Mehrere Rednerinnen und Redner verlangten unter dem Motto «Die nackte Wahrheit» die schonungslose Aufklärung des Falls und den sofortigen Rücktritt von Präsident Macron, dem mittlerweile niemand mehr glauben würde – die vorliegenden Fakten hätten klipp und klar bewiesen, dass dieser nicht nur von der Terroraktion gewusst, sondern diese selbst angeordnet respektive befohlen hätte.

Und alle entledigten sich während ihrer Voten sämtlicher Kleider, so wie das der Maire von Leucate getan hatte, so dass alle Demonstrantinnen und Demonstranten bereits vollkommen nackt dastanden, als dieser Maire als Schlussredner in Anzug, weissem Hemd und feuerroter Krawatte ans Rednerpult trat.

Und er wandte sich direkt an den französischen Staatspräsidenten – verschiedene Staats- und Privatsender hatten die Demo live übertragen:

«Monsieur le Président!», wie er sehen könne, scheue sich niemand, hier so zu demonstrieren, wie sie oder er von Gott erschaffen worden sei.

(Jetzt zog er sein Jacket aus.)

Es sei das Recht, dasselbe von ihm, dem Präsidenten, zu verlangen: Nicht, dass er nackt auftreten müsse – das sei seine private Angelegenheit – aber dass er endlich die Wahrheit sagen müsse, die nackte Wahrheit, (nun folgten die Krawatte und das Hemd),

das sei er dem französischen Volk, dem Parlament, dem Nachbarstaat, der Schweiz, vor allem aber und zuerst gegenüber den beiden international Gesuchten, Frau Froidevaux und Herrn Heiden, schuldig.

(Jetzt folgte die Hose, die er mit einem einzigen Schwung elegant abschüttelte – offenbar hatte er das geübt – ev. vor dem Spiegel – denn dazu ist man ohne entsprechendes Training nicht in der Lage.)

Alle hier Versammelten würden gegen das kriminelle Vorgehen des Staates Frankreich protestieren und «gegen Sie, Monsieur le Président», der diesen Terroranschlag gegen mehr als 1000 nackte friedliche Menschen, Kinder, Jugendliche, Frauen, Männer jeden Alters und verschiedenster Nationalität mit allergrösster Wahrscheinlichkeit selber angeordnet habe.

Er solle die Grösse haben, diesen Fehler einzugestehen, die Grösse haben, sich in aller Form bei allen Involvierten – und alle, wirklich alle seien involviert – wie ein Staatsmann zu entschuldigen.

Dazu bestehe jetzt noch die allerletzte Möglichkeit – das französische Volk, die Schweiz, Europa, die Welt, erwarte jetzt von ihm nichts anderes als «die Wahrheit, die nackte Wahrheit!»

Johlender Applaus brandete auf, die Menge skandierte «vérité nue! – vérité nue! – vérité nue!», bald abgelöst durch Sprechchöre wie «Macron menteur!», «Macron terroriste!», «Macron criminel!»

Als ein einzelner nackter Demonstrant, der wie die meisten eine Schutzmaske trug, daran ging, ein grosses Wahlplakat mit dem Kopf des Präsidenten in Brand zu setzen, war die Toleranzgrenze der Polizei, die mit einigen Dutzend Regionalpolizisten und zwei Wasserwerfern aufgefahren war, erreicht: Schonungslos erfassten zwei scharfe, kalte, harte Wasserstrahlen die Protestierenden, die nach allen Richtungen auseinanderstoben, ihre Plakate und Kleidungsstücke zurücklassend.

Joline von France 5 war es danach noch möglich gewesen, den vor Nässe triefenden, schlotternden, nackten Maire von Leucate kurz zu interviewen:

Das sei ein absoluter Skandal! Natürlich sei es nicht in Ordnung, das Bild des Präsidenten zu verbrennen, aber ein derartiges Vorgehen der Polizei sei absolut unverhältnismässig und intolerabel – das werde ein Nachspiel haben – das könne er allen versichern: Ein Nachspiel.

57
Freitag, 2. Oktober 2020, 18:00, Rothrist.

Beim Frühstück um sechs Uhr fünfzehn hatte Gisela so nebenbei erwähnt, Maurice habe zwei Rennen am Wochenende in Norditalien – sie werde ihn begleiten und unterstützen, wie sie das seit Jahren tue. Wir wären deshalb auf uns selbst angewiesen – Maurice werde noch die Wochenendeinkäufe besorgen und nachher alles für die Abreise bereitmachen, so dass sie spätestens um halb fünf Uhr abfahren könnten. Da während der Saison alle zwei bis drei Wochen nationale und internationale Wettkämpfe stattfinden würden, sei das für sie reine Routine: Ihr Gepäck sei stets bereit, so dass sie, wenn sie von ihrer Arbeit nach Hause käme, sofort losfahren könnten.

Amélie war sehr überrascht – Heiden weniger, da er wusste, dass sich Gisela stark für ihren Sohn und dessen Hobby engagierte und ihn seit Jahren zu den Rennen begleitete.

Maurices Werkstatt, das Wohnmobil und die zwei Motorräder befänden sich auf dem Nachbargrundstück links Richtung Gfill. Sie hätten dort zwei Garagen und eine Werkstatt sehr günstig mieten können – der Nachbar sei gleichzeitig auch einer von Maurices wenigen Sponsoren.

Ihre Tochter Melody komme am Samstagnachmittag vorbei und bleibe bis am Abend – sie wolle sie beide unbedingt kennenlernen und freue sich enorm auf diese Begegnung. Auf sie sei hundertprozentig Verlass – im Gegensatz zum Nachbarn, der keinesfalls Verdacht schöpfen dürfe – was bedeute: Kein Licht nach Einbruch der Dunkelheit! Denn der Nachbar, Herr Rüegger, wisse ja, dass sie und Maurice in Italien wären – und da er sich verantwortlich fühle, während unserer Abwesenheit etwas auf ihre Liegenschaft aufzupassen, würde er sehr bald merken, wenn irgend etwas anders wäre als sonst.

Also sei äusserste Vorsicht geboten.

Als Gisela und Maurice sich verabschiedet hatten und abgefahren waren, zügelten die beiden international Gesuchten den Sarg in eine Kammer im ersten Stock, wo es auch tagsüber ziemlich dunkel war, da das Riesendach keine Dachfenster aufwies. Lediglich einzelne gläserne Dachziegel tauchten das zweite Stockwerk in ein Schummerlicht, das das bestehende Dämmerlicht des ersten Stocks von oben indirekt etwas erhellte. In der Kammer hatte es weder eine Deckenlampe noch eine Steckdose, so dass sie darauf verzichteten, hier einen Fernseh- respektive Newsabend zu verbringen.

Dank der Sommerzeit blieb es auch jetzt Anfang Oktober noch relativ lange hell – deshalb konnten sie problemlos bis etwa sieben Uhr Fernseher und Laptop benutzen, jedoch nur, wenn sie die Geräte in eine Ecke stellten, wo sie von aussen nicht durch die Fenster eingesehen werden konnten.

Was sie brennend interessierte, war die «Rede an die Nation» von Präsident Macron, die um 18 Uhr direkt übertragen werden sollte. Nachdem Heiden ein einfaches Nachtessen zubereitet hatte – Käse, Brot, Salat – setzten sie sich picknickmässig auf ein Sitzkissen, begannen zu essen und den Worten des Präsidenten zu lauschen:

«Mes chers compatriotes», er wende sich nun an das Volk, wie es die

Demonstrantinnen und Demonstranten gestern in Narbonne gefordert hätten.

Es tue ihm sehr leid und er entschuldige sich an dieser Stelle zuerst einmal dafür, wie sich die Polizei gegenüber den Protestierenden verhalten hätte.

Natürlich habe er keine Freude daran, wenn ein französischer Bürger das Bild von ihm, dem französischen Präsidenten, aus Protest verbrennen wolle. Wir seien ja nicht mehr im Mittelalter, als Menschen, die heute als unschuldig gälten, noch öffentlich auf Scheiterhaufen verbrannt worden seien.

Der Einsatz von Wasserwerfern gegen eine Gruppe friedlicher Nackter jedoch sei noch viel unangemessener gewesen und stelle eine nicht tolerierbare Überreaktion der Polizei dar, was er scharf verurteile und was Konsequenzen nach sich ziehen werde.

Jetzt komme er aber gleich zum Hauptthema, zu dem, was die Menschen in Narbonne gestern dazu gebracht hätte, auf ausserordentliche und eindrückliche Weise von ihm die Wahrheit zu verlangen.

Er sei heute bereit, nach Rücksprache mit den zuständigen Ministerinnen und Ministern, dieser Forderung nachzukommen.

Er hoffe, dass das französische Volk, insbesondere die Bevölkerung in und um Leucate, Verständnis für seine Handlungsweise aufbringen könne – denn alles lasse sich erklären und alles habe seinen Grund.

Die Wahrheit sei, und zwar die nackte Wahrheit, dass der Gegenstand, um den sich die ganze Angelegenheit drehe, dem französischen Staat, dem französischen Volk, gehöre und von ungeheurem, unvorstellbarem Wert sei.

Bei diesem Gegenstand handle es sich – wie vermutlich die meisten wüssten – um einen Sarg, der illegal nach Frankreich importiert und deshalb vom Staat konfisziert, untersucht und in Besitz genommen worden sei.

Die Untersuchung unter der Leitung eines renommierten Wissenschaftlers habe unglaubliche und weltweit einzigartige Ergebnisse geliefert, die weitere umfassende Experimente und langwierige Forschungsarbeiten erforderlich machen würden.

Leider sei der Sarg zu wenig sicher gelagert worden, so dass er nach kurzer Zeit von unbekannten Dieben entwendet worden sei. Die Kriminalpolizei und der Geheimdienst hätten jedoch in kürzester Zeit den Standort, wo die Gesetzesbrecher das Diebesgut versteckt hätten, ausfindig machen können, worauf die zuständigen Ministerien – Wissenschaft, Forschung, Technik, Bildung, Kultur – beschlossen hätten, sich den Forschungsgegenstand möglichst rasch zurückzuholen und in einem unterirdischen Labor für Versuche und Forschungszwecke absolut diebessicher zu lagern.

Dass man der Anti-Terrorgruppe dabei freie Hand gelassen habe, sei ein Fehler gewesen – dafür entschuldige er sich als Präsident Frankreichs in aller Form und übernehme die volle Verantwortung. Immerhin sei bei der absolut unverhältnismässigen, unnötigen und vollkommen übertriebenen Aktion niemand ernsthaft verletzt worden.

Leider sei der Sarg, trotz ununterbrochener Bewachung durch eine Spezialeinheit des Staatssicherheitsdienstes, auch aus diesem unterirdischen Hochsicherheitstrakt erneut entwendet worden und befinde sich gegenwärtig an einem unbekannten Ort, von dem vermutlich nur die beiden international gesuchten Personen – davon gehe die Anti-Terrorgruppe aus – Kenntnis haben würden.

Er gebe dem französischen Volk nun ein Beispiel für die Unermesslichkeit des Werts dieses Forschungsgegenstands für die französische Nation.

Die chemische Zusammensetzung des Materials, aus dem der Sarg bestehe, sei vollkommen unbekannt: Das Material sei unzerstörbar, hitze- und kältebeständig und habe ein spezifisches Gewicht von nahezu null – es sei härter als Granit, Stahl und Karbon zusammen, feuerfest bis mindestens 6000 Grad Celsius, kälteresistent bis mindestens minus 100

Grad Celsius und gleichzeitig federleicht – die Gewichtsangaben des gesamten Sargs von zwei Metern Länge würden sich zwischen 28,2 und 32,7 Gramm bewegen.

Hier stehe das nationale Interesse Frankreichs auf dem Spiel: Wenn es Frankreich gelingen würde, hinter das Geheimnis dieses Gegenstands zu kommen, wäre das ein Meilenstein in der Geschichte der Menschheit und Frankreich würde zur weltweit führenden Wissenschaftsnation aufsteigen.

Dass die beiden international gesuchten Personen unmittelbar in den Diebstahl verwickelt seien, sei erwiesen. Zudem seien sie weiterer Delikte angeklagt und ausserdem in der Lage, Aussagen über weitere Fähigkeiten des Forschungsgegenstands zu machen, die ebenfalls von grosser wissenschaftlicher Bedeutung sein könnten.

Er hoffe damit, dass der Öffentlichkeit nun klar werde, welche Bedeutung der Sarg für Frankreich – aber auch für die ganze Weltgemeinschaft – habe und Verständnis aufbringe dafür, dass mit den bevorstehenden Forschungsarbeiten der Forschungsstandort Frankreich erheblich gestärkt werden könne.

Am Schluss dankte er für die Aufmerksamkeit und verabschiedete sich mit einem spitzbübischen Lächeln.

Und Amélie und Heiden waren sprachlos.
Einfach sprachlos.

58
Samstag, 3. Oktober 2020, 18:00, Rothrist.

Heute Nachmittag hatten sie Melody, Giselas Tochter, kennengelernt, auch sie eine sehr sportliche, fröhliche und äusserst sympathische Persönlichkeit.

Sie war vom Bahnhof via Geisshubel hierher geradelt, hatte das Velo an den Gartenzaun gelehnt, war schnurstracks zur Eingangstür marschiert, hatte den Schlüssel ins Schloss gesteckt, umgedreht, die Türfalle gedrückt, die Tür geöffnet und war eingetreten, laut und vernehmlich flüsternd: «Hallo – wo seid ihr? – Ich bin's!»

Eigentlich hatte sie beabsichtigt, gegen Abend wieder nach Zürich in ihre WG zurückzukehren, doch Heidens und Amélies Schicksal und der Sarg hielten sie davon ab.

Den halben Nachmittag hatten sie mit interessanten Gesprächen verbracht – unterbrochen von mehrmaligen Aufenthalten Melodys im Garten, vor, neben und hinter dem Haus, um dem Nachbarn zur Linken zu zeigen, dass sie, die Tochter Giselas, da sei und zum Rechten sehe, so dass sie am Abend das Licht brennen lassen könnten, ohne Verdacht zu erwecken.

Rasch hatten sie gemerkt, dass sie ein ähnlicher Typ war wie Heiden und Amélie: Sie lachte gern, war humorvoll, hatte Spass an Spielen jeder Art – sie mussten einfach aufpassen, nicht zu laut zu werden, das hiess, stumm und ganz leise herauszulachen, laute Töne zu unterdrücken, lautes Getrampel zu unterlassen. Der Nachbarhof war zwar fast 100 Meter entfernt, doch bei Westwind war das keine Distanz und Herr Rüegger konnte unter Umständen auch leise Laute wahrnehmen. Und da er allein in diesem grossen Bauernhaus wohnte, war er stets mit irgendetwas irgendwo beschäftigt und tauchte manchmal wie aus dem

Nichts in der Nähe des Hauses auf.

Also Vorsicht.

Vor allem der Sarg interessierte sie. Als Psychologiestudentin im sechsten Semester hatte sie schon viele Abgründe der menschlichen Seele kennengelernt, hatte eben zusammen mit einer Kollegin eine Semesterarbeit über Suizidversuche von Jugendlichen abgeschlossen und war sowieso seit je an den Zusammenhängen zwischen Leben und Tod interessiert. Sie meinte, der Tod gehöre zum Leben wie die Vorder- zur Rückseite einer Münze. Der Tod sei die andere Seite, die Rückseite des Lebens – und der Sarg der materialisierte Ausdruck dieser Rückseite und deshalb schon fast nicht mehr von dieser Welt.

Auch Melody sprach fliessend Französisch – Amélie und sie hatten sich von Anfang an blendend verstanden – sie waren ja auch ungefähr gleich jung.

Nachdem sie gehört hatte, welche Experimente sie bisher mit dem Sarg unternommen hatten, war sie sofort hell begeistert von der Idee, zu dritt mit derartigen Versuchen weiterzufahren – einfach nur indoor. Nach einem Tee und einem veganen Früchtekuchen, den Melody mitgebracht hatte, setzten sie ihre Experimente fort:

1. Natürlich hatte Melody zuallererst den Wunsch, einige Minuten im Sarg zu verbringen: Flach liegend auf dem Rücken, auf dem Bauch, zuerst mit offenem, dann mit geschlossenem Deckel, mit und ohne Kleider.

Sie war überwältigt: «Wunderbar! Himmlisch! Ausserirdisch!», war ihr Kommentar.

2. Amélie und Heiden wollten die Gelegenheit nutzen, Versuche, bei denen drei Personen nötig waren, durchzuführen – eine Person befand sich jeweils im verschlossenen Sarg, die anderen beiden beteiligten sich

aktiv am Experiment:

a. Sarg anheben, aus 10, 20, 50, 100, 200 Zentimetern fallen lassen.
Das erstaunliche Ergebnis: Ebenso wie sich der Sargdeckel sanft schloss, wenn man ihn fallen liess, ebenso sanft landete der Sarg auf dem Boden: Auf den letzten paar Zentimetern bremste er das Falltempo derart ab, dass eine weiche Landung entstand, viel sanfter noch als ein anhaltender Lift. Diese Entdeckung war neu – überraschte Amélie und Heiden jedoch nicht.
Die Person im Innern des Sargs konnte nicht zwischen Fallen und Stillstand unterscheiden – ein Astronaut in einer Weltraumkapsel musste ein ähnliches Gefühl des Schwebens haben, denn er schwebte ja wirklich, während man hier im Sarg nur das Gefühl hatte, man würde schweben.

b. Zu zweit einander den Sarg – samt menschlichem Inhalt – zuwerfen und auffangen.
Distanzen: 1, 2, 4, 6 Meter, weiter ging indoor nicht.
Der einzige Raum, in dem das ausprobiert werden konnte, war das Wohnzimmer, jedoch erst nachdem sie Tisch, Stühle, Sofa und Pflanzen weggeräumt hatten.
Das Werfen ging kinderleicht: War überhaupt nicht anstrengend. Heiden nahm an, dass er draussen den Sarg ohne Weiteres 30, 40 oder 50 Meter würde werfen können.
Auch bei diesem Versuch fühlte sich die Person im Innern des Sargs pudelwohl, ohne dass sie wahrnehmen konnte, ob sie sich gerade im Flug befand oder nicht.

c. Gleicher Versuch, doch wurde der Sarg diesmal, nachdem sich eine Person hineingelegt hatte, bis zum Rand mit Wasser gefüllt.
Ergebnis: Gleich wie bei b. Zusätzlich: Embryonales Gefühl. Zusätzlich: Alle konnten auch unter Wasser atmen!

d. Möglichst schnelles Drehen des Sargs um die eigene Achse – und auch hier spürte die «eingesperrte» Person wenig bis nichts von diesen schnellen Drehbewegungen. Es war, als ob im Innern des Sargs die Schwerkraft und mit dieser auch jede Art von Orientierungssinn aufgehoben wäre.

3. Wie verhielt es sich mit der Wahrnehmung von ausserhalb des Sargs produzierten Geräuschen im Sarg bei geschlossenem Deckel?
Ergebnis: Null Dezibel. Keine Geräusche drangen ins Innere des Sargs, so laut sie auch sein mochten. (Aus Angst vor dem Nachbarn waren sie natürlich vorsichtig und schrien nur leise, vermutlich nicht über 60 Dezibel.)
Zum gleichen Resultat kamen sie auch bei der umgekehrten Versuchsanordnung: Melody konnte so laut schreien, kreischen und pfeifen, wie sie wollte – nicht das geringste Tönchen war zu vernehmen.

Die Ausnahme bildeten Klopfgeräusche: Diese wurden innen wie aussen klar und deutlich registriert. Und wer sich – wie Melody – in den verschiedenen heimischen Holzarten auskannte, würde gesagt haben: Typisch Eiche.

4. Für die Handyprobe benötigten sie zwei i- respektive Smartphones. Zum Glück hatte Gisela ihr Prepaid-Handy dagelassen und zum Glück kannte Melody dessen Code, so dass sie den Versuch starten konnten.
a. Bei geöffnetem Sarg funktionierte alles problemlos. Wer sich im Sarg befand, konnte auch noch bei fast ganz geschlossenem Deckel ohne Weiteres eine andere Person per Handy erreichen respektive umgekehrt.
b. War der Sarg hingegen luft- und wasserdicht verschlossen, durchdrangen auch keine Handystrahlen den Sargdeckel oder die Sargwände. Das mussten sie sich merken: Wer sich vom üblichen 4- und 5G-Strahlenstress erholen wollte, musste sich inskünftig nur für längere Zeit in den Sarg legen, den Deckel zumachen, um den Vorhandyzustand

geniessen zu können.

5.
a. Brannte eine Taschenlampe im geschlossenen Sarg? – Ja.
b. Brannte eine Kerze im leeren, geschlossenen Sarg? – Nein.
c. Brannte eine Kerze im geschlossenen Sarg, wenn sich eine Person darin befand? – Nein.

Melody war extrem daran interessiert, welche Auswirkungen der Sarg auf Geist und Psyche haben würde, und spontan fielen ihr mehrere mögliche Testreihen ein.

Vorerst – und da es unterdessen bereits Abend und Essenszeit war, wollten sie das weitere Vorgehen besprechen – unter Beibehaltung aller Vorsichtsmassnahmen. Zudem war es höchste Zeit, dass sie sich mit den schweizerischen und den französischen News befassten.

Während sich die Newsportale der Schweizer TV-, Radio- und Printmedien darauf beschränkten, das dürre und nichtssagende Communiqué des Bundesrats im Wortlaut wiederzugeben und das bisher Vorgefallene aus Sicht der Bundesbehörden und der offiziellen Statements der französischen Regierung – ohne die Rede Macrons auch nur mit einem Wort zu erwähnen –, zu wiederholen, war die Berichterstattung der französischen Medien wesentlich differenzierter:
Während die nationalen Newsportale Staatspräsident Macron «pour être ouvert et honnête» übertrieben lobten und ihm in allen Punkten Recht gaben, kritisierten die regionalen Medien rund um Leucate – allen voran France 5 mit Joline – diesen Auftritt scharf und forderten den sofortigen Rücktritt Macrons und aller Minister, die am Entscheid, den Sarg mittels terroristischer Mittel zu behändigen und «an den rechtmässigen Eigentümer, den Staat, zurückzugeben», beteiligt waren.

Sie waren schockiert über die Reaktionen der französischen nationalen

Medien und der politischen Parteien Frankreichs, von denen es nur die Grünen gewagt hatten, Macron zu kritisieren. Geradezu bestürzt waren sie über die vollkommene Kritiklosigkeit der Schweizer Newsmedien!

Wie konnte ein führender, demokratischer EU-Staat ein derartiges Verbrechen begehen, ohne nationalen und internationalen Aufschrei!
Vor aller Augen wurden die eigenen kriminellen Taten mithilfe vorgeschobener hehrer öffentlicher Interessen komplett verharmlost, reingewaschen und gerechtfertigt, während die Opfer dieses Verbrechens – Amélie und Heiden – kriminalisiert und zu international verfolgten Staatsfeinden gemacht wurden!

Und die Schweiz schwieg.
Und setzte ein Kopfgeld aus!

59
Sonntag, 4. Oktober 2020, 08:15, Rothrist.

Um das Licht nicht allzu lange brennen zu lassen, waren sie bereits um halb zehn zu Bett gegangen, hatten um halb acht gefrühstückt und waren jetzt bereit für weitere Experimente.

1. Test zum Erinnerungsvermögen.
Zuerst wollten sie die Auswirkungen des Sargs auf das Gedächtnis überprüfen. Sie stellten sich die Aufgabe, sich an möglichst viele Namen von mindestens drei Klassen, die sie mal besucht oder unterrichtet hatten, zu erinnern. Ihre dabei gemachten Erfahrungen würden sie einander erst mitteilen, nachdem alle diesen Selbstversuch unternommen hätten.

Zeit: Genau nach 5:00 Minuten würde geklopft und der Sarg geöffnet.

Amélie machte den Anfang, Melody war die zweite und Heiden kam als dritter dran.

Die beiden jungen Frauen machten auf Heiden beim Entsteigen des Sargs einen sehr zufriedenen, entspannten und glücklichen Eindruck.

Als über ihm der Deckel geschlossen worden war und er sich an seine Kindergartenklasse zu erinnern versuchte, wusste er, warum:

Glasklar sah er jedes einzelne Kind vor sich, von dem er auch sofort den Vor- und den Nachnamen wusste. Bei einigen fielen ihm sogar die Wohnadressen und Geburtstagsdaten ein. Ebenso erging es ihm bei der 1., der 2., der 3., der 4., der 5. Klasse und allen Bezirksschulklassen sowie der Lehrerseminarklasse, wobei es ihm zusätzlich gelang, alle Namen der beiden jahrgangsjüngeren Klassen und sämtlicher Lehrpersonen inklusive Bezirksschule ohne geringste Anstrengung aufzulisten.

Danach folgten jene Schulklassen, die er als Lehrer in seiner über 40-jährigen Lehrtätigkeit unterrichtet hatte: In Oftringen, Bülach, Mellingen und Spreitenbach. Und zwar erinnerte er sich nicht nur an die Namen der Schülerinnen und Schüler, deren Klassenlehrperson er gewesen war, sondern auch an alle über hundert weiteren Klassen, die bei ihm den Fachunterricht in den Fächern Deutsch, Geschichte, Englisch und Sport besucht hatten.

Und als er dabei war, sich die Namen aller Einwohnerrätinnen und Einwohnerräte, die je dem Spreitenbacher Gemeindeparlament angehört hatten, zu vergegenwärtigen, klopfte es.

1. Ergebnis: Das Gedächtnis.

Phänomenal! Phantastisch! Das Erinnerungsvermögen funktionierte perfekt, sicher und fehlerlos — wie bei einem Hochleistungscomputer mit unendlichem Speicher.

2. Ergebnis: Das Zeitgefühl.

Allen dreien kam es im Nachhinein vor, als hätten sie über eine Stunde im Sarg verbracht.

Während dieses Aufenthalts hätten sie null Zeitgefühl gehabt, da ihnen alles wie gleichzeitig, zeitlos und zeitfrei erschienen sei.

2. Test zu den kognitiven Fähigkeiten – Mathematik /Arithmetik.
Auf ein Blatt Papier schrieben sie 20 mittelschwere bis sehr schwere Rechenaufgaben, die sie «im Kopf» lösen und deren Ergebnis sie mit Bleistift aufschreiben sollten.
Für die nötige Helligkeit würde eine Taschenlampe sorgen. War die Aufgabe gelöst, sollten sie an den Sargdeckel klopfen.

Diesmal begann Heiden.
Was ihm gleich auffiel: Die Taschenlampe war überflüssig – was er lesen wollte, konnte er erkennen – auch ohne Licht.
Die Lösungen der Rechenaufgaben notierte er gleich, nachdem er die Zahlen gesehen hatte.
Dazu musste er keine Sekunde rechnen – die richtige Lösung wusste er einfach augenblicklich. Danach klopfte Heiden, der Sargdeckel öffnete sich und er blickte in Amélies und Melodys erstaunte Augen.
Ergebnis a: Alle blieben unter sechzehn Sekunden! Und alle Resultate waren richtig.
Ergebnis b: Was eine Person im verschlossenen Sarg sehen oder lesen wollte, sah sie auch ohne Lichtquelle. Unglaublich!

3. Psychotest 1 zum Thema «Glück».
Aufgabe: Sie sollten sich an Situationen erinnern, in denen sie ausgesprochen glücklich waren und danach beschreiben, wie sie diese Glücksgefühle im Sarg erlebt hatten.
Ergebnis: Überwältigend!
Ein intensives Gefühl der kompletten Verbundenheit mit geliebten Personen, des unzerstörbaren und immerwährenden Beschütztseins und der sicheren Aufgehobenheit, des vollkommenen und jede Faser von Körper und Geist durchströmenden Glücks hatte sie erfasst.
Unbeschreiblich!

4. Psychotest 2 zum Thema «Trauer».

Aufgabe: In Gedanken sollten sie Momente tiefster Trauer aufsuchen. Wie würde sich der Sarg auf diese Emotionen auswirken?

Heiden erlebte noch einmal Sekunde für Sekunde die letzten Stunden im Leben seiner Mutter: Zerbrechlich, schwach, unendlich müde, weiss und durchsichtig, eingefallen, mit geschlossenen Augen lag sie da, reglos, schwach atmend, nur noch ihre zitternden Hände, ihre Finger hie und da bewegend.

Heiden spürte: Seine tröstenden, geflüsterten Worte erreichten sie und gleichzeitig erfasste ihn ihre unendliche Mutterliebe.

Tiefste Trauer mit tausend Tränen und himmelhochjauchzende Freude waren ein und dasselbe – so dass er wusste: Seine Mutter war nicht tot, sie hatte nur die Seite gewechselt.

Sie würde ihn weiter begleiten, lieben und beschützen.

Sie mussten nun wirklich eine Pause einlegen: Diese Versuche waren emotionale Höchstleistungen gewesen, die von allen alles abverlangt hatten.

Einerseits fühlten sie sich unendlich frei, unendlich euphorisch und high, als ob sie gerade einen LSD-Trip hinter sich hätten, andererseits waren sie körperlich müde und ausgelaugt wie nach einem Marathonlauf.

Und jetzt sahen sie ihn:

Herr Rüegger spazierte vor den Wohnzimmerfenstern vorbei Richtung Haustüre.

Und 5 Sekunden später klopfte es.

60
Sonntag, 4. Oktober 2020, 23:30, Rothrist.

Maurice hatte ein erfolgreiches Wochenende hinter sich:
Das erste Rennen hatte er als Siebter beendet – die zweitbeste Klassierung, die er in dieser Kategorie je erreicht hatte.
Am Sonntag war es ihm noch besser gelaufen: Da zwei der besten Motocrossfahrer Defekt erlitten resp. schwer stürzten, schaffte er es fast aufs Podest: Mit dem vierten Platz war er zudem der bestklassierte Schweizer – den Schweizer Spitzenfahrer hatte er in der letzten Runde noch überholen können.

Verständlich, dass Gisela und Maurice todmüde waren und einfach nur zu Bett gehen wollten.
Doch der Sarg, den sie für zwei Tage vergessen hatten, hielt sie wach.
Der Sarg und die Berichte über die verschiedenen Experimente.
Und über Herrn Rüegger.

Dieser Herr Rüegger hatte also geklopft, weil er sicher gehen wollte, dass alles in Ordnung wäre. Er habe noch Licht gesehen und sich gefragt, ob Melody wohl hier übernachten würde. Und nun habe er einfach nachschauen wollen, ob sie wirklich noch da sei – und wenn sie noch da sei, würde er sie gerne zu sich zu einem Raclette einladen, wenn sie wolle.
Da Amélie und Heiden befürchteten, Herr Rüegger würde einfach eintreten, hatten sie blitzschnell alles Verdächtige weggeräumt und sich geräuschlos in ihr Zimmer zurückgezogen.
Melody war jedoch souverän und jederzeit Frau der Lage geblieben und hatte klar und bestimmt abgelehnt: Sie müsse bis morgen noch eine wichtige Semesterarbeit zu Ende bringen – und dafür sei hier der ideale Ort – im Gegensatz zur WG in Zürich, wo sie zwar ein eigenes Zimmer habe, aber ständig durch Verkehrslärm und ihre Mitbewohne-

rinnen gestört werde. Ein andermal würde sie gern die Einladung annehmen, aber nicht heute.

Ob sie denn allein sei, wollte der Nachbar darauf wissen.

Warum er diese Frage stelle.

Nur so, nur so, er sei halt neugierig...

Offenbar hatte Herr Rüegger Verdacht geschöpft, warum auch immer.

Nachdem Gisela diese Rüegger-Story vernommen hatte, meinte sie, es wäre wahrscheinlich langsam Zeit für Heiden und Amélie, den Aufenthaltsort zu wechseln: Die Schweiz erscheine ihr nicht mehr sicher genug, insbesondere, da eine so hohe Belohnung ausgesetzt sei, dass auch Herr Rüegger, mit dem sie sonst eine gutfreundnachbarschaftliche Beziehung habe, in Versuchung geraten könnte, die zwei Gesuchten zu verraten.

Sie schlage deshalb vor, dass beide Ende Woche mitkommen würden nach Südfrankreich, wo das zweitletzte Rennen der Saison in der Nähe von Orange stattfinde. Bis jetzt sei sie immer problemlos an allen EU-Zöllen vorbeigekommen – viele Zöllner seien Motocross-Fans – und in Frankreich gäbe es viel mehr Möglichkeiten, sich vor der Polizei zu verstecken. Falls nötig, könne sie bereits am Mittwoch abfahren – sofern Maurice einverstanden sei – da sie sowieso noch über fünfzig Überstunden abbauen müsse.

Melody war über diesen Vorschlag nicht ganz glücklich: Sie hatte sich inzwischen vorgenommen, ein Buch schreiben zu wollen zum Thema «Das Phänomen Oasis-Sarg» oder ähnlich. Jedenfalls wollte sie bis zur Abfahrt von Heiden und Amélie alle Uni-Vorlesungen und -Seminarien sausen lassen und sich nur noch den Geheimnissen des Sargs widmen.

Denn am Nachmittag war es ihnen gelungen, weiteren geheimnisvollen Fähigkeiten des Sargs auf die Spur zu kommen:

5. Psychotest 3 zum Thema «Geburt».
Das war ein zentraler, existenzieller und fast schon religiöser Bereich –
wie weit würden ihre Erinnerungen im Innern des Sargs zurückreichen?
Bis zum zweiten oder ersten Lebensjahr oder gar noch weiter?

Als sie Amélie aus dem Sarg halfen, war sie erschüttert, sie weinte, sie
musste getröstet, umarmt werden...
Doch da abgemacht war, dass sie ihre Erfahrungen erst dann weiter-
geben würden, wenn alle drei ihren Versuch hinter sich hätten, mussten sie, Melody und Heiden, sich nur überlegen, ob sie angesichts der
Auswirkungen diesen Selbstversuch tatsächlich unternehmen wollten
oder nicht.
Also fragten sie, ob sie sollten oder nicht.
«Oui, en tout cas!»

Melody war es ähnlich ergangen: Völlig aufgelöst, erschüttert, schlot-
ternd lag sie im Sarg, nachdem der Deckel nach 5 Minuten geöffnet
worden war. Amélie, die genau wusste, was Melody widerfahren war,
strich ihr zärtlich über Augen und Stirn, half ihr beim Aufstehen, begleitete sie zum Sofa, setzte sich neben sie, schlang den Arm um ihre
Schultern und tröstete sie:
«Tout es bien – tout es bien!»

Nach einer längeren Pause war es an Heiden, in den Sarg zu steigen.
«Soll ich wirklich?», fragte er auch Melody.
«Ja, tu's! Ja sicher! Du wirst es nicht bereuen!»

Was er erlebte, war eine «Bluefire»-Europaparkfahrt hoch hundert.
Im Zeitraffertempo raste er zurück in der Zeit, alles kristallklar wahr-
nehmend, alle Gefühlslagen, alle Erlebnisse und Erfahrungen.
Heiden erlebte, wie er zu sprechen begonnen hatte, wie sich seine
Mutter und sein Vater um ihn gekümmert hatten, seine ersten Schritte,
seine Zeit im Laufgitter, im Kinderbettchen, das Windelwechseln mit

Stoffwindeln, das wollige weisse Käppchen, der Geburtsvorgang, sein erster Schrei, die Hebamme Frau Hegeli, die ihn herauszog, an den Füsschen in die Höhe hob, wie sie ruhig sagte:

«E Bueb, es isch e Bueb»,

das Heiden umgebende Fruchtwasser, die dumpfe Zeit im Mutterleib, seine Wahl, sein Wunsch, sein Tod – sein schrecklicher Tod als deutscher Soldat, bombardiert von amerikanischen Bombern, die zu Hunderten den blauen Himmel verdunkelten, der Schmerz, der ungeheure Schmerz, als die Bombe einschlug, er durch die Luft wirbelte, von glühendheissem Schmerz durchstochen, das Verbluten im Bombentrichter, sein Schreien-Schreien-Schreien nach Wasser, Luft, seiner Mutter, das Leben als junger Soldat, gezwungen zu dienen, gezwungen zu morden, gezwungen eine Uniform tragen zu müssen, eine Waffe, die Befehle der Nazioffiziere, die Gnadenlosigkeit, die Schule, die Rücksichtslosigkeiten, die Naziparolen, seine Ängste, seine tausendfachen Ängste, seine Schwester, seine Eltern, all die Namen, die an ihm vorbeisausten, die Holzspielzeuge, die vielen Papiergeldscheine ohne Wert, die zweite Geburt, die zweite Wahl, der zweite Tod, das langsame Sterben im Totenbett, die vielen Fliegen, das Röcheln, das langsame Ersticken, das Alleinsein im dunkeln Zimmer, das höllisch-heisse Fieber, dann die dritte Geburt, der dritte Tod, die vierte Geburt, der vierte Tod, der fünfte, sechste, siebte Tod…

Das Klopfen.

Auch Heiden hatte am ganzen Leib gezittert, hatte geweint, sich bemüht, zurückzufinden in die Realität, auch er hatte Trost nötig, Unterstützung, Mitgefühl.

Auch nach diesem Test mussten sie sich erholen.
Sich erholen.
Erholen.

61
Montag, 5. Oktober 2020, 20:00, Rothrist.

Heute hatten sie den Entschluss gefasst, am Mittwoch abzureisen – langsam wurde es ihnen zu ungemütlich hier: Die ständige Angst, entdeckt zu werden, der unberechenbare Nachbar, der jederzeit auftauchen konnte, offenbar bereits Verdacht geschöpft hatte, jederzeit die Polizei rufen könnte, die regelmässigen Fahndungsaufrufe mit ihren Fotos in den Schweizer Medien – das zehrte an ihren Nerven, kostete Energie, Lebensfreude.

Immerhin hatten sie den Sarg, der schier unerschöpfliche Erkenntnisse bereithielt, der sie inspirierte, sie zwang, über sich, den Sinn des Lebens, den Sinn des Todes, über Religionen, die Wahrheiten, ihre Biografie, die Menschen, die Gesellschaft, über alles und jedes nachzudenken, vertieft nachzudenken, ihr Inneres zu erforschen, ihr Zusammenleben zu überdenken, ihre Verbundenheit mit der Natur, mit den Tieren und Pflanzen, sich klar zu werden über ihre Gefühle, den Geist, die Seele, die Geschichte der Menschheit, über Krieg und Frieden, über Toleranz, Respekt, Liebe – und die gegenwärtige Situation, in der sie steckten.

Sie beschlossen, ihr grösstes Experiment zu wagen:
Am Mittwoch in aller Frühe würden sie abreisen, via Genf die Schweiz verlassen, via Lyon, Valences nach Südfrankreich fahren und zurückkehren ins Oasis.
Hier würde man sie beide zuletzt vermuten, nahmen sie an.
Um sicher zu gehen, würde Gisela in Perpignan ein Auto mieten, Heiden bis vors Oasis fahren, ihn in einem günstigen Moment aussteigen und die Réception betreten lassen, in der sich Herr Schwarz befände, auf den sie 100%ig würden zählen können.
Das war der Plan, nicht das Experiment.

Das Experiment war Amélie.

Sie würde die Reise im Sarg antreten:

Sie würde in Rothrist in den Sarg steigen.

Und sie würde im Oasis dem Sarg entsteigen.

Wohlbehalten.

Unversehrt.

So dachten sie.

So hofften sie.

Maurice und Gisela hatten mit den Reisevorbereitungen begonnen, nachdem sie von ihrer Arbeit zurückgekehrt waren. Gisela hatte den ganzen Tag an der Fachhochschule verbracht, Maurice in der Werkstatt: Sie hatte Gespräche geführt mit Studentinnen und Studenten, während er seine Rennmaschine komplett zerlegt, jedes einzelne Teil gereinigt, geprüft und alles wieder perfekt zusammengefügt und sämtliche Funktionen überprüft hatte.

Herr Rüegger war informiert worden, dass
- Gisela und Maurice für ein mehrtägiges Training mit anschliessenden Wettkämpfen nach Frankreich reisen würden,
- und Melody bis am Wochenende im Haus bleiben und arbeiten würde, so dass der Nachbar nicht auf das Haus würde aufpassen müssen.

Amélie, Melody und Heiden hatten zuerst alle Haushaltarbeiten erledigt und sich darauf weitere mögliche Versuche überlegt – harmlosere, weniger aufwühlende und verstörende, weniger traumatisierende.

1. Temperaturveränderungen im Sarg.
- Sie fanden heraus, dass im Sarg bei geschlossenem Deckel stets eine wohlige, angenehme Temperatur herrschte, egal, ob sie viele Kleider, wenige Kleider oder gar nichts trugen.
- Das Quecksilber-Thermometer zeigte vor- und nachher und während des Aufenthalts immer die gleiche Temperatur an: Jene des Wohnzim-

mers.

- Auch das digitale Thermometer funktionierte gleich.

- Zusätzliche Erkenntnis: Immer hatten sie das Gefühl, keine Kleider zu tragen.

Auch als sich Heiden mit Maurices komplettem Skianzug in den Sarg gelegt hatte, fühlte er sich völlig textilfrei.

Und das war nicht nur ein Gefühl: Wenn er seinen Arm, seine Brust, seinen Oberschenkel berührte, schienen diese unbekleidet zu sein.

Illusion oder Realität?

2. Selfies im Sarg.

Das brachte sie auf die Selfie-Idee. Sie hofften, Melodys Handy würde ihnen diese Frage beantworten können.

Erkenntnisse:

- War das Handy mit dem Netz verbunden, funktionierten weder die Foto- noch die Videofunktion.

- War das Handy im Flugmodus, funktionierte beides. Doch was zeigten die Fotos und die Videos?

Den leeren Sarg!

Den leeren Sarg!

Nicht nur ihre Kleider wurden nicht erkannt, sondern auch sie selbst: Für die Handykamera waren sie inexistent!

Gab es dafür irgendeine Erklärung?

- Legten sie einzig das Handy mit laufender Videoaufnahme auf den Sarginnenboden, zeichnete es nur die Sequenzen des Deckelschliessens und des Deckelöffnens auf – der Handyaufenthalt bei geschlossenem Sarg wurde nicht registriert, war wie nicht vorhanden, dauerte keine Hundertstelsekunde!

3. Essen im Sarg.

Um die Mittagszeit, als sie Hunger verspürten, war es naheliegend, dass sie auch darüber experimentieren wollten:

- Einen Apfel essen.

Liegend einen Apfel zu essen, ist nicht so einfach.

Sobald Heiden ein erstes Stück abgebissen hatte, spürte er sehr intensiv den Geschmack des Apfelsafts und des Apfelfleisches, auf der Zunge, im Gaumen, im Rachen, in der Speiseröhre: Jede Geschmacksnuance in allen seinen Bestandteilen konnte er wahrnehmen.

Gleichzeitig sah er den Apfelbaum, auf dem der Apfel gereift war, den grossen Baumgarten, die fleissigen Pflückerinnen und Pflücker, verspürte schmerzhaft den Moment des Gepacktwerdens von einer grossen, harten Hand, des Losgerissen- und Getrenntwerdens vom Mutterbaum, das Hineingelegtwerden zu allen anderen gepflückten Äpfeln, das Zugedecktwerden, das Verharren im Dunkeln, das Gelagert-, Sortiert- und In-Harasse-Platziertwerden von anderen, behandschuhten Händen, konnte den ganzen Weg verfolgen vom Baumgarten in einem kleinen Bauerndorf im Thurgau bis zur Coop-Filiale in Rothrist, erkannte Maurice, wie er den von ihm verspeisten Apfel ausgewählt, gepackt und in einen Textilsack im Einkaufskorb gelegt hatte – alles in ungeheurem Tempo, fast gleichzeitig, in schnellstem Zeitraffer.

- Brot und Käse essen.

Auch hier waren alle Stationen der Käse- und Brotproduktion in höchster 3-, 4-, 5D-Bildqualität erlebbar – unter Einbezug aller komplett geschärften Sinne – in Windeseile von den Getreidefeldern, Kuhställen, Kuhweiden, Ernte- und Melkmaschinen über die einzelnen Kühe, Bauern, Erntehelferinnen und Erntehelfer samt aller Namen und Orte, bis zu den Grosskäsereien, Grossbäckereien, dem Rothrister Coop und dessen Angestellten sowie dem Käufer Maurice.

Das war noch knapp erträglich – denn auch hier empfanden sie Mitgefühle für die arbeitenden Menschen und deren Sorgen, für die aus den Samen spriessenden Pflänzchen, insbesondere aber für die Kühe und deren Bedürfnisse nach Bewegung, Nahrung und Ruhe sowie deren Ängste vor dem Gemolken-, Gebrannt- und Geschlagenwerden.

Zum Glück assen Melody, Amélie und Heiden keine Tiere.

Was das bedeuten würde, konnten sie sich lebhaft vorstellen:

- Fleisch essen.

Je nach Tier- und Haltungsart würden sie schon die Bilder und alle weiteren Sinneswahrnehmungen zwischen Geburt und Tod nicht aushalten: Das Zusammengepfercht-, Geschlagen-, Angeschrien-, Geschunden-, Gestochen-, Angekettet-, Gestossen-, Getrieben-, Eingesperrtwerden.

Absolut unerträglich wäre jede einzelne Sekunde der letzten Stunden und Minuten vor dem Prozess des gewaltsamen, massenhaften und industrialisierten Getötetwerdens: Das Kälbchen, das Schwein, das Hähnchen, vom Muttertier getrennt, die die gleichen Bedürfnisse haben wie ein Kätzchen, das gestreichelt, geleckt, umsorgt sein, das herumtollen, spielen, herumjagen, sich anschmiegen, sich des Lebens freuen möchte, naiv, unerfahren, zutraulich wie alle Tierbabys, von brutalen Händen gepackt, von harten Stockschlägen getrieben, in einem engen Käfigwagen ins Ungewisse abtransportiert und dann plötzlich die Todesschreie, die Todesängste der vielen anderen Tiere, der Todesstress, der Todesstoss, der Todesschuss, der Todesstich, das Verbluten, die letzten Zuckungen, das Zerteilen, Zerschneiden, Zerstückeln, Zerquetschen, Zerschlagen, Zerpressen, Verwursten...

Und dann im Mund den Geschmack des toten Fleisches, des toten Tieres wahrnehmen, hundertmal verstärkt, immer das unschuldige Tier vor Augen:

Unerträglich, schrecklich!

Wer Tiere liebt, isst sie nicht.

Wer die Natur liebt, isst keine Tiere.

Wer das Leben liebt, verzichtet auf Fleisch.

4. Lesen im Sarg.

Wie sie herausgefunden hatten, war es ihnen möglich, im verschlossenen Sarg zu lesen ohne Lichtquelle.

- Dazu bedienten sie sich – Melody und Heiden – des neuen Büchleins von Franz Hohler mit dem Titel «Fahrplanmässiger Aufenthalt», das sie noch nicht kannten und das er in die Ferien nach Südfrankreich mitgenommen hatte. Es umfasste 43 kurze Texte auf 102 Seiten.
Aufgabe: Lesen, klopfen, Zeit stoppen, Feedback.
Ergebnis: Für die Lektüre benötigten sie weniger als zwei Minuten – und alle hatten das Gefühl, jedes einzelne Wort sorgfältig gelesen und gespeichert zu haben. Sie beide konnten die Titel mehrerer Texte und deren Inhalt problemlos wiedergeben.
- Das Lesen des zweiten Buchs dauerte etwas länger: Etwa viereinhalb Minuten benötigten sie für die 268 Seiten des Aargauer Krimis von Ina Haller «Chriesimord».
- Amélie kam sich ausgeschlossen vor – natürlich: Sie konnte wenig Deutsch, war ausserstande, auf Deutsch ein Buch zu lesen.
Trotzdem meinte sie: «Je veux l'essayer aussi!», und schon hatte sie Franz Hohlers Büchlein gepackt, sich in den Sarg gelegt und forderte die anderen zwei auf, den Sargdeckel zu schliessen.
Nach weniger als zwei Minuten klopfte es:
Amélie hatte das Buch gelesen und jedes Wort verstanden!
Phänomenal!

5. Singen im Sarg.
Nun kamen sie auf die Idee des Notenlesens und Singens: Wenn Amélie ein deutschsprachiges Buch lesen und alles verstehen konnte, obwohl das für sie eine Fremdsprache war, müsste es auch möglich sein, ein Lied nach Noten singen zu können.
- Schnell war ein geeignetes Lied gefunden, denn die ganze Familie von Gisela war musikalisch: «In einem Bächlein helle», von Franz Schubert. Er habe zwar, meinte Heiden, ein gutes Musikgehör, musikalisch sei er trotzdem nicht und als Sänger habe er es nicht über die Schulmusiklieder hinausgebracht.

Also legte er sich samt Schubertnoten in den Sarg und schmetterte das

Lied perfekt aus sich heraus – wie ein Opern-, Schlager- oder Fischer-chorsänger. Allerdings hatte nur er sich hören können.

Amélie und Melody berichteten dasselbe: Sie hätten das Gefühl ge-habt, wie eine Operndiva gesungen zu haben – ganz sicher waren sie jedoch nicht.

- Die Tonaufnahmen per Handy funktionierten nicht: Für das Handy schienen sie im Sarg nicht zu existieren.

- Melody hatte die Idee mit ihrem uralten Audio-Kassettengerät, das sie noch irgendwo in ihrem Zimmer aufbewahrt hatte. Und was war das Ergebnis dieses Versuchs?

Die Aufnahmen waren qualitativ nicht perfekt, doch gut genug, um zu erkennen, dass hier zwei Profisängerinnen und ein Profisänger Schu-berts Bächlein-Forellen-Lied hervorragend interpretiert hatten – ganz ohne Klavierbegleitung.

Das war wirklich unglaublich und höchst erstaunlich!

Doch die drei konnte nichts mehr überraschen.

62
Dienstag, 6. Oktober 2020, 19:00, Rothrist.

Der heutige Tag war ruhig verlaufen, nichts war vorgefallen, was ir-gendwie auf irgendetwas hätte hindeuten können, was sie hätte beun-ruhigen müssen.

Melody bedauerte es zwar, verstand Amélie und Heiden aber auch gut: Heute wollten sie auf weitere Sarg-Experimente verzichten.

Melody ging deshalb daran, alles Erlebte zu dokumentieren, vor allem auch fotografisch. Um sicher zu gehen, fotografierte und filmte sie den Sarg nicht nur mit ihrem Handy und ihrer Digitalkamera, sondern auch mit einer alten Videokamera, die mit analogen, kleinen Videokassetten funktionierte.

Über einen alten Fotoapparat, in den man einen 36er-Film einspannen musste, verfügte sie leider nicht. Sie fertigte deshalb in stundenlanger Arbeit exakte Blei- und Farbstiftzeichnungen an, mit denen sie alle relevanten Details festhalten konnte.

Natürlich hatten Amélie und Heiden schon viele Sargfotos gemacht, doch nach den verschiedenen Versuchen mit digitalen Aufnahmegeräten waren sie ganz und gar nicht mehr sicher, ob und wie lange diese Fotos und Videos Bestand haben würden.

Handzeichnungen auf Papier waren hingegen hundertprozentig safe, dachten sie.

«Im Westen nichts Neues» stellten sie in Bezug auf die französischen News fest. Und auch in der Schweiz war die Fahndung nach ihnen offenbar erfolglos verlaufen – die Polizei schien im Dunkeln zu tappen.

Den Sarg hatten sie zurück in die Kammer im ersten Stock gestellt – rund 24 Stunden nach ihrer Abfahrt sollte Amélie in den Sarg steigen und im verschlossenen Sarg den Transfer nach Frankreich abwarten.

Das geräumige Wohnmobil war gepackt, stand zur Abfahrt bereit – um vier Uhr früh, bei kompletter Dunkelheit, würden sie abfahren. Heiden durfte beim Einsteigen keinesfalls gesehen werden, deshalb parkte Maurice das Fahrzeug direkt vor dem Haus, d.h. auf dem Feldweg, der entlang dem Gartenzaun zum Hauseingang führte. Distanz Haustüre – Eingang Wohnmobil: Sechs Meter.

Nach ihrer Ankunft im Oasis würden Heiden und Amélie keinen Kontakt mehr haben dürfen – das würde zu gefährlich sein. Mit den Familienangehörigen hatten sie seit ihrer Flucht nie mehr Kontakt gehabt – das würde leider so bleiben müssen.

Nach dem Nachtessen gingen alle frühzeitig zu Bett: Für eine rund neunstündige Autofahrt brauchte es einen ausgeschlafenen Chauffeur und eine ausgeruhte Fahrerin.

Doch um zehn vor zehn klopfte es.
Einmal. Zweimal. Dreimal.
Melody, die das Klopfgeräusch zuerst gehört hatte, trat an die Haustür und fragte, wer draussen sei.
«Rüegger», war die Antwort.
Was er um diese Zeit noch wolle.
Uns etwas Wichtiges, sehr Wichtiges mitteilen.
Um was es denn ginge.
Um – das könne er erst sagen, wenn er eintreten dürfe.

Unterdessen waren auch Maurice und Gisela wach und forderten nickend Melody auf, Herrn Rüegger hereinzulassen.
Da es draussen leicht regnete, schüttelte dieser seinen billigen, blauen Kiosk-Regenschirm aus, bevor er eintrat und sich, nachdem Gisela ihn dazu eingeladen hatte, an den Küchentisch setzte.

Wo es denn brenne und was denn so dringend sei, dass er sie alle habe wecken müssen.

Er wolle offen und ehrlich sein: Dass sie irgendetwas mit den zwei Gesuchten zu tun hätten, sei ihm – er sei ja nicht blind – schon vor längerer Zeit aufgefallen.

Und zwar habe er zwei Personen aus dem Haus kommen, die Strasse überqueren und im Wald verschwinden sehen – und er habe sich gefragt, wer das sein könnte. Er habe dann die Rückkehr der beiden abgewartet und im Feldstecher – das gebe er zu – gesehen, dass es sich um die beiden international Gesuchten handeln könnte.
Deshalb habe er auch das Haus immer etwas genauer beobachtet – so

sei er halt. Er sei ja früher Staatsangestellter gewesen, habe immer gern Krimis gelesen und der beste Freund seines Sohns arbeite bei der Kriminalpolizei.

Und?

Eben: Er könne ja zwei und zwei zusammenzählen und er denke, dass sie morgen nach Frankreich fahren würden, alle vier – und deshalb wolle er ihnen noch etwas, das er erfahren habe, mitteilen, bevor sie abführen.

Und was das denn wäre.

Eben Folgendes, wie gesagt: Der Freund seines Sohns sei bei der Kriminalpolizei Aargau und irgendwie an diesem Fall mitbeteiligt. Jedenfalls habe dieser seinem Sohn – vertraulich natürlich – mitgeteilt, dass die Polizei eine heisse Spur verfolge, die genau in unsere Gegend führe, was der Sohn ihm, Rüegger, heute Abend vor einer halben Stunde – vertraulich natürlich – mitgeteilt habe, in dem Sinn, dass er, Rüegger, die Augen offen halten solle.
Schweigen.

Und nun stehe er also hier und wolle ihnen das mitteilen: Sie sollten so rasch wie möglich verschwinden.
Fakt 1 sei, dass die St. Galler Kriminalpolizei das Versteck in St. Gallen ausfindig gemacht hätte, und zwar in ähm... Dings, in ähm... Ertschwil oder so.
Fakt 2 sei, dass sie herausgefunden hätten, in was für einem Fahrzeug- und Farbtyp sie in ähm... Ertschwil abgeholt worden seien.
Und Fakt 3 sei, dass sie jetzt in der Region Zofingen-Olten alle Halterinnen und Halter solcher Fahrzeuge aufsuchen würden.
Das wolle er uns sagen.
Alles komplett vertraulich natürlich.

Schweigen.

Er wolle ihnen einfach mitteilen, dass er hinter ihnen stünde, dass er auch die französischen News verfolgt habe und die Schweizer Behörden nicht verstehen könne. Er sei auf ihrer Seite, sie könnten sich vollkommen auf ihn verlassen, er sei schliesslich in der SP und stünde dem Staat – obwohl er Staatsangestellter gewesen sei – immer ziemlich kritisch gegenüber, da in der Schweiz ja immer die Bürgerlichen über die Mehrheit verfügten.

Und als SP-ler kenne er auch Heiden: Dieser sei hier in Rothrist aufgewachsen, würde wahrscheinlich immer noch in Spreitenbach wohnen, sei jahrelang im Grossen Rat gewesen und hätte vor fast 30 Jahren bei der 700-Jahrfeier hier die Erstaugustrede vor dem Pflegeheim gehalten, die er mitverfolgt habe und die ihm in Erinnerung geblieben sei, weil die Autoparteiler mit Giezendanner, dem späteren SVP-Nationalrat, versucht hätten, mit Böllerschüssen Heidens Rede zu stören und weil dieser das Gfill erwähnt hätte, das unverbaut geblieben sei und immer noch so aussehe wie vor 50 Jahren und das er als zugezogener Solothurner gar nicht gekannt habe – deshalb wohne er jetzt hier im Gfill – wegen Heidens Erstaugustrede.

Jetzt tauten Gisela, Melody und Maurice langsam auf, da sie merkten, dass es Herr Rüegger wirklich ehrlich und nur gut meinte.

Wie er denn die momentane Lage einschätze.

Er denke, dass mit einem Besuch der Kripo Aargau in den nächsten Tagen gerechnet werden müsse – die würden das Auto kontrollieren und gleich noch einen intensiven Blick ins Innere des Hauses werfen. Es sei seines Erachtens höchste Zeit wegzufahren – er wolle gar nicht wissen, wohin.
Ob es denn möglich wäre, dass die Polizei schon morgen hier sein könnte.

Möglich schon, das könne nicht ausgeschlossen werden.

Nun hatten sie ein echtes Problem: Während sie zu dritt morgen Richtung Frankreich fahren und dort im Lauf des morgigen Nachmittags eintreffen würden, würde Amélie noch weitere 24 bis 48 Stunden hier bleiben, da sich nach ihrer Berechnung der Sarg nicht früher in Luft auflösen und nach Frankreich beamen würde – samt Amélie.

Nun trat Heiden, der alles mitgehört hatte, aus dem Zimmer.
Er begrüsste Herrn Rüegger, dankte ihm für seine Worte und sein gutes Erinnerungsvermögen und meinte zum Schluss:
Ja, jetzt hätten sie tatsächlich ein Problem.

63
Mittwoch, 7. Oktober 2020, 09:00, Genf.

Und dieses Problem hatten sie wie folgt gelöst:
- Kurz vor Mitternacht trug Heiden den mit einem dunklen Leintuch bedeckten Sarg, in dem sich Amélie und ihr gesamtes Gepäck befanden, also so, wie sie nachher nach Frankreich «reisen» sollte, in vollständiger Dunkelheit und bei leichtem Nieselregen quer über die Wiese zum Nachbargrundstück, wo ihnen «Tom», wie sie Herrn Rüegger von nun an ansprachen, den Weg ins Dachgeschoss im dritten Stock wies, das ein perfektes Versteck zwischen Dachschräge und Zimmerwand aufwies – hier würde sich Amélie samt Sarg im Notfall verstecken können. Bis zum Zeitpunkt des Verschwindens des Sargs würde Amélie bei Tom wohnen – ohne irgendwelche Spuren zu hinterlassen.
Melody würde im Haus ihrer Mutter bleiben und sich ab und zu in Toms Haus mit Amélie treffen. Die Raclette-Einladung würde sie gerne an-

nehmen, denn ihr Bild von «Herrn Rüegger» hatte sich nun massgeblich geändert – von einem Nachbarn, der zwar ok, aber eventuell nicht sehr vertrauenswürdig und zuverlässig wäre, zu einem guten Freund, dem man bedingungslos vertrauen konnte.

Melody hatte noch bis zwei Uhr gearbeitet und alles, was an Heiden und Amélie hätte erinnern können, eliminiert – inklusive allfällig möglicher DNA-Spuren. So hatte sie zum Beispiel den gebührenpflichtigen Abfallsack im Geheimgang des Kellers versorgt, da die Kehrichtabfuhrtour erst wieder am Dienstag stattfinden würde.

Der Abschied von Amélie war Heiden sehr schwer gefallen – ihre Wege würden sich abrupt trennen.

Würden sie einander wiedersehen?

Etwas später als vorgesehen, waren sie aufgebrochen. Um Viertel vor fünf, bei Regen und Dunkelheit, steuerte Gisela das Fahrzeug Richtung Möbel-Hubacher-Kreisel, wo sie geradeaus fuhr, die Autobahn überquerte und beim folgenden Kreisel links in die Autobahneinfahrt Richtung Bern abbog.

Die Fahrt auf der Autobahn war problemlos verlaufen – abgesehen von den schwierigen Lichtverhältnissen wegen des Regens, der Dunkelheit und dem zunehmenden Verkehr mit teilweisen Staus rund um Bern.

Auf der letzten Autobahnraststätte vor Genf hatten sie einen kurzen Halt eingelegt:

Heiden musste seinen bequemen Platz in der zweiten Sitzreihe verlassen und sich verstecken, bis sie die Grenze passiert haben würden – in einem der beiden Eckbänke, auf denen nachts das Bett ruhte, jetzt jedoch Maurices zwei Maschinen festgezurrt waren. Mit zwei Griffen liess sich diese Unterlage samt Motorrädern einen halben Meter nach vorn Richtung Steuer verschieben, so dass ein Eckbankdeckel zum Vorschein kam, den Heiden öffnen konnte. Jetzt war es ihm möglich, in den zwei Meter langen Eckbankhohlraum zu kriechen, unter einen Stapel von Bettdecken, Kissen und Wolldecken zu schlüpfen, sich flach hinzulegen und mindestens eine Stunde lang reglos zu verharren. Die Luftzufuhr war durch sieben frisch gebohrte, kaum sichtbare Löcher an der Unterseite der Eckbankwand gewährleistet.

Sein nun leerer Sitzplatz wurde mit mehreren Koffern vollgepackt und mit Sicherheitsgurten an der Sitzlehne befestigt.

Maurice übernahm nun das Steuer und Gisela hielt den in der Bank Versteckten auf dem Laufenden, indem sie alles, was irgendwie von Relevanz sein könnte, rapportierte.

Ziemlich genau um neun Uhr erreichten sie die Grenze.

Den Schweizer Zoll passierten sie ohne anzuhalten – langsam fuhren sie an den beiden Zöllnern vorbei, die Maurice zu- und vorbeiwinkten.

Beim französischen Zoll mussten die beiden Motorräder als lizenzierte Rennmaschinen in jedem Fall deklariert werden, was bedeutete, dass die Hecktüre geöffnet, die Fahrzeugnummern und Rahmennummern kontrolliert und die Papiere überprüft würden. Normalerweise kümmerten sich die Zöllner nicht um den übrigen Inhalt des Wohnmobils.

Doch diesmal...

Die beiden zuständigen Zollbeamten kannten Maurice:

«Güten Tag, Maurice, ça va?»

Sie seien verpflichtet, jedes grössere Fahrzeug zu kontrollieren, es tue ihnen leid, «mais c'est la vie...»

Diesmal beachteten sie die Motorräder nicht im geringsten, sondern konzentrierten sich auf alles, was nicht zu den Motorrädern gehörte.

Neben dem Schrank, dem Kühlschrank, der kleinen Toilette mit Dusche und der Schlafbox oberhalb der beiden Vordersitze fielen ihnen natürlich auch die beiden Eckbänke auf.

«Qu'est-ce qu'il y-a ici?»

Maurice, ganz ruhig: Da links seien alle Ersatzteile und Werkzeuge und rechts das Zubehör für die Betten.

Ob er eine Bank öffnen könne.

Sicher. Er solle einfach sagen, welche er öffnen solle.

Die linke.

Und schon schob Maurice die Unterlage einen halben Meter nach hinten, zur Hecktüre hinaus und öffnete den Deckel der linken Eckbank.

Ob er hineinsehen und hineinleuchten wolle?

Der Zöllner nickte, stieg bei der Seitentüre ein, warf einen Blick in die Luke, liess Maurice eine Werkzeugkiste herausnehmen, leuchtete mit der Taschenlampe in den Hohlraum, sich überzeugend, dass dieser vollbepackt mit Werkzeugen und Ersatzteilen jeder Art war – in perfekter Ordnung selbstverständlich.

Jetzt bedankte sich der Zöllner, sie hätten genug gesehen, sie sollten einfach noch den Stempel holen im Büro, übergab Maurice ein Formular, das er schwungvoll und zufrieden unterzeichnet hatte und verabschiedete sich mit einem halbmilitärischen Gruss, nicht ohne Maurice zum Schluss noch viel Glück beim nächsten Rennen gewünscht zu haben:

«Bonne chance, Maurice!»

64
Mittwoch, 7. Oktober 2020, 15:30, Perpignan.

Uff! Das war knapp gewesen!

Doch Maurice war überzeugt, dass Heiden auch nicht entdeckt worden wäre, wenn er die andere Luke hätte öffnen müssen – der Stapel wäre wirklich dick genug gewesen und unter diesem hätte sich ja noch eine perfekt zugeschnittene Schutzfolie befunden, so dass kein Zöllner der Welt angenommen haben würde, dass sich unter dieser noch eine versteckte Person befinden könnte.

Ausser einem Tankstopp rund 30 Kilometer nach der Grenze, bei dem Heiden sich aus seiner inzwischen ziemlich unbequemen Lage hatte befreien können, gab es keine Zwischenfälle, und um 15.30 Uhr erreichten sie den «Gare de Perpignan», wo Maurice ein Auto mieten und Gisela ihr Schlafmanko kompensieren wollte.

Auch der Abschied von Gisela fiel Heiden schwer: Uneigennützig, grosszügig, umstandslos und direkt hatte sie ihm geholfen, hatte sich wie selbstverständlich auf seine Seite geschlagen, war persönliche Risiken eingegangen, obwohl sie ihn gar nicht so gut kannte.

Gisela würde er vielleicht ebenfalls nie mehr wiedersehen – weder per Telefon, per Post noch per Mail oder WhatsApp konnte er Kontakt mit ihr aufnehmen – wenn sie sich irgendeinmal irgendwie über irgendetwas austauschen wollten, dann konnte das nur im Versteckten und nur physisch geschehen.

Die Fahrt von Perpignan zum Oasis dauerte nicht länger als eine halbe Stunde – und schon befanden sie sich im Kreisel 50 Meter vor der Réception, wo sich auf der gegenüberliegenden Strassenseite ein grösserer Parkplatz befand. Hier stellte Maurice das Auto ab, überquerte die Strasse, betrat das kleine Verwaltungsgebäude und sprach den Herrn, den er dort antraf, direkt mit Herrn «Schwarz» an.

«Sie kennen mich?»

Ja, indirekt – er müsse ihm einen Gruss von Amélie und Heiden ausrichten.

«Was?», wie es denen denn gehe.

Herr Schwarz war vollkommen überrascht und erfreut, gleichzeitig aber auch besorgt und bestürzt.

Ja gut, sehr gut sogar, es gehe ihnen so gut, dass sie zurück ins Oasis kehren möchten.

«Was?», das sei doch absolut unmöglich, da hier alles angefangen habe und sie sich deshalb hier nicht mehr sehen lassen dürften.

Das sei doch gerade der Punkt: Niemand würde vermuten, dass sie sich wieder hier befänden – in der Schweiz würde sich die Schlinge zusammenziehen, erst gestern hätten sie erfahren, dass ihnen die Kripo auf der Spur sei. Die Schweiz habe ein Kopfgeld von je 10'000 Franken ausgesetzt, so dass auch Freunde auf die Idee kommen könnten, die beiden zu verraten.
Gerade weil hier der letzte Ort sei, an dem man sie vermuten würde, wäre wahrscheinlich hier einer der sichersten Plätze.
Ob er nicht eine Wohnung hätte für die beiden, die etwas abgelegen und nicht gut einsehbar sei.

Das habe er schon – nur: Wie lange er denn Zeit habe, sich die Sache zu überlegen.
«Drei bis fünf.»
«Tage oder Wochen?»
«Nein: Minuten.»

Also willigte Herr Schwarz frohen und unfrohen Herzens ein, gab ihnen T12, dieselbe Wohnung, die Heiden Anfang September bezogen hatte, mit Wohnzimmer, zwei Schlafzimmern, einem Balkon und einem WC-Raum mit Dusche.
Im 2. Stock.
Am Rand der Siedlung an der Grenze zum Aphrodite.

Herr Schwarz füllte keinen Vertrag aus, übergab Maurice den Schlüssel und fragte, wo die beiden sich denn jetzt befänden.
Maurice wies mit dem Zeigefinger auf die andere Strassenseite, wo Heiden – mit Glatze – im Foyer des Mietwagens wartete, inzwischen mit Sonnenbrille und struppigem Schnurrbart verfremdet. In einem günstigen Moment, als weit und breit kein Mensch zu sehen war, verabschie-

dete er sich – tausendmal dankend – von Maurice, überquerte die Strasse, betrat die Réception, begrüsste Herrn Schwarz und blieb dort, bis es dunkel war.

Erst dann bezog er seine neue alte Wohnung.

65
Donnerstag, 8. Oktober 2020, 06:00, Oasis.

Gewohnt früh erwachte Heiden, draussen war es noch dunkel, von Ferne hörte er das Meeresrauschen.
Befand er sich tatsächlich wieder im Oasis?
Er konnte es kaum glauben.
Durfte er Licht machen?
Durfte er jemals wieder ins Freie, an den Strand, jemals wieder joggen, nur mit zwei Socken bekleidet?
Durfte er die WC-Spülung bedienen?
Ja, das hatte Herr Schwarz ausdrücklich bestätigt: Im ganzen Doppelhaus, das sechs Appartements umfasste, wäre seine Wohnung die einzige, die besetzt sei.
Also alle Haushalts-, Wasser- und Abwasserleitungs-, alle Storen-, TV- und Gesprächsgeräusche würden, sofern die Fenster geschlossen wären, im ganzen Gebäude von niemandem wahrgenommen werden können.
Das war mal sicher und positiv.

Auch die Lieferung der Lebensmittel hatte Herr Schwarz bereits organisiert: Jeweils am Montag früh sollte Heiden ihm eine Lebensmittelliste unter die Fussmatte vor die T12-Wohnungstüre legen, die dieser dann online auf seinen Namen beim Carrefour-Hauslieferservice in Auftrag geben und an sich zu Hause privat liefern lassen würde. Die Lebensmittel würde er dann spätabends oder frühmorgens noch bei Dunkelheit vor Heidens Eingangstüre deponieren.

Gestern nach Büroschluss hatte er noch Nahrungsmittel für vier bis fünf Tage organisiert, so dass sich Heiden bis Montag keine Sorgen zu machen brauchte. Wenn allerdings Amélie bereits am Donnerstag auftauchen würde, könnte es etwas knapp werden.

Zuerst einmal stillte er seinen Morgenhunger und stellte dazu das TV-Gerät ein – die Storen waren unten, so dass kein Licht nach draussen dringen konnte.

Zum «Fall Oasis» gab's keine Neuigkeiten, was er als positiv bewertete: Was nicht täglich erwähnt wurde, würde bald in Vergessenheit geraten. Gerne hätte er natürlich erfahren, ob die Kapo Giselas Haus und Auto schon unter die Lupe genommen hatte – doch hier gab's nur etwa vierzehn Sender, darunter mindestens vier deutsche und einen holländischen, aber keinen Schweizer. Also würde er warten müssen, bis Amélie mit dem Sarg eintreffen würde, mit dem er morgen um 2 Uhr 22 rechnete.

Wie stets nach Beendigung des Frühstücks – nachdem Heiden das Messer, den Kaffeelöffel, die Tasse und den mittelgrossen Teller abgewaschen und zum Trocknen auf die Ablage gelegt hatte – erstellte er die Tages-Checkliste mit jenen Dingen, die er erledigen wollte:
«- Aufräumen (erledigt).
- Haushalt (erledigt).
- Lektüre (auf Sarg warten)».
Im Schrank unter dem TV-Gerät fand er 33 Bücher: 14x deutsch, 8x französisch, 7x englisch und 4x holländisch; doch ausserhalb des Sargs machte Lesen plötzlich keinen grossen Spass mehr – Lesen im Schneckentempo war nur noch mühsam und reine Zeitverschwendung.

«- PC-Arbeit (2h)».

Seinen Laptop mit mehreren tausend Fotos hatte er wieder dabei, die er mit einem Grafikprogramm bearbeiten konnte: Beispielsweise hatte er jahrzehntealte Dias, die einen Waschmaschinen-Wasserschaden erlitten hatten und praktisch unkenntlich geworden waren, aber interessante Muster und Verfärbungen aufwiesen, digitalisiert und auf dem PC gespeichert, aus denen er gemäss eigener Einschätzung dann «richtig gute Kunstwerke» schaffen könne – aus einem einzigen Dia konnten so Dutzende neuer Bilder entstehen, jedes ein echtes Original.

«- Fitness (20 p.)».

Sein Tagessoll bestand aus mindestens 20 Fitnesspunkten, die mit verschiedenen Übungen zu erreichen waren: Jogging, Gymnastik, Kraftübungen, Biken resp. Hometrainer. Oktober-Monatsziel: 620 Punkte.

«- Kochen.

- Bridge, Yatzy o.ä.»

Spiele, die auch allein gespielt werden konnten.

«- Infos.»

News, mindestens 3x täglich.

«- Dokus (1-2h)».

TV-Dokumentationen, meist historischer Art, zB ZDF-History.

«- Poems o.ä.»

Literarische Texte, was ihm gerade im Moment jeweils einfiel.

Er hatte also täglich ein volles Programm – auch ohne Amélie.

Jetzt merkte er, was auf der Liste noch fehlte:

«- Amélie-Zimmer (Bett machen)».

Für sich hatte er das kleinere, das Kinderzimmer, reserviert, für Amélie das grössere, das mit dem französischen Bett, das er mit dem mitgebrachten schwarzen 140x200-Fixleintuch beziehen und mit Kissen und Decke inkl. farbigem Bezug komplettieren wollte.

Gleich machte er sich an diese Arbeit und öffnete die Zimmertüre.

Da –
stockte ihm der Atem.

66
Donnerstag, 8. Oktober 2020, 07:55, Oasis.

Der Atem.
Ja – stockte.
Denn da lag er – der Sarg.
Schwarz und glänzend.
Und verschlossen.
Warum war er bereits hier?
Die letzten beiden Male hatte er rund 48 Stunden gebraucht, um von der Schweiz nach Frankreich respektive wieder zurück zu gelangen.

Amélie musste – falls der Sarg tatsächlich kurz nach zwei Uhr nachts eingetroffen war – schon sechseinhalb Stunden hier im Appartement sein – und Heiden hatte es nicht einmal bemerkt.

Er stürzte sich auf den Sarg, öffnete vorsichtig den Deckel und sah:
- 1 Rucksack.
- 1 Handtasche.
- 1 blauen IKEA-Bag.
- 1 Adidas-Sporttasche.
- Aber keine Amélie!

Von Amélie fehlte jede Spur!
Was war passiert?
Wurde sie entdeckt, verhaftet, entführt, gefoltert, vergewaltigt, er-

schossen?

Oder hatte der Sarg sie einfach nicht mitgenommen, sich geweigert, sie mitzubeamen?

Als ob es die irre Möglichkeit gäbe, dass sie sich unter den Gepäckstücken befinden könnte, packte er Rucksack und Taschen und deponierte diese auf dem Bett direkt neben dem Sarg.

Und als ob es eine noch irrere Möglichkeit gäbe, nämlich die, dass sie sich in einer der Taschen oder im Rucksack versteckt halten könnte, entleerte er diese und verstreute den Inhalt – Kleider, Toilettentäschchen, Geldbeutel, Handy, Tablet, Schuhe, Badetuch, Bücher, Nahrungsmittel etc. rund um den Sarg.

Fakt blieb: Der Sarg war zwar wohlbehalten hier bei ihm angekommen, nicht aber Amélie!

Wo war sie jetzt?
Wie ging es ihr jetzt?
Lebte sie überhaupt noch?
Konnte er mit ihr oder irgend jemandem, der oder die mit Gisela, Melody oder Tom Kontakt aufnehmen konnte, Kontakt aufnehmen?

Er war nicht verzweifelt, aber nahe dran.
Denn niemand konnte ihm helfen.
Er war isoliert, allein und unfähig, auf irgendeine Art zu reagieren.

Also legte er sich mit zwei zufällig ausgewählten Büchern in den Sarg, zog den Deckel zu und begann zu lesen.
Was gut funktionierte – und am späten Nachmittag hatte er alle 33 Bücher – auch die niederländischen – gelesen und sich auf diese Weise abgelenkt: Liebesromane, Kriminalromane, eine Biografie, eine Sammlung deutscher Kurzgeschichten, ein Sachbuch über Frankreich im Ers-

ten Weltkrieg, eine Dokumentation über Anne Frank und eine Sammlung holländischer Märchen.

Sein Kopf war voll, sein Herz war leer:

Amélie – was war mit ihr geschehen?

67
Donnerstag, 8. Oktober, 2020, 20:20, Oasis.

Kurz nach acht Uhr – er hatte eben die Gabel, das Messer, den Teller,
das Glas, die Pfanne zum Trocknen auf die Ablage gelegt – klopfte es,
leise, vorsichtig, behutsam.

Heiden erschrak.

Zu Tode.

Jetzt drang eine Flüsterstimme durch die Türe: «Übèrr? Übèrr?»

Erneutes Klopfen.

Sollte er öffnen?

Er presste sein Ohr an die Tür, flüsterte: «Herr Schwarz?»

«Non-non, c'est moi, Amélie!»

Schon wollte Heiden voller Freude die Türe aufschliessen, geräuschlos
aufreissen, Amélie umarmen und fragen, wie in Gottes Namen sie hierher gekommen sei, als es ihm durch den Kopf schoss:

Eine Falle!

Das musste eine Falle sein!

Nun schwieg er, löschte das Licht, machte sich klein, lauschte angespannt weiter.

«Übèrr! Ouvre la porte! Je suis là avec Tom!»

Herr Schwarz konnte es nicht sein – von Tom hatte ihm Heiden kein
Wort gesagt.

Die Polizei oder ein Terrorist kamen ebenfalls kaum in Frage – die würden wohl eher gewaltsam eindringen als flüsternd geduldig vor der Tür zu warten, bis es ihm einfallen würde, diese zu öffnen.

Also beschloss er, dass die Wahrscheinlichkeit, es könnte tatsächlich Amélie sein, mindestens 75% betrüge und drehte langsam, leise und vorsichtig den Schlüssel nach rechts, betätigte bedächtig die Türfalle, öffnete die Tür einen Spalt breit, äugte hinaus und sah direkt in die Augen von...

... Amélie!

Was für ein Wiedersehen!
Sie hätten vor Freude tanzen, herumhüpfen und jauchzen können – was sie auch taten, einfach nur innerlich.

Und dann erfuhr er, bei Brot, Käse und einer heissen Tasse Schokolade, was in Rothrist geschehen war:

Noch am gleichen Tag der Abfahrt nach Frankreich – am Nachmittag gegen 16 Uhr – waren sie gekommen und hatten Melody herausgeklopft:
Zwei Männer, die sich als Angehörige der Kripo Aargau auswiesen, hatten «routinemässig» die Halterin des grünen Nissan AG 395 395 sprechen und das Auto überprüfen wollen.
Ihre Mutter sei mit ihrem Bruder Richtung Hamburg unterwegs, wo er mit einem deutschen Kollegen trainieren wolle – er sei nämlich ein bekannter Motocrossfahrer und Halbprofi und nutze jede Trainingsmöglichkeit.
Wo sich das grüne Fahrzeug befinde und ob sie es sehen könnten.
Ja, das sei in der Garage des Nachbarn, die Mutter habe dort zwei Garagen inklusive Werkstatt gemietet, weil sie, wie sie sähen, keine Garage hätten und auch keine Parkplätze.
Ob sie denn allein sei.

Ja, sie wohne sonst in einer WG in Zürich, aber da sie eine Semesterarbeit fertigschreiben müsse, würde sie hier das Haus hüten, bis die Mutter und der Bruder im Lauf der nächsten Woche wieder zurückkämen – hier könne sie in Ruhe Tag und Nacht arbeiten, ohne gestört zu werden – ausser natürlich, wenn die Kriminalpolizei vorbeikäme...

Ob sie eintreten dürften, um überprüfen zu können, ob sie allein im Haus sei.

Ob sie denn einen Hausdurchsuchungsbefehl hätten, respektive um was es eigentlich ginge.

Es gehe um Nachforschungen im Zusammenhang mit einem Kriminalfall.

Und was das mit ihrer Mutter zu tun habe.

Wahrscheinlich nichts, aber sie müssten alle möglichen Spuren verfolgen.

Ob denn eine Spur hierher ins Gfill im Rothrist direkt zu ihr führe.

Nein-nein, es gehe nur um das Auto, das unter Umständen eventuell vielleicht auf irgendeine Weise eine Rolle gespielt haben könnte.

Aha, wenn das so sei, erlaube sie ihnen natürlich schon einzutreten, sie sollten einfach auf dem Türvorleger die Schuhsohlen abwischen.

Das sei ihnen selbstverständlich klar, sie würden solche unangemeldeten «Überfälle» auch nicht gern machen, aber manchmal seien sie halt verpflichtet, in die Privatsphäre fremder Personen einzudringen.

Usw.

Melody führte sie durchs Haus, zeigte ihnen alle Zimmer inklusive Keller und Dachgeschoss.

Danach verabschiedeten sich die beiden, sich noch einmal für die Unannehmlichkeiten entschuldigend und ihr viel Erfolg bei der Semesterarbeit wünschend.

Als die beiden ihr unscheinbares Kripo-Fahrzeug bestiegen, hatte Melody den Nachbar bereits vorgewarnt: Die Kripo sei unterwegs, so dass Amélie genügend Zeit hätte, sich im Dachgeschoss im Sarg im Hohlraum zwischen Zimmerwand und Dachschräge zu verstecken.

Doch Toms Haus wollten sie gar nicht sehen – sie interessierten sich nur für Giselas Auto, das sie intensiv untersuchten und von dem sie mehrere Innen- und Aussenaufnahmen machten.

Nach einer Viertelstunde verabschiedeten sie sich von Rüegger und verrieten diesem – ganz und gar unprofessionell – dass sie noch vier weitere Fahrzeuge – zwei in Aarburg, eins in Oftringen und eins in Murgenthal – zu kontrollieren hätten…

Dieser Bericht war für Heiden natürlich sehr spannend, aber noch lange nicht so spannend wie die Antwort auf die Frage, warum Amélie nicht mit dem Sarg gereist war.

68
Freitag, 9. Oktober 2020, 08:30, Oasis.

Amélie und Heiden sassen am Frühstückstisch.
Im T12 im Oasis.
Als ob nichts geschehen wäre.

Ausführlich hatte sie Heiden am Vorabend erklärt, warum sie es verpasst hatte, sich rechtzeitig in den Sarg zu legen:

Tom hatte Amélie und Melody zum Raclette-Essen eingeladen. Weil er noch zwei, drei Dinge hatte erledigen und noch den Raclette-Käse inklusive Kartoffeln, Essiggurken, Salat, Getränken etc. einkaufen müssen, war es etwas spät geworden: Erst um 20.00 Uhr hatten sie damit begonnen. Ihre Gespräche drehten sich ausschliesslich um den Sarg, um Heiden, die Fahndung, die vorgefallenen Ereignisse und – sehr ausführlich – ihre verschiedenen Experimente.

Natürlich war Tom sehr daran interessiert, selber mal den Sarg «auszuprobieren», was ihm von Amélie auch zugestanden wurde. Melody wollte ebenfalls noch einmal «unbedingt» diese letzte Gelegenheit nutzen, die Fähigkeiten des Sargs auszuloten.

Also überlegten sie sich, welche wichtigen Tests sie vor dem definitiven Verschwinden des Sargs noch «unbedingt» realisieren wollten.

Amélie als dem Sarg und Heiden nahestehende Person würde über die Durchführung der Versuche entscheiden – an den Experimenten wollte sie sich selber nicht direkt beteiligen, denn ihren eigenen, absolut einmaligen, nie dagewesenen und sensationellen Selbstversuch hatte sie ja noch vor sich.

1. Kinetische Energie

Tom interessierte sich nicht nur für die solare, sondern auch für die kinetische Energie:

Nach seiner Ansicht müsste der menschliche Geist in der Lage sein, über die Materie zu herrschen – das zeige ja indirekt die allgegenwärtige Umweltverschmutzung und Naturzerstörung zur Genüge. Er sei überzeugt davon, dass der Geist stärker als physikalische Gesetze wie beispielsweise die Schwerkraft sei.

Und da offenbar eine Person im verschlossenen Sarg ihr geistiges Potential optimal abrufen und nutzen könne, müsste es dieser Person möglich sein, Materie zu «steuern».

1. Yatzy würfeln.

Als regelmässiger Yatzy-Spieler wusste Tom etwa, was er normalerweise von zwei bis drei Würfelrunden erwarten konnte: Maximal 1 «Yatzy», d.h. 5 gleiche Würfelzahlen bei maximal 3 Würfen = 50 Punkte. Bei 17 Positionen kam man normalerweise kaum über 200 Punkte ohne ein «Yatzy» gewürfelt zu haben, und ein Ergebnis über 300 Punkte war eine grosse Seltenheit.

Er legte sich also in den Sarg, legte ein Brett auf seinen Oberkörper, würfelte und zählte die Punkte laufend zusammen.

Ergebnis 1:

Schon beim ersten Spiel erreichte er 333 Punkte, einen Wert, der weit über seinem bisherigen Rekord von 314 Punkten lag.

Spiel 2: 342 Punkte.

Spiel 3: 345 Punkte.

Je besser er sich auf eine Zahl konzentrierte, desto besser war das Würfelresultat.

Ergebnis 2:

Um die Würfel sehen zu können, brauchte er keine Lichtquelle.

Ergebnis 3:

Obwohl seine Augen in seiner Rückenlage die gewürfelten Punkte unmöglich wahrnehmen konnten, «sah» er die 5 Würfel direkt von oben aus der Vogelperspektive.

Ergebnis 4:

Die Punkte zählten sich in seinem Kopf «wie von selbst» zusammen – er «wusste» jeweils immer sofort, wie sein aktueller Punktestand war.

Ergebnis 5:

Indem er sich intensiv konzentrierte, gelang es ihm zum Schluss mehrmals, die Würfel ohne Hilfe seiner Hände mehrere Zentimeter anzuheben, fallen und eine bestimmte Punktzahl anzeigen zu lassen.

Toms Kommentar:

Was er sich in seinen kühnsten Träumen nicht hätte vorstellen können, sei an diesem Abend Realität geworden.

Er sei schlicht überwältigt.

2. Gedanken lesen.

Melody habe seit Jahren einen Freund, den sie zwar liebe, bei dem sie aber nicht so sicher sei, wie es um dessen Liebe zu ihr stehe. Mithilfe des Sargs habe dann Melody herausfinden wollen, was der Freund über sie und wie er über eine gemeinsame Zukunft denke.

Nachdem sie sich in den Sarg gelegt habe und dieser verschlossen worden sei, habe sie intensiv an ihren Freund Reto gedacht, der dann plötzlich ganz realistisch und in drei D neben ihr aufgetaucht sei.

Melody habe sich dann verschiedene Situationen, bei denen es zwischen ihnen beiden zu Spannungen gekommen sei, vergegenwärtigt.

Sie habe dann versucht, die Gedankengänge ihres Freundes zu erfahren, indem sie sich vorgestellt habe, sie wäre Reto.

Und dann habe sie sich in Retos Gedankenwelt wiedergefunden und dabei entdeckt, was ihn an Melody manchmal «so richtig nerve»:

- Ihre vegane, «sektenähnliche» Lebensweise,
- ihre zurückhaltende, «distanzierte», «zickige» Art, wenn es um Berührungen erotischer Art gehe,
- ihre «Ernsthaftigkeit», «Uncoolness» und übertriebene Korrektheit,
- ihr «Fitnesswahn», der ebenfalls manchmal «sektenähnliche Züge» annehme,
- ihre Sturheit und Uneinsichtigkeit bei bestimmten politischen Themen wie Naturschutz, Gleichberechtigung etc.,
- dass er sie schön, hübsch und sympathisch finde, sie aber nur wegen ihres Aussehens liebe,
- dass er keine Kinder wolle,
- dass er es «cool» fände, eine so hübsche Freundin zu haben, weil alle seine Kollegen deshalb neidisch auf ihn wären,
- dass sie «zu klug für so eine hübsche Frau» sei,
- dass er versuche, sie so oft wie möglich dazu zu bewegen, Alkohol zu trinken, damit sie «lustiger, lockerer und zugänglicher» werde...
usw.

Nach zehn Minuten habe sie an die Sarginnenwand geklopft, sei in Tränen aufgelöst gewesen und habe unter Schluchzen, jetzt sei aber Schluss-Schluss-Schluss, gesagt.

Und da sei es schon weit nach Mitternacht gewesen und sie hätten dann den Sarg zurück ins Versteck gebracht und bereit gemacht für den eventuellen «Abflug».

Vorher hätten sie aber noch im Wohnzimmer die beiden Tests bespro-

chen, Melody habe sich Notizen gemacht, sei aber immer wieder in Tränen ausgebrochen und habe getröstet werden müssen.

Und als sie realisiert hätten, dass es schon halb drei Uhr sei, sei es schon
zu spät gewesen:
Der Sarg war weg.
Nicht mehr auffindbar.
Sei verschwunden gewesen.
Ohne sie.

69
Samstag, 10. Oktober 2020, 12:00, Oasis.

Tom habe sich dann anerboten, sie mit seinem Auto so schnell wie
möglich nach Südfrankreich zu bringen.
Sie seien dann etwa um halb neun Uhr abgefahren, ohne Probleme
über die Grenze gekommen – Amélie habe noch eine blonde Perücke,
eine Brille und ein schrecklich kariertes Kleid getragen – und um halb
sechs Uhr im Oasis eingetroffen. Als sie bei Herrn Schwarz im Büro gewesen sei, sei Tom sofort wieder abgefahren – Richtung Italien. Dort
wolle er dann in einem Hotel übernachten, ausschlafen und zurückfah-
ren.
Tom sei wirklich total nett: Er habe ihr noch 4000 Euro geschenkt – sein
Gedankenexperiment sei noch viel wertvoller als dieser Betrag – er
würde ihr und Heiden ewig dankbar dafür sein...

Draussen regnete es, die ganze Ferienanlage schien verlassen zu sein:
Die Fusswege waren menschenleer, der Strand, der in der Ferne durch
das Schlafzimmerfenster zu sehen war, ebenfalls, die Regentropfen

prasselten aufs Dach und an die Fensterscheiben auf der Westseite.

Amélie und Heiden waren kein Paar, aber eine «Schicksalsgemein-schaft»: Sie gehörten zusammen, erzwungenermassen – und weil sie sich aus tiefster Seele verstanden. Sie schauten einander in die Augen – und sie fühlten sich zuhause. Amélies Augen erschienen Heiden wie Sonnenstrahlen, ihr Lächeln war warm, herzlich, fröhlich, verständnis-voll und wissend.
Manchmal fühlten sie sich als eine einzige Person – Grund genug, einen entsprechenden Versuch zu wagen:
Wenn sie sich schmal und dünn machten, konnten sie sich seitwärts in den Sarg legen, Gesicht gegen Brust, Knie gegen Unterschenkel, den Deckel zumachen und abwarten, was passieren würde.

Sie hatten keine Ahnung, keine Vorstellung.
Die Wohnungstüre hatten sie verschlossen, der Sarg stand im Kinder-zimmer hinter den beiden Betten zwischen Bett und Wand, so dass er auf den ersten Blick nicht gleich zu sehen wäre, alle Fenster waren ver-schlossen, die leichten, lichtdurchlässigen Vorhänge zugezogen.

Und sie lagen – «zusammengepfercht» – im geschlossenen Sarg und harrten der Dinge.

Kaum war der Deckel geschlossen, fühlten sich Amélie und Heiden «vo-gelfrei»: Sie spürten die Leichtigkeit des Seins, waren nur Geist, nur Ge-danken, Gefühle, Seele, aus Nichts bestehende Wesen, schwebend im freien Raum, eng umschlungen und weit voneinander entfernt, im Hier und im Dort, im Jetzt und im Damals, im Oben und Unten – sie tanzten, sie flogen, sie waren Wind, Nebel, Wolken, Abendrot, Morgenlicht, zwei Sterne am Nachthimmel, voller Glück, voller Seligkeit, voller Urver-trauen, Liebe, Herzlichkeit und Wissen.

Sie erkannten die Geheimnisse des Lebens, des irdischen und des geistigen Lebens, des Todes, des Geborenwerdens und des Sterbens, der Mütter und Väter, der Generationen, der Tiere und Pflanzen, der Welt, des Universums, des Ganzen.

Das Wirgefühl war extrem – zwischen Heiden und Amélie gab es keine Grenzen, sie waren eins, verschmolzen zu einem Wesen, zeitlos, überirdisch, nicht von dieser Welt.

Als Amélies Körper nieste, sie mit dem Arm gegen den Deckel stiess und dieser ein klein wenig nachgab, war alles vorbei.
Sie schälten sich aus dem Sarg, sie hatten ihre Schwerkraft wieder zurück, ihre Körper, ihre Hinfälligkeit, Unvollkommenheit, Begrenztheit.
Sie waren wieder er und sie.

Kein Paar zwar, aber zu zweit.

70
Sonntag, 11. Oktober 2020, 16:30, Oasis .

Dieses neueste Sargerlebnis war wiederum eine existenzielle, lebenswichtige, fundamentale Erfahrung, die das jetzige und das zukünftige Leben der beiden Verfolgten für immer prägen und verändern würde.
Dass sie geistige Wesen waren, hatten sie schon immer geahnt, gewusst, gespürt, aber noch nie in dieser Vollkommenheit und Realität wahrgenommen.
Und sie erkannten klar und deutlich:
Der Tod war nicht das Ende.
Sie hatten schon viele Leben durchlebt, waren schon viele Tode gestorben, schon oft geboren worden.

Und aus diesem Erlebten ergab sich die Verpflichtung, aus diesen Erfahrungen zu lernen.

Ihr Geist war lernfähig, der Prozess des Lernens sollte ein wichtiges Lebensziel sein, die Liebe zu leben ein weiteres.

Trotz ihres grossen Altersunterschieds erkannten sie sich und einander als unsterbliche Seelen, als «best friends forever».

Und trotz ihres gefängnisähnlichen Aufenthalts und Alltags waren sie glücklich.

Aus der Newsfront waren sie inzwischen vollkommen verschwunden – sogar die regionalen Medien hatten das Interesse an ihnen und ihrem Schicksal und dem Sarg scheinbar verloren.

Und das war gut so.

Ihre Angst, entdeckt zu werden, erreichte Tiefstwerte, die sie noch vor Tagen für unmöglich gehalten hätten. Sie befanden sich zwar auf der Flucht – und trotzdem fühlten sie sich frei und sicher. Und als sie routinemässig wieder mal die Haustür einen Spalt breit öffneten, lag da ein von einem Geschirrtuch zugedeckter, aus braunen Weiden geflochtener, grosser, mit Lebensmitteln gefüllter Einkaufskorb, in dem ein kleines rotes Kärtchen mit dem handschriftlichen Vermerk «un ami» steckte, in der rechten, uneinsehbaren Ecke neben dem Eingang.

Sie vermuteten, dass Herr Schwarz sie damit überraschen wollte – die nächste Lieferung war ja erst am Montag vorgesehen.

Den Korb empfanden sie als «Geschenk des Himmels», und bald darauf genossen sie den besten Gurken- und Tomatensalat, den sie je in ihrem Leben gegessen hatten.

Den Nachmittag verbrachten sie mit Zeichnen und Schreiben.

Amélie legte sich mit Zeichenblättern und Farbstiften, die sie in der langen Wohnzimmerkommode gefunden hatten, in den Sarg.

Und eine Stunde später entstieg sie diesem – mit 12 fantastischen Kunstwerken in der Hand, die an Miro, Klee und van Gogh erinnerten: Grosse Kunst.

Amélie war eine begnadete Künstlerin!

Mit einem schwarzen Stift und einem Stapel unbedruckter Blätter tat Heiden es ihr gleich.

Eigentlich hatte er vor, eine Kurzgeschichte zu schreiben, ohne allerdings eine inhaltliche Vorstellung zu haben – die würde ihm sofort einfallen, sobald der Sargdeckel zu war.

Doch dem war nicht so:

Der Stift bemächtigte sich seiner Hand und begann, Gesichter zu zeichnen, Karikaturen, Charaktere, Frauen- und Männergesichter, junge, alte, gute, böse, glatzköpfige, kurz- und langhaarige, glückliche, verschlossene, traurige...

7 Blätter wurden gefüllt, und jedes enthielt 49 Porträts von Menschen, die wahrscheinlich irgendwo existierten oder irgendwann gelebt hatten.

Menschenköpfe zu zeichnen, war schon immer eine Leidenschaft von Heiden gewesen – allerdings nur ab und zu, hie und da, wenn er gerade «nichts Gescheiteres zu tun gehabt hatte».

Auch seine Zeichnungen waren von höchster Qualität – er war extrem beeindruckt.

Ebenso Amélie:

«Wow! You are incredible!»

Sorgfältig verteilten sie die 19 Zeichnungen auf die Ablageflächen im Wohnzimmer, die Kommode, das TV-Schränkchen, den niedrigen Geschirrschrank und das Wohnzimmertischchen und es entstand eine richtig gute, kleine Kunstausstellung.

«Well done!», sagten sie.
Lachten und schauten einander in die Augen.

71
Montag, 12. Oktober 2020, 22:30, Oasis.

Auch heute hatten sie gezeichnet, und es waren 19 neue Kunstwerke
entstanden, die sie ebenfalls ausstellten – diesmal auf dem Boden, den
Wänden und den Möbeln entlang.
Jedes einzelne Bild hatten sie auch fotografiert mit ihren beiden nicht
mit dem Internet verbundenen und nicht lokalisierbaren Handys.

Etwa drei Stunden lang hatten sie einander mit Wasserfarben bemalt
und auch diese Bodypaintingwerke mit der Kamera festgehalten.

Sonst war nichts Erwähnenswertes vorgefallen: Den ganzen Tag hatten
sie in ihrem Versteck, im Appartement, verbracht und nie in Erwägung
gezogen, die Wohnung zu verlassen.

Doch Amélie und Heiden vermissten den Strand, die Spaziergänge, das
Leben draußen an der frischen Luft. Deshalb – und weil sie sich so frei
und sicher fühlten – wagten sie es nachts um zwei Uhr, leise die Haustüre zu öffnen, auf Zehenspitzen die Treppenstufen hinunterzusteigen,
den breiten Sandstrand zu betreten und dem Meer entlang Richtung
Leucate zu spazieren.
Es war relativ kühl, doch immer noch um die 18 Grad – warm genug für
einen nächtlichen Nacktspaziergang. Der Himmel war leicht bewölkt,
hie und da war die schmale Mondsichel zu sehen, der ganze Strand war
in Dunkelheit gehüllt, während die malerischen Mittelmeer-FKK-Fe-

riensiedlungen, die sie mieden, durch wenige Strassen- und Fussweg-lampen ein wenig erleuchtet waren.

Sie wanderten auf dem meerwasserdurchtränkten, festen Sand, der regelmässig von den Wellen überspült wurde. Das Gehen war angenehm, das Rauschen des Meeres das einzige Geräusch, ein leichtes Lüftchen wehte, in der Ferne waren die Lichter von Leucate-Plage und Port-Leucate zu sehen sowie die beiden Lichter der zwei Leuchttürmchen, die den Eingang zum Hafen markierten.

Sie genossen diesen Ausflug in die Freiheit ungemein – ähnlich wie im Sarg fühlten sie sich leicht, fast körperlos: Das war eben das FKK-Gefühl, das Nicht-Eingezwängt-Sein in Kleider oder Konventionen, die Vogelfreiheit, das Spüren der feinen Windstösse und der zärtlichen Gischttröpfchen am ganzen Körper, das Wahrnehmen der Grenzenlosigkeit des Nachthimmels mit den glitzernden Sternen und der Endlosigkeit des Meeres, in dem sich die Mondsichel, die fernen Lichter spiegelten.

Dann rannten sie – wie lange hatten sie das nicht mehr tun können.
Sie legten sich in den Sand, bewarfen, bedeckten einander mit Sand, gruben Löcher, spielten wie kleine Kinder, verfolgten einander, drehten sich im Kreis, gingen Arm in Arm, im Zickzack, rückwärts, seitwärts, radschlagend, krochen auf allen Vieren, robbten, hüpften, tanzten.

Nach einer Stunde kehrten sie zurück, duschten, tranken eine heisse Schokolade und gingen zu Bett.

Um halb vier Uhr hatten sie das Gefühl, einen ausserordentlich erlebnisreichen und wunderschönen und in jeder Beziehung bemerkenswerten Tag erlebt zu haben.

72
Dienstag, 13. Oktober 2020, 15:30, Oasis.

Nach dem gestrigen Erlebnis entschlossen sie sich, tagsüber zu schlafen und nachts wach zu bleiben, aktiv zu sein, die Einsamkeit der FKK-Anlagen auszunutzen, im Freien das zu tun, was sie tagsüber nicht konnten, nicht sollten, nicht durften.

Deshalb hatten sie heute erst um zehn Uhr gefrühstückt – fortan würden sie nicht vor zwölf Uhr aufstehen.
Nur noch wenige Sonnenhungrige waren ferienhalber hier – die meisten der schätzungsweise 300 bis 400 Personen, die sich in den vier FKK-Dörfern aufhielten, waren «résidents», also Leute, die ihr Ferienappartement zu ihrem festen Wohnsitz gemacht hatten.

Zu welcher Sorte gehörten Heiden und Amélie?

Erneut hatten sie in zweistündiger Sarg-Arbeit insgesamt 19 Kunstwerke geschaffen, so dass die Ausstellung bereits einen stattlichen Umfang angenommen hatte. Diesmal waren es vorwiegend Ölkreide- und Kohlezeichnungen – dass sie auch über Kohlestifte und Ölkreide verfügten, war ihnen bis anhin nicht aufgefallen – auch die vorgefundenen Zeichenblätter schienen eine bessere, ja professionelle Qualität aufzuweisen.
Was ihnen seltsam vorkam.
Sie jedoch nicht irritierte.
Denn alles war möglich.
Wenigstens erschien es ihnen so.

Um ihrem «Gefängnis-Alltag» eine Struktur zu geben, erstellten sie während des Frühstücks einen Tagesplan mit Essenszeiten, Zuständigkeiten (Kochen, Reinigen, Waschen), Sarg-Events, Spielen, News, Sonstigem und Outdoor-Aktivitäten.

Heute Nacht wollten sie zwischen zwei und halb vier Uhr den ganzen FKK-Rundgang wagen – zuerst dem Strand entlang Richtung Westen bis zum Ende der Ulysses-Ferienanlage, dann links abdrehen, dem Kanal entlang – ausserhalb der FKK-Zone – bis zur nächsten Abzweigung, danach dem Weg entlang zurück bis zum rund 400 Meter langen und rund 200 Meter breiten, unüberbauten, mit Sträuchern, Bäumchen, Blumen und verschiedenen Grasarten bewachsenen, dünen- und parkähnlichen, aber flachen, direkt an den Strand anschliessenden Streifen Land folgen, worauf sie via Aphrodite-Hafenanlage, öffentlichem Strandzugang, Uferweg vis-à-vis Port-Leucate und Strand zu ihrem Ferienwohnungsversteck zurückkehren wollten.

Das war ihr Plan.

Das Einzige, was sie am Leib hatten, waren ihre Turnschuhe – barfuss zu gehen, war aufgrund der unterschiedlichen Beschaffenheit der Fusswege, Pfade und Strässchen nicht ratsam.

Punkt zwei Uhr verliessen sie äusserst vorsichtig und geräuschlos die Wohnung, spazierten im Dunkeln Richtung Strand und Meer, lauschten den Wellen und machten sich dem Meer entlang auf Richtung Leucate-Plage.
Alles ging gut – keine Menschenseele war zu sehen, und wie am Vorabend wehte ein laues Lüftchen, das sanft über ihre Körper strich.
Ab und zu blieben sie stehen, setzten sich in den Sand oder machten kurze Verfolgungsjagden, wobei sie sich immer stumm verhielten, höchstens unhörbar etwas flüsterten.

Auf der Höhe der mehrstöckigen Ulysses-Feriensiedlung waren sie besonders vorsichtig, da in zwei, drei Wohnungen Licht brannte: Offenbar gab es hier nachtaktive Leute wie sie oder Menschen, die vor dem TV-

Gerät eingeschlafen waren oder herumtigerten, weil sie nicht einschlafen konnten.

Am Ende der Anlage betraten sie den Uferweg zwischen Strand und Feriensiedlung, verliessen den FKK-Bereich und gelangten auf das geteerte Strässchen am mit riesigen Felsblöcken befestigten Kanal.

Plötzlich tauchten zwei Autoscheinwerfer auf, die sich rasch näherten. Der Autofahrer musste sie gesehen haben, denn er stellte von Abblend- auf Volllicht um, so dass sie sich, geblendet, wie sie waren, nur umdrehen und im Hundertmetersprint-Tempo zurückrennen konnten, verfolgt von einem Auto, das bedrohlich nahe kam.

Als sie wieder die FKK-Zone erreicht hatten, bogen sie beim zweiten Strässchen rechts ab, drehten dann nach links und schlüpften in die rund zwei Meter breite Lücke zwischen zwei eingeschossigen Ferienhäuschen, bogen in vollkommener Dunkelheit rechts ab und kauerten sich nieder auf der Rückseite des Gebäudes, sich an die Holzfassade schmiegend.

Das Letzte, was sie noch vernommen hatten, war das Verstummen des Automotors und das darauffolgende Zuschlagen einer Autotüre.

Jetzt warteten sie angespannt auf den sich nähernden Autofahrer.

Einerseits waren sie gewaltig erschrocken, andererseits aber auch irgendwie belustigt: Der Mann am Steuer – sie vermuteten, dass es sich um einen Mann handelte, denn morgens zwischen zwei und drei Uhr waren im Durchschnitt mehr Männer unterwegs als Frauen – musste im grellen Scheinwerferlicht gesehen haben, dass sie nackt waren und deshalb auch keine Einbrecher oder Diebe oder eine andere Art von Gangstern sein konnten, die er hätte verfolgen müssen, so dass sie annahmen, dass er sie in Ruhe lassen würde.

Trotzdem hatten sie grosse Angst – ähnlich wie Hide-and-Seek-Spiel-Kinder vor dem Entdecktwerden.

Amélie hatte Heidens Hand gepackt, dieser hielt sie an der Schulter fest, noch waren sie ausser Atem, und es war schwierig, das Atemgeräusch zu unterdrücken, ohne dabei husten zu müssen. Er spürte Amélies schnellen Herzschlag, wollte ihr etwas ins Ohr flüstern, sie jedoch legte ihre Finger auf seinen Mund – offenbar hatte sie ein Geräusch gehört:

Schritte, die sich näherten, herumirrende Lichtkegel, die die Dunkelheit durchdrangen: Aha, sie wurden also doch gesucht.

Eine Sekunde später leuchtete die Gasse zwischen den beiden Gebäuden hell und grell auf, Lichtstrahlen hoben und senkten sich, verharrten zwei, drei Sekunden, und verschwanden ebenso schnell, wie sie aufgetaucht waren, eine tiefe Schwärze hinterlassend.

Schätzungsweise eine Viertelstunde blieben sie reglos in dieser ungemütlichen Position, die Fuss- und Kniegelenke schmerzten, der Rücken schmerzte, erste Krampferscheinungen traten auf. Immer wieder sahen sie helle, flackernde Lichtstrahlen, die von einer Taschenlampe stammen mussten.

Und dann war es vorbei: Sie hörten in der Ferne eine Autotüre zuschlagen, bemerkten, wie ein Scheinwerfer die Umgebung erhellte, vernahmen das Starten eines Automotors und wie sich das Auto langsam entfernte.

Erleichtert erhoben sie sich, reckten und streckten die verkrampften Glieder, schüttelten Arme und Beine, umarmten einander und spazierten Arm in Arm zurück an den Strand.

Für heute hatten sie genug erlebt.

Der Schrecken sass Amélie und Heiden noch in den Knochen.

Dem Strand entlang schlenderten sie gemütlich, tief die Meeresluft einatmend und sich erholend, zurück zu ihrer Wohnung, bestiegen so leise wie möglich die Rundtreppe und wollten die Türe öffnen, als Heiden einfiel, dass er nicht wusste, wo der Schlüssel war:

«Achgott, wo ist der Schlüssel-wo?»

73
Mittwoch, 14. Oktober, 02:00, Oasis.

Der Schlüssel hatte in der Lasche seiner Joggingschuhe gesteckt, kein Problem also, kein Grund, sich aufzuregen oder «Achgott» zu sagen...

Heute Nacht wollten sie bescheiden bleiben, einfach dem Strand entlang gehen, bis zum FKK-Zonenende und wieder zurück, vielleicht zwei- oder dreimal, sich vielleicht irgendwo hinsetzen, aufs schwarze Meer und in die dunkle weite Ferne hinausstarren, Luft, Wind, Wasser, Wellen, die Nacht, die Freiheit geniessen, das Gefühl haben, nicht verfolgt, nicht gejagt zu werden, nicht in Gefahr zu schweben.

Was ihnen wunderbar gelang.

74
Samstag, 17. Oktober 2020, 20:30, Oasis.

Heute war Saisonende: Amélies Bäckerei war heute zum letzten Mal 2020 offen – erst im nächsten Frühling, am 3. April 2021, würde sie wieder geöffnet. Ebenso waren alle übrigen Geschäfte und Restaurants geschlossen – Lebensmittel waren von nun an nur in Port Leucate oder Leucate-Plage zu kaufen.
Die erzwungene Schliessung des «Musée du Cercueil» hatte eine Verlängerung der Nachsaison verhindert – viele Buchungen waren storniert worden, die Zahl der Feriengäste war in dieser Woche extrem gesunken – trotz freundlichem Herbstwetter.

Amélie und Heiden hatten sich bereits an den neuen Tagesrhythmus gewöhnt – meistens standen sie erst gegen 14 Uhr auf, nachdem sie bei Tagesanbruch zu Bett gegangen waren.

Ihre Sargexperimente und -tätigkeiten setzten sie fort:

- Eine Stunde verbrachten sie zeichnend und malend im Sarg und schufen so täglich 19 qualitativ hochstehende Kunstwerke.

- Nachdem sich Amélie beim Zwiebelschneiden am linken Zeigefinger verletzt hatte – der Schnitt war zwar nicht tief, blutete aber stark – beschloss sie, den Finger im verschlossenen Sarg heilen zu wollen respektive zu versuchen, das zu tun.
Ergebnis: Es sei offenbar eine Frage der Konzentration, wie sie Heiden nachher mitteilte, es wäre sehr schwierig, sich auf den eigenen Körper zu fokussieren, da dieser ja im Sarg nicht wirklich existiere. Sie habe mehrere Versuche gebraucht, bis sie sich bildlich und intensiv mit der Heilung ihrer Schnittwunde hätte befassen können. Bereits vor dem Schliessen des Deckels hätte sie den verletzten Finger zwischen Daumen und Zeigefinger der rechten Hand geklemmt und so fest zugedrückt, dass es geschmerzt habe und sie nun in der Lage gewesen sei, den Schnitt «mit ihren Augen zu reparieren». Jedenfalls war nach zehn Minuten, als sie dem Sarg entstieg, weder eine Wunde noch eine Narbe zu sehen gewesen.
Höchst erstaunlich und bemerkenswert!

- Daran schloss sich das Trainings-Experiment an: Wenn Amélie mithilfe des Sargs und ihrer geistigen Energie eine Wunde heilen konnte, dann konnte Heiden auch bei Sporttrainings davon ausgehen, dass die Trainingswirkung auf den Körper im Sarg massiv verstärkt werden könnte. Aufgrund der engen Platzverhältnisse kamen selbstverständlich nur statische, bewegungslose Trainings in Frage, das heisst isometrische Übungen. Derartige Trainings hatte er jeweils dann absolviert, wenn er verletzt oder bettlägerig gewesen war, so dass er immerhin seinen Body einigermassen in Form hatte behalten können.

Im Ferienappartement-Gefängnis war ein normales Training auch nur beschränkt möglich, so dass die Idee mit einem Isometrie-Training im Sarg eine willkommene Abwechslung und Ergänzung versprach.

Also legte sich Heiden zuerst rücklings in den Sarg, mit dem Ziel, mit isometrischen Übungen seine Bauch-, Arm-, Schulter-, Oberschenkelmuskulatur zu trainieren. Das funktionierte am besten, wenn er im geöffneten Sarg eine Muskelpartie anspannte, Amélie darauf den Sargdeckel schloss und nach einer Minute wieder öffnete, worauf Heiden eine andere Muskelgruppe trainierte.

Dieses Vorgehen war nötig, da es ihm bei geschlossenem Sarg nur unzureichend möglich war, sich auf seinen Körper zu konzentrieren – denn im Sarg war er – wie sie schon mehrmals festgestellt hatten – mehr Geist als Körper.

Im Anschluss daran legte er sich auf den Bauch und fügte drei, vier Übungen an, die in dieser Position leichter zu bewältigen waren.

Natürlich wollte Amélie diese Trainingsart ebenfalls kennenlernen.

Der Trainingseffekt war erstaunlich:

- Bereits mit Muskelkater entstiegen sie dem Sarg,

- Und schon nach diesen wenigen Trainingseinheiten war ein Muskelwachstum feststellbar!

Auch an ihren nächtlichen Exkursionen hielten sie fest, doch mieden sie die unmittelbare Umgebung der Ferienhäuschen und der Ferienappartements-Wohnblöcke im östlichen Teil der FKK-Anlage.

Und sogar bei Temperaturen unter 16 Grad trugen sie keine Kleider – sie bewegten sich einfach mehr, rannten hin und her im tiefen Sand und erwärmten so ihre Körper.

Herr Schwarz versorgte sie zuverlässig mit allem Notwendigen.

Und dank den 4000 Euro von Tom brauchten sie vorläufig keine Schulden zu machen – das Geld würde sogar bis Dezember reichen, inklusive Mietkosten!

Weiterhin nichts Neues gab es an der Newsfront: Null Erwähnungen, null Erfolgs- oder Misserfolgsmeldungen.

Heiden und Amélie ging es gut.
Erstaunlich gut.

75
Dienstag, 20. Oktober 2020, 14:00, Oasis.

Schon beinahe zwei Wochen hielten sie sich nun im Oasis auf. Nichts war vorgefallen, was sie hätte beunruhigen müssen – mit Ausnahme natürlich des Vorfalls vor einer Woche, als sie von einem Securitasmann mit Auto und Taschenlampe verfolgt worden waren – wie sie annahmen.
Diese «ereignislose Ruhe» erschien ihnen jedoch von Tag zu Tag trügerischer.

Was, wenn ihre nächtlichen Ausflüge beobachtet worden wären?
Was, wenn ihre Verfolger nur auf einen günstigen Moment des Zuschlagens warten würden?
Was, wenn die Schweizer Behörden inzwischen ihr Versteck in Rothrist ausfindig gemacht, ihre Flucht zurück nach Frankreich nachverfolgt und dies der französischen Polizei mitgeteilt hätten, die darauf das Oasis wieder unter die Lupe genommen, Herrn Schwarz überwacht und seither jede Bewegung in der FKK-Ferienanlage registriert und kontrolliert hätte?

Was?
Was?

Trotzdem wähnten sie sich in Sicherheit – und trotzdem wollten sie ihre nächtlichen Eskapaden beibehalten:
Das Freiheitsgefühl während der Nacht war unter diesen Umständen für sie besonders ausgeprägt und intensiv – verfolgt und eingesperrt und gleichzeitig frei wie ein Vogel im grenzenlosen Himmel zu sein, war eine einzigartige, extreme und totale Erfahrung, vergleichbar mit den Gegensätzen Leben und Tod, Sterben und Geborenwerden, Tag und Nacht, Eiseskälte und Ofengluthitze, Liebe und Hass.

Diese extreme Spannweite täglich körperlich und geistig wahrnehmen zu dürfen, kam ihnen vor wie ein «Geschenk des Himmels».

76
Mittwoch, 21. Oktober 2020, 02:25, Oasis.

Was war seit dem 22. Juli nicht alles passiert!
Heidens Leben hatte sich vollkommen verändert!

Er lebte nicht mehr sein ruhiges, relativ zurückgezogenes Leben als pensionierter Lehrer im zweiten und dritten Stock eines Mehrfamilienhauses in einem kleinen Aargauer Agglo-Dorf, sondern er befand sich auf der Flucht, war ein international gesuchter, seines Lebens nicht mehr sicherer «Verbrecher», auf den ein Kopfgeld von 10'000 Schweizerfranken ausgesetzt war!
Zudem erlebte Heiden Dinge, die er ebenfalls nie für möglich gehalten hätte: Er hatte sich als geistiges Wesen kennengelernt, das in der Lage

war, alle jemals durchlaufenen Lebensstationen in Echtzeit abzurufen und wieder zu erleben, Bücher in verschiedenen Sprachen zu lesen und zu verstehen, von denen er eigentlich keine Ahnung hatte, komplizierteste Rechnungen im Kopf zu lösen, Zeichnungen und Bilder von hoher künstlerischer Qualität zu schaffen usw.

Heiden war auch Besitzer eines Sargs, der ihm überallhin folgte und der über unvorstellbare Fähigkeiten verfügte, die er noch gar nicht alle herausgefunden und kennengelernt hatte, eines Sargs, mit dem er sich verbunden fühlte, als wäre dieser ein Teil von ihm.

Und schlussendlich lebte er momentan mit einer um fast 50 Jahre jüngeren Frau zusammen, die zwar nicht seine Geliebte oder Partnerin, sondern eine Gefährtin war, die ihm näher stand als alle anderen Menschen, da sie in ihm und er in ihr das geistige Wesen erkannte, das sie schon immer gewesen waren und das sie schon vor ihrem jetzigen und ihrem letzten und vorletzten und vorvorletzten Leben gekannt hatten.

Und heute waren sie besonders unvorsichtig, geradezu fahrlässig.

Um zwei Uhr früh wollten sie – nachdem sie ihr Vorhaben des Langen und Breiten diskutiert hatten – den Sarg mitnehmen an den Strand!
Den Sarg!
Heidens Sarg.
Der sein und Amélies Leben derart verändert und total aus der Bahn geworfen hatte.
Der sich – ohne ihn gefragt zu haben – in sein Leben gemischt, sich dieses Lebens bemächtigt und in die Isolation und in die Katastrophe getrieben hatte.
Der Heiden aber als Gegenleistung so viele Erkenntnisse und Wahrheiten bescherte, dass er die Schwierigkeiten, Bedrohungen und Lebensgefahren gar nicht als solche wahrnahm, sondern als notwendige und in Kauf zu nehmende Begleiterscheinungen, um zu diesen ewigen,

fundamentalen, geistigen, seelischen, über das Irdische hinausgehenden Lebenswahrheiten gelangen zu können.

Wie einen Schlitten wollten sie ihn, den Sarg, hinter sich herschleifen, dem Meer, den Wellen, dem Strand entlang, wie in einer Kutsche sollte die eine Person die Fahrt im offenen oder im geschlossenen Sarg geniessen können, während die andere den Sargschlitten wie ein Rentier aus dem Weihnachtsmärchen flink wie der Wind hinter sich herzog, vielleicht sogar im flachen Meerwasser – sie wollten sich überraschen lassen.

Damit es – sollten sie trotz aller Vorsicht gesehen werden – nicht allzu verdächtig erschien, trug Heiden den federleichten Sarg samt Amélie vorsichtig die dunkle Treppe hinunter – wie immer hatte er im Sicherungskasten den Strom abgestellt –, überquerte den 50 Meter breiten Sandstrand bis zu jener Stelle, wo die Wellen ausliefen und im Sand verschwanden, öffnete den Deckel und entliess Amélie in die Freiheit von Dunkelheit, Wind, Sternenhimmel, Meeresrauschen und Strand.

Es war das pure Vergnügen, den Sarg, der keine Schleifspuren hinterliess, hinter sich her zu ziehen, wie ein Pferd zu galoppieren, wie ein Schlittenhund über den Sand zu fegen, wie das St.-Nikolaus-Rentier in den Himmel zu fliegen.

Es war das pure Vergnügen, im Sarg zu sitzen oder zu liegen und sich ziehen zu lassen, die Zeit, die Gegenwart, die Vergangenheit und das gegenwärtige schwierige Leben zu vergessen.
Es war die pure Freude.
Besser als alle Europaparks der Welt.
Besser als alles je Dagewesene.

Völlig erschöpft kehrten sie in ihr Appartement zurück.
Dieses Erlebnis wollten, mussten, würden sie wiederholen.

77
Donnerstag, 22. Oktober 2020, 02:22.22, Oasis.

Nachdem sie einen gemütlichen Tag – wiederum hatten sie auch gezeichnet und gemalt – erlebt und hinter sich gebracht hatten, sollte der Höhepunkt der gleiche wie gestern sein:
Schlittenhund-Weihnachtskutsche-Sarg.
Rasen, rennen, fliegen, verfolgt vom am Springseil befestigten Sarg.

Amélie wusste nicht so recht: Sie habe ein schlechtes Gefühl, etwas Kopfschmerzen, eine Art Vorahnung.

Heiden freute sich:
Auf den Spass, das Rennen, das Gefühl des Fliegenkönnens.
Er könne doch schon mal voraus gehen, wenn er wolle.
Sie käme dann nach.

Also stieg er in die Dunkelheit hinab mit senkrechtem Sarg, ging dem Pfad entlang Richtung Strand, trottete über den Strand bis dorthin, wo der Sand feucht und hart wurde, wo das Gehen, Joggen und Rennen leichter fiel.

Heiden stellte den Sarg ab, setzte sich auf ihn, kam sich vor wie im Theater:
Noch war es dunkel, im Saal und auf der Bühne, kein Vorhang verdeckte die Sicht, in weiter Ferne ein dünnes Flackern, die Sterne spiegelten sich im ruhigen Wasser, ebenso die heute schon breitere Mondsichel, rechts die auf- und abblendenden Lichter der Miniaturleuchttürme, ganz rechts auf der anderen Seite des Kanals die Strassenlampenlichter von Port-Leucate, ganz links Ulysses mit winzigen Lichtpunkten und noch weiter ostwärts der matte Schein des Leucate-Leuchtturms auf dem schwarzen Hügel.

Meeresrauschen.

Ruhe.

Entspannung.

Das Glücksgefühl, hier sitzen zu dürfen, den Duft des Meeres, von feuchtem Sand und nassen Muscheln einatmen zu dürfen, das Sein, das Leben, das Hier und Jetzt, das Einssein mit Natur, Landschaft, Meer und Nachthimmel geniessen zu können.

Heiden dachte an seine vier erwachsenen Kinder, an seine Tochter, als diese noch ein fröhliches Baby, ein jauchzendes Kindergartenkind, eine fleissige Schülerin, ein immer zu Spässen aufgelegter Teenager war und jetzt eine sehr erfolgreiche Kantonsschülerin, und an seine drei Söhne, mit denen er Hütten gebaut, Fussball gespielt, Bäche gestaut, Reisen unternommen hatte, und daran, wie er alle vier schon wochenlang nicht mehr gesehen hatte und wie sehr er sie vermisste.

Wie gingen sie mit dieser äusserst schwierigen Situation um? Ihr Vater, Heiden, ein international gesuchter Verbrecher, auf der Flucht, gejagt von der Polizei...

Er hatte keine Ahnung – und nicht annähernd hätte er die Möglichkeit gehabt, ihnen erklären zu können, was da eigentlich ablief, wie es ihm selbst erging und wie er sich aus dieser schrecklichen Lage, in die er unverschuldet geraten war, wieder befreien könnte.

Er dachte an die Zukunft, wenn all das Schreckliche hinter ihm liegen, er als freier Mann in die Schweiz zurückkehren, sein bisheriges Leben wieder aufnehmen können würde.

Und er dachte an Amélie, die sich bald neben ihn setzen und mit der er zwei vergnügliche Stunden in der Dunkelheit bei Spiel und Spass erleben würde, an Amélie, die ihm von Anfang an geglaubt und ihn von Anfang unterstützt und beschützt hatte, der er vertraute, die er von ganzem Herzen liebte.

Angesichts des weiten, offenen, rauschenden Meeres, der flackernden Sterne, der strahlenden Mondsichel, der sich im Wasser spiegelnden

Lichter, des milden, sanften, angenehmen Windes war seine Hoffnung gross, dass sich bald alles zum Guten wenden, dass er seine Liebsten bald wieder sehen, sie wieder in die Arme schliessen, dass die Wahrheit demnächst ans Licht kommen würde.

Heiden drehte den Kopf, blickte zurück zum Strandweg, wollte sich vergewissern, ob Amélie schon unterwegs sei zu ihm und dem Sarg, und war gerade dabei, den Kopf und den Blick wieder dem Meer zuzuwenden, da er Amélie noch nicht hatte ausmachen können in der Dunkelheit, als er auf der Höhe des Gartenmäuerchens rechts von der Abzweigung gleichzeitig zwei kleine, grell und feurig flackernde Sterne kurz aufleuchten sah, denen eine Hundertstelsekunde später ein ohrenbetäubender Doppelknall folgte, verbunden mit zwei dumpfen, tonnenschweren, mörderischen Hammerschlägen gegen Stirn und Brust, die den Kopf, die Ohren, die Augen, den Mund, die Lunge, das Herz, den ganzen Körper augenblicklich mit flüssigem Stahl füllten und diesen unter ungeheurem, bestialischem, teuflischem Schmerz platzen, bersten, explodieren liessen, so dass er in die tiefste, bodenloseste Tiefe knallte, ins schwarze Loch, das Bewusstsein verlor und vornüber kopfvoran vom Sarg in den Sand kippte, der sich, wie man hätte feststellen können, wäre es nicht stockdunkel gewesen, sofort blutrot verfärbte.

Was war Heidens letzter Gedanke?
Wem galt sein letzter, gewaltiger, stimmloser Schrei, sein kurzes Röcheln?
Seinen Kindern, seiner Mutter, Amélie?

Reglos lag Heiden im Sand.

Er war tot.

Heiden hatte es erwischt.

Sie hatten ihn erwischt.

Zwei dunkle Gestalten tauchten auf, packten den leblosen Körper, warfen ihn in den Sarg, rannten zurück, bugsierten den Sarg in das Heck eines schwarzen Kastenwagens, rasten davon.

78
2020-2022. Schluss.

1
22.10.2020, 02:30.

Amélie hatte die Schüsse gehört, war sofort aufgesprungen, zur Türe gerannt, die Treppe hinunter – hatte die Gestalten gesehen, hatte beobachtet, wie sie etwas in ein bereitstehendes Auto schoben, davonsausten.
Sie rannte zum Strand, dorthin, wo sie Heiden und den Sarg vermutete. Ihre Gewissheit, dass etwas Schlimmes passiert sein musste, ihr Schluchzen, ihr Weinen, ihr Schreien.

Dann zwei, drei Personen, die offenbar erwacht waren, mit Taschenlampen den Strand ausleuchteten, die versickernde Blutlache bemerkten, Amélie entdeckten, überrascht waren, sie hier anzutreffen, sie trösteten, sie zu sich in ihr Ferienappartement einluden.
Zwei Männer, die den Strandweg absuchten, zwei Patronenhülsen fanden, diese zu Amélie brachten. Die Sarggeschichten, Amélies Schock.

2
22.10.2020, 10:00.

Amélies Rückkehr am folgenden Morgen in ihre Wohnung, ihr zweiter Schock, als sie den Sarg auf dem Wohnzimmertisch bemerkte, ihr dritter, als sie nach dem Öffnen des Sargdeckels Heidens Leiche vorfand, unversehrt, unverletzt, friedlich, wie schlafend.

3
22.10.2020, 11:00.

Die Newsnotiz in France 1 und 2, der «Schweizer Sargräuber H. Heiden, nach dem international gefahndet worden» wäre, sei «bei einem Schusswechsel nachts um halb drei Uhr auf dem Oasis-Areal bei Leucate tödlich verletzt» worden und der gestohlene Sarg befinde sich wieder «in der Obhut des französischen Staates».

4
22.10.2020, 18:00.

Die Live-Reportage von France 5 aus dem Oasis mit dem Live-Interview mit Amélie und der Richtigstellung der morgendlichen News-Meldung:
- H. Heiden sei um 02.22 Uhr von hinten aus einer Entfernung von 50 Metern ohne Vorwarnung erschossen worden.
- H. Heiden habe auf dem Sarg gesessen und auf A. Froidevaux gewartet.
- Bei den Mördern handle es sich vermutlich um Angehörige der französischen Anti-Terror-Truppe.
- Die beiden Mörder hätten vermutlich im Auftrag der Ministerien für Innere Sicherheit, Bildung und Kunst, Wissenschaft und Forschung sowie Wirtschaft gehandelt.
- Der Anschlag sei vermutlich in Rücksprache und im Einverständnis mit dem Staatspräsidenten Macron erfolgt.
- Die beiden leeren Patronenhülsen aus der Mordwaffe seien sichergestellt.
- Der Sarg mit der Leiche H. Heidens sei gemäss Auskunft des Regierungssprechers offenbar abtransportiert und «in Sicherheit gebracht» worden. France 5 fordere Präsident Macron auf, zu veranlassen, dass der Sarg mit dem Leichnam H. Heidens sofort den Angehörigen übergeben werde.

- France 5 sei entsetzt und schockiert über das rücksichtslose und verbrecherische Vorgehen der französischen Regierung.
- France 5 verlange die strafrechtliche Verfolgung der Täter und der Auftraggeber und deren Verurteilung wegen vorsätzlichen Mordes an H. Heiden.
- France 5 fordere die verantwortlichen Minister und den Staatspräsidenten E. Macron zum sofortigen Rücktritt auf.
- Die Trauerfeier finde am Sonntag, 25. 10. 2020 um 14 Uhr auf dem Gelände des Oasis statt.

5
25.10.2020, 12:00.

Medienkonferenz von Staatspräsident E. Macron:
- Er, Macron, räume ein, verschiedene Fehler begangen zu haben.
- Er, Macron, bitte die direkt Betroffenen sowie das französische Volk um Entschuldigung.
- Als Staatspräsident übernehme er die gesamte Verantwortung für die begangenen Fehler und Verbrechen.
- Er, Macron, trete deshalb per sofort zurück.

6
25.10.2020, 14:00.

Vor dem J11 findet die Trauerfeier statt, an der Hunderte von Personen – textilfrei – teilnehmen.

In ergreifenden Reden nehmen der Bürgermeister von Leucate sowie Amélie Froidevaux von H. Heiden Abschied.

7
3.4.2021

Das «Musée de l'Homme du Cercueil» wird im J11 neu eröffnet und erweitert: Es umfasst jetzt das ganze Gebäude und enthält auch die Biografie von H. Heiden sowie die auf der Flucht entstandenen Werke von A. Froidevaux und H. Heiden.

8
1.5.2021

Im Luchterhand-Verlag erscheint das Buch von Melody «Der Sargmann» in einer Auflage von 10'000 Exemplaren. Die französische Ausgabe ist in Frankreich ab Juni 2021 erhältlich.

9
16.10.2021

Amélie wird glanzvoll zur Maire von Narbonne gewählt.

10
22.10.2022

Amélie Froidevaux, 26, aus Leucate, ehemalige Bäckerin und Verkäuferin sowie Gründerin des Sargmuseums im FKK-Village «Oasis», wird neue Staatspräsidentin von Frankreich.

Dank

Ich danke meinem Sohn Jonas Christen für die ausgezeichneten Korrekturarbeiten an meinem Manuskript und seine zahlreichen inhaltlichen Hinweise und Ergänzungen.

Danken möchte ich zudem allen Leserinnen und Lesern für ihre wertvollen Rückmeldungen.

April 2022 (Neuauflage)

M. Christen

Martin Christen
1949 in Rothrist AG, Schweiz, geboren.
Ausbildung zum Bezirkslehrer an der Universität Zürich.
Bezirkslehrer in Spreitenbach AG bis 2014.

Publikationen
- Todsicher. Ein Stück Beznau. Theaterstück. BoD 2016.
- Sein Sarg. Politroman. BoD 2020, Neuauflage 2022.
- ich – dazu fällt mir nichts ein. poems und shortstorys. bod 2021.
- Achgott. Und andere Dialoge. BoD 2021
- Reportagen aus Amerika. BoD 2022
- keiner zu klein kein schwein zu sein. poems/shortstorys. bod 2022.

Reportagen aus Amerika

Im Jahr 2000 bereist der Autor in einem Mobilhome mit Kind und Partnerin zehn Wochen lang Kalifornien und hält seine Erfahrungen in Form literarischer Reportagen auf ironische, humoristische, sozialkritische Weise fest. In einem «Update» vergleicht er zum Schluss das damalige mit dem heutigen, von Trump vergifteten Amerika.
BoD 2022

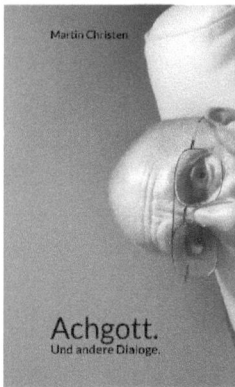

Achgott.
Und andere Dialoge.

Die Gespräche zwischen Achgott und Heidn sind aufgrund ihrer unterhaltsamen, oft witzigen, ironischen Art und ihres Inhalts auch für ein breiteres Publikum von Interesse, ob dieses nun an Gott glaubt oder dessen Existenz negiert. Und die «anderen Dialoge» sind sowieso humorvoll.
Bod 2022

ich – dazu fällt mir nichts ein
kurzstorys und poems

gedichte und kurztexte – auf den punkt gebracht.
selbstkritisch, ironisch, tiefsinnig, hart.
bod 2021

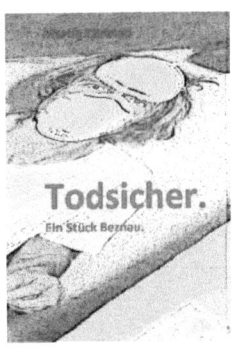

Todsicher.
Ein Stück Beznau.

Supergau im ältesten AKW der Welt.
Ein realitätsnahes Vierpersonenstück,
das unter die Haut geht.
Todsicher
BoD 2016

keiner zu klein
kein schwein zu sein

in dieser gedichtsammlung aus drei jahr-
zehnten analysiert der autor den zustand
von welt und menschheit – schonungslos,
unmissverständlich, klar, deutlich:
nichts für schwache nerven.
putins schrecklicher krieg und seine
atomschlagsdrohungen machen deutlich,
wo wir uns befinden: am abgrund.
bod 2022

Sein Sarg

Wie kommt es, dass nach einem
unbescholtenen Schweizer Bürger
wegen eines Sargs international
gefahndet wird? – Welche Rolle
dabei der schweizerische Bundesrat,
der französische Staatspräsident
Macron und die Bäckerin Amélie
Froidevaux spielen, erzählt dieser
Politroman.
BoD 2020, Neuauflage 2022